JN173097

花笑み

葉山弥世

鳥影社

花笑み　目次

花笑み

（一）

成田空港を発って一時間が過ぎようとしている。大里亮平（りょうへい）は運よく窓側の席に座ることができ、外を見ていた。雲の上の冬空はどこまでも青く、澄んでいた。

胸の内には万感の思いがある。三ヵ月前に八十四歳で亡くなった母、山浦清乃（きよの）が残した絵のことで、亮平は初めてパリを訪れようとしていた。

――母はたった一人でパリに赴き、理想を求めながらも報われず、無念だったろうな……。

亮平の口からまたその言葉が零れ出た。

母は夫、つまり亮平の父、大里秀峰（しゅうほう）画伯と離婚し、二人の我が子とも別れて、四十五年間をパリで過ごした。ともかくも日本画を描き続けたようだが、生活のために多くの時間を取られ、志を達成できなかったのだろう。挫折した日々、母は広島に置いてきた子供たちを胸底に凍結して生きていたのだろうか……。

亮平はパリ在住の母の美大時代の友人、田村玲子から父宛に来た手紙を何度も読み返したが、「お子さんのことは気にかかっていたのでしょうが、口に出されることはほとんどなく、私には胸に封じ込めているように思えました」とだけ書いてあったのだ。

大里亮平が母と別れたのは九歳、妹の若菜（わかな）が七歳の時で、あれから四十五年が経過している。「今日からお母さんはいないから」と父にただそれだけを告げられて、亮平も若菜も驚き、忍び泣きした。父母の仲が良くないことは幼い二人にも判っていて、父に遠慮して大声で泣くことができなかったのだ。

その日から数日もしないうちに、父のもとに絵を習いに来ていた若い女性が、我が家に居付くことになった。父は「この人が今日から新しいお母さんとして、お前たちの面倒を見るから」と言ったが、亮平も若菜も成人するまで、ついに「お母さん」とは呼べなかった。用事がある時は「あのォー」と呼びかけてごまかした。とくに若菜は継母を嫌い、高二の夏に家を飛び出し、学校にも行かなくなった。結局高校を中退し、荒んだ生活をしたせいか体を壊して、二十二歳で亡くなった。

四十五年という長い歳月、母とは音信不通だった。パリに住んでいるということは幼い日に母方の祖母から聞いたが、住所は教えてくれなかった。祖母も知らなかったのかもしれない。その祖母も亮平が高校に入った年に亡くなり、祖母の後を追うように一年後に祖父も亡くなったので、亮平も若菜もついに母の正確な居場所を知るすべを失った。父に一度母の住所を訊いたことがあるが、知らない、とにべもない返事が返ってきた。この時以来、亮平は母の所在が判らないことを運命として受け入れた。いや、タブーとして心に蓋をして生きて来たのだった。

ところが一月前に突然、父の後妻から「あなたの生みの母親のことで、パリの田村玲子さんという人からお父さん宛に手紙が来たのよ。お父さんは五年前に他界してるでしょ。だから手紙の処置に困ってるの。速達でそっちに送るから、田村さんと至急連絡をとってよ」と電話がかかって来たのだった。

その手紙によると、四十五年前、新進女流画家として地位を築きつつあった母は父と離婚し、同じ東京女子美術専門学校、現在の女子美術大学を出た田村玲子を頼って単身パリに渡った。住居やアルバイトなど田村玲子の世話を受けながら絵を描き続けていたが、生活のために多くの時間を失い、志を達することができないままに老境を迎えたという。

母は、実家も甥の時代に移り変わっているので自分が死んでも決して報せないでほしいと遺言したので、葬儀は田村玲子が取り仕切ってくれたという。だが彼女も八十路を超えており、自分の死後は預かっている絵がどうなるか心配でならないので、身内に引き取ってもらいたいという内容だった。

母は実家の両親が亡くなって後は日本の誰とも没交渉だったので、田村玲子は連絡に困ったが、元夫、つまり亮平の父、大里秀峰画伯について地元の新聞社に問い合わせ、やっと現住所を突き止めて手紙を出したという。父は三十年前、平清盛で有名な宮島に近い廿日市（はつかいち）町（現・廿日市市）から広島市の西区に転居したので、母も田村玲子もこの住所を知らなかったのだ。

大里亮平は田村玲子の手紙を受け取ったその日、八時間の時差を考えて、こちらの真夜中に封筒に書かれた番号に電話をかけてみた。運よく電話口に出たのは田村玲子で、亮平は母が世話になった礼を述べ、できるだけ早い時期にそちらに行くと約束したのだった。

こうして大里亮平は二〇〇九年、二月七日から四泊五日で、会社には九日、十日（月、火）の二日間の休暇届を出して、パリに向かったのだ。

成田空港を離陸すると、亮平の意識から会社のことも妻子のことも消え、封印していた母への思いが一挙にあふれ出すのを抑えることができなかった。

父に「今日からお母さんはいないから」と告げられた時の悲しさ、淋しさは今も言葉にならない。妹の若菜と抱き合い、声を殺して泣いた。父は幼い二人にとって強く偉大な洋画家であり、絶対者であり、何事も逆らうことができない人だった。

母は日本画家だが、絵に専念している父とは違って家事をこなし、子供の面倒をよく見てくれた。それだけ描く時間が少なくなり、おそらく欲求不満が溜まったのだろう。時々父と大声で喧嘩をし、自分の意見をまくしたてていた。父も黙ってはいず、声を荒らげ、時には手も上げた。何が原因でそこまでぶつかり合うのか、子供に解るはずもなかった。

両親が喧嘩を始めると、亮平は妹と隣の部屋へ避難し、静まるのを待つしかなかった。そんな時は、母が家を出て行くのではないかと不安にかられ、ひたすら悲しかった。やがて不安は現実となり、亮平は「人間にはどうしようもないことがある」と、幼いなりの結論を心に刻んで生きて来たのだった。

父も母も鬼籍の人となり、今、亮平はあの日のことをだれ憚(はばか)らず思い出していた。妹と抱き合って声を殺して泣いた日が、昨日のことのように蘇(よみがえ)ってくる。父は偉大な人だと思ったが、あの日以来、亮平も若菜も大嫌いになった。けれど父にまで捨てられるのではないかと不安が募り、表向きは決して逆らわなかった。自分を抑える生活が身に付いたのは、あの時以来だと思う。

妹はそんな生活に耐えきれなくなって、まず継母に反抗し、そして父に面と向かって意見を言うようになった。

「若い女弟子と関係して、お父さんがお母さんを追い出したんでしょ。あんな女、お母さんだなんて絶対に思わないから」

高校二年の夏のある日、妹が父に対してきっぱりと言った。父は「その口のきき方は何だ。出て行け」と烈火のごとく怒って、妹を平手打ちにした。妹はますます罵詈雑言（ばりぞうごん）し、家を飛び出したのだ。

当時住んでいたのは宮島に近い廿日市町で、亮平の大学からは通学に片道約一時間かかった。その日、二年生の亮平はアルバイト先から帰って来るや、この場面に遭遇した。疲れていたせいもあって「若菜、お父さんに対して、よしなさい」としか言えず、玄関の扉を力いっぱい閉めて出て行く妹を引き留めることができなかった。またいつものパターンだとしか思わなかったのだが、妹はその日から家に帰らず、高校にも行かなくなった。

父はあちこち探し廻ったが、妹の居場所を突き止めることはできなかった。亮平も心当たりを探したが、妹の消息は摑（つか）めなかった。父は警察には届けなかった。自分も若い日に家出をしているので、高校を一、二年休学しようが退学しようが、生きてさえいれば人生をやり直せると、大らかすぎる対応をした。その後、妹が三十代の会社員と同棲していることが判り、女性問題にルーズな父もやはり嘆いたが、男がいい人間のようだし、近い将来に結婚するつもりだと言ってくれたので、不承不承、同棲を許したのだった。

ところが男に妻子がいることが判り、またギャンブルの借金もかなりあり、妹はその不誠実さに愛想をつかし、結局二年足らずで別れたのだ。何の資格もない妹は結局バーで働くしか術がなく、酒に溺れて体を壊したのだった。兄として亮平は、せめて高卒の資格を取るために定時制高校に編入するよう何度も勧めたが、もはや妹に勉学の気はなく、健康を害して二十二歳の若さで死んだのだった。

妹のことを思うと、亮平は今も心が痛む。母が家を出て行って、淋しさや辛さを支え合って生きてきた二人なのだ。他の者には解らない心の傷を共有し、絆（きずな）も深かった。それなのに何の力にもなれず、守ってやれなかった。母が妹の最後を知ったら、さぞ悲しんだことだろう、と心で詫びた。

母を思い出す時に、いつも目に浮かぶのは絵を描いている姿だ。家事を済ますと、母は居間の一角に置かれた机の上で絵筆を動かしていた。アトリエは父が占有していたので、母はやむなくそうしたのだろう。子供はアトリエに入ることが許されなかったので、実際に父が絵を描く姿を直に見ることはなかったが、母は子供が傍にいても叱らなかった。

ただ、絵を描いている時に子供が語りかけても母は返事をすることはなく、絵に集中していた。子供にとってこれは淋しい限りだったが、絵が一段落すると母は強く抱きしめてくれた。母の温もりで、亮平も若菜も愛されていることを実感したのだった。

「ああ、描く時間がもっとほしい」母は口癖のようにこう言ったので、亮平と若菜は幼いながら家事を手助けしたが、父が手伝うことは一切なかった。今思えば、母は才能がありながらそれを十分に発揮する時間も場面もなくて、相当欲求不満が溜まっていたのだろう。子供に対しても時には「自分のことは自分でしてね。お母さんは画家だから、あまり頼らないでよ」と投げ出すように言うことがあった。その言い方が亮平には不満だったが、大好きな母だから一生懸命応えようとした。

風呂には母と亮平と妹の三人で入ったが、そのついでに下着や靴下は自分で洗った。二歳下の若菜にも亮平はそうするよう促した。母は「いい子だね」と褒めてくれ、子供の手伝いを自然に受け入れていた。

ただ料理だけは母に頼るしかなかった。母は創作活動の合間を縫って、子供が好きそうな料理、例えばカレーやオムレツ、チャーハンなどを作ってくれた。オムレツにはケチャップで犬や猫や花の絵を描いて、子供に大受けだった。父は子供向けの料理に時々うんざりするのか、一人で焼肉屋に行っていた。

そんな時、母は「勝手な人ね」と諦めに似た口調をした。亮平も母と同じ気持だった。この家では父は何でも許されていて、母が可哀想だと思った。自分は母の味方になろう、と子供心に思ったものだ。それなのに、母が自分たちに別れも告げずに家を出て行ったことが、亮平にはいまだに理解できないのだ。母は子供より絵を採ったのか。母は子供を捨てたのか。父にそんなことを訊くのはタブーだった。訊けば叱られるに違いなかったのだ。


「ミート　オア　フィッシュ」

女性乗務員の声とともに、隣の青年が肩を叩いて昼食を知らせてくれた。亮平は窓の外を見ながら思いにふけっていたので、女性乗務員の声に気付かなかったのだ。

「パリにはお仕事で？」

亮平は隣り合ってもこれまで挨拶もしなかった青年に、お愛想の言葉をかけた。

「いえ、パリ大学に留学していますが、父が手術をしたので、一時帰国しました」

「それは大変でしたね。で、お父様のその後のご容態は？」

「お蔭様でいいようです。胃がんでして、胃の三分の一を切除しました。今のところ転移もしてなくて、命拾いしました」

「そりゃあよかったですね」亮平は、見ず知らずのその人の幸運を心から喜んでいた。

「胃がんと知らされた時は、身が縮まりました。やはりガンは死と直結していますから。本当に、ほっとしました」

その応対の仕方に好青年を感じて、亮平は名刺を渡して言った。

「ぼくは、こういう者です。初めてのパリですが、これから亡き母の描いた数々の絵を引き取りに行くんです。パリ滞在は四泊五日、と言っても実質は三日半ほどですが」

「お母様は画家さんです？」

「ええ、パリでずいぶん苦労したようです。報いられなかった生涯だったように思います」

「そうですか……、でもパリを選んで、そこに住み、絵を描き続けたのなら、本人にとってはそれなりに、納得のいく人生だったんじゃないでしょうか」

青年の言い方に、亮平はこれまで不幸だった母だと思い込んでいたので、ハッとした。

「おっしゃるとおりかもしれませんね」

それは呟きのようでもあった。

「何かのご縁でしょうから」青年がそう言って、自分の名刺を差し出した。表はフランス語で書かれていて亮平には読めなかったが、青年が裏返してくれると、日本語で書かれていた。名前は三木基弘とあった。

「パリ第四大学でフランス文学を専攻しています。パンテオンの傍にある大学です。日本の大学でフランス語を修得し、こちらでは大学院の博士課程でカミュを研究しています」

「そりゃあすごい。偉いなあ。うちの倅（せがれ）など、大学には遊びに行ったようなもんです。お住まいはパリですか？」

「ええ、大学の近く、カルチェ・ラタン地区のアパルトマンを四人で借りています。大学に歩いて通えるのがいいですね。リュクサンブール公園もすぐ傍で、散策するにも便利です。こんないい環境だから後三年ぐらいは居たかったのですが、父があんな風に倒れましたので、これ以上パリで研究するのは無理でしょうね。それに、この秋には二十七歳になりますので、モラトリアムもタイムリミットの段階でしょう。来年の春には日本に引き揚げようと思います」

「そうですか……、それぞれ事情がありますからね。お時間を取って、申し訳ありません。食事が冷えましたね」

そう言って、亮平はミート皿の蓋を開けた。しばらくは黙って食べた。ミニサラダもデザートもあり、機内食は意外に美味しかった。日本人の女性乗務員がカートを引いて飲み物を持ってきたので、語学が得意でない亮平はホッとして小瓶の赤ワインを貰った。三木基弘は一瞬躊躇（ためら）ったようだが、同じ赤ワインにした。二人で乾杯し、小瓶を飲み干した。

食後しばらく亮平は三木基弘にパリについていろいろ訊いていたが、アルコールのせいで眠気がさしてきて、いつしか寝たようだ。何度か機体が横揺れし、その都度目が覚めたが、すぐまた寝たようだった。

（二）

夕食を済ますと、亮平はまた外を見ていた。パリまでワンフライト便を選んだのだが、もう十時間以上も乗っている。寝ている者、起きて映画を見ている者、おしゃべりをしている者、様々だ。隣の三木基弘もうたた寝から目覚めたようだ。

亮平はホテルのことがふっと気になって、カバンからパリの地図を出して広げた。赤丸印をつけた所を確認していると、三木基弘が横から言った。

「ああ、レフト・バンクホテルですか。泊まったことはありませんが、十七世紀の建物を利用したいいホテルですよ」

「そうですか。何せ初めてのパリなもんで、旅行会社に眺めのいい部屋をと頼んだんです」

「あそこ、眺めもいいし、日本人がよく使ってるようです。ホテルの前は、やはり十七世紀の喜劇作家モリエールの家だったそうで、パリ第五大学も近いですね。地下鉄オデオン駅で降りてすぐです。空港に、どなたかお迎えが来ていらっしゃいます？」

「いいえ、面会する人は八十四歳の老女なので、ホテルで会うことになっています」

「そのホテルは道路を挟んで私のアパルトマンとは反対方向ですが、降りる駅は同じですから、そこまではご一緒しましょう。高速鉄道ＲＥＲが空港から出ていて、これがとても便利です。シャトレ駅でメトロに乗り換え、三つ目のオデオン駅で降りて、すぐですよ。空港から三十分程度で到着しますね」

「ああ、それから」と言って、三木基弘は付け足した。

「五日間も滞在されるのなら、パリ・ヴィジット・カードという一種の定期券が便利で、割安ですよ。メトロ、国鉄、バス、ＲＥＲなどに乗れて、期間内なら何度でも乗れます。ＲＥＲに乗る前に買っておきましょう」

「それはありがたい。言い方が変かもしれませんが、見知らぬ土地で仏に会ったような幸運です。よろしくお願いします」

そう言って亮平は深々と頭を下げた。

そしてトイレへと立った。用を済ますと、亮平は広くなっているところでついでに手足の運動をした。小窓から外を見ると空はまだ明るかったが、それでも心なしか赤味を帯びていて、黄昏（たそがれ）の始まりを告げていた。

座席に戻ると、シートベルトを締めるようサインが出た。機体が少し揺れ始めた。目前のデジタル航空地図が、もうパリが近いことを示している。やがて地図から文字に変わった。高度や現地までの時間や距離、そして気温が示された。あと一時間足らずになっていた。現地の気温は十三度。緯度はずいぶん高いのに、気温は東京とそう変わらない。

突然機体が横に縦にと揺れた。機長の緊迫した声が流れた。乱気流を通過していると言っているらしい。それまでの楽しそうな話し声や笑い声が一瞬に消え、亮平も不安が脳裏をよぎり、神仏にご加護を祈っていた。そんな不安な時間が、どれぐらい続いただろうか。随分長かったような気がするが、案外、五分程度だったのかもしれない。やっと水平飛行になると、笑い声がまた戻ってきた。

「怖かったですね」亮平は思わず隣に声をかけていた。

「横揺れはあまり心配ないのですが、縦揺れはちょっと怖いですね。これまで、こんなことはなかったのですが」

何度かこの飛行ルートを利用している三木基弘も、やはり怖かったようだ。機体はその後揺れることもなく、亮平はまた窓外に目をやった。

パリへの飛行時間は三十分を切っていた。機体がゆっくりと旋回し始め、眼下には畑や家や道路が見える。亮平は母が住んだパリだと思うと興奮して、どれ一つも見逃さないようにしようと目を見張った。

穏やかな機内アナウンスが流れた。機長からのお知らせだ。フランス語、英語、ドイツ語の順で地上の気象状況などを説明している。パリは晴れで、気温は十三度と言っているらしい。やがて女性の日本語に変わった。やはり気象状況や現地時間などを知らせていた。

高度がどんどん下がっていく。地上の風景が目まぐるしく移り変わっていく。

——ああ、お母さん、あなたのパリだ。

亮平は心で叫んでいた。何かガタンと音がしたと思うと、機体は無事に着地していた。だれかがブラボーと言って拍手した。亮平も釣られて拍手した。機体は滑走路を猛スピードで走っていた。成田空港を発って十二時間、やっとパリのシャルル・ド・ゴール空港に着いたのだ。現地時間でちょうど四時だった。

入国手続きを済ませてターンテーブルからスーツケースを取り、亮平は三木基弘と高速鉄道ＲＥＲのホームへと足を運び、途中で例の定期券を買った。列車は十五分おきに発車しているという。ちょうどいい便があって乗り込んだ。日本で新幹線に乗りつけている亮平にとってＲＥＲに驚きはしなかったが、フランスも便利なものを造ったものだと感心した。

およそ三十分でシャトレ駅に到着し、メトロに乗り換えた。その際、三木基弘が親切にメトロの乗り方を教えてくれた。まずは地下鉄路線図で行きたい所の駅をみつけ、それが何番線かを見て、ホームに入って来る列車の上部に表示してある行き先を必ず確認してから乗車すること。これだけ判れば、地下鉄ほど便利なものはない、と三木基弘は言った。彼の先導で四番線、ポルト・ドルレアン行に乗り、オデオン駅で下車した。外に出ると、辺りはすでに暗くなっていた。

「冬のパリはこんな風に夕暮れが早いですね。ホテルはその道をまっすぐ進むとすぐ右手にあります。それから滞在中にお困りのことがありましたら、名刺のケータイにご連絡ください。可能な限りでお手伝いしますから。ぼくはこの道の反対側、オデオン座の近くに住んでいますので、ここで失礼します」

そう言って三木基弘は、亮平とは反対の方向へと歩き始めた。その背を見送りながら、亮平は親切な人がいるものだと思い、気持が温かくなっていた。とはいえ、一人になると急に心細くなったが、ホテルは近くだし、田村玲子も来てくれているだろうから「大丈夫だ」と、自分に言い聞かせた。

ホテルの中に入ると、亮平はロビーを見回した。日本人の老女らしい人はいなかった。時計を見ると五時四十分だから、約束の六時になっていないので、納得した。

亮平は改めてロビーを見た。アンティーク調の家具調度品が立派なので驚いた。三木基弘が言うように、品のいいホテルだと直感した。受付で日本から持参した予約チケットを出すと、係が笑顔で「こんばんは」と日本語で応対してくれた。日本人がよく利用するホテルというだけはある、と亮平は安心した。

チェックインを済ますと、ホテルのスタッフが六階の亮平の部屋までトランクを運ぶと言ったが、亮平はここで人を待つからと断った。ロビーの椅子に座ってもう一度、室内を見回した。日本ならば、こんなホテルは大人気になるだろう。客室が三十一あるというから、プチホテルと言っても結構大きなホテルだ。

六時十分前に一人の老女がやって来た。髪が真っ白なのでそう思ったのだが、ピンクの半コートにグレイのズボンという出で立ちで、なかなかシックな格好をしている。とても八十四歳には見えないので、一瞬、人違いかもしれないと思いつつ、亮平は訊いていた。

「あのォ、もしや田村玲子さんではありませんか？」

「ええ、そうです。あなたは大里亮平さんでしょう。お母さんによく似てらっしゃるわ」

そう言うと、田村玲子は握手してきた。

「よく来てくれたわね。お母さんが生きてたら、どんなにか喜んだでしょうに」と彼女は手の力をさらに強め、目を潤ませていた。

「ごめんなさい。興奮して泣けてきちゃった」

田村玲子はしばらくハンカチで目を被い、泣いていた。亮平も母に関わる人だと思うと感涙し、彼女の肩を強く抱いていた。感動の出会いであった。

「お母さんはモンパルナスの共同墓地に眠っているのよ。身寄りのない人は、そういう風になっているの。お母さんもそれを承知していたわ。滞在中のどの日か、時間を作ってお参りしましょう」

「お願いします」亮平は深く頭を垂れた。

「夕食は？」田村亮子が訊いた。

「機内で何度か食べましたが、まだ胃袋に余裕はあるようです。田村さんがまだでしたら、これからレストランに行きませんか？」

「ウィ、そうしましょう」と田村玲子は即座に応え、「オー、ごめんなさい。ウィだなんて。いつも使い慣れてるから。でもこれ、英語のイエスなの」と笑った。笑顔が若々しかった。ふっと、母もこんな可愛らしい老女になっていたのだろうかと思いめぐらした。

亮平は部屋に荷物を置くと、田村玲子の案内で近くのレストランに向かった。八十四歳にしては、田村玲子の足取りは意外にしっかりしていた。

レストランは開店していたが、客はまだいなかった。不思議そうな顔をしている亮平に、田村玲子が言った。

「フランス人は夕食が遅いの。大体八時頃かな。だから六時過ぎにレストランに来る人はまずいないので、静かで、ゆっくりと食べられるわ。それに彼らはおしゃべり好きで、隣り合うと喧しくてね。だからこの時間はまるで店を貸し切ってるみたいで、ラッキーね」

　そう言って、笑顔を向けた。

「ここねえ、あなたのお母さんと時々来たものよ。お母さんは、このレストランの名前が好きでね、ルヴォワールは再会って意味なの。口には出さなかったけど、子供たちに会いたいと思ってたんでしょうね」

　案内された席に座ると、田村玲子はそんなことを言った。亮平の目頭がまた熱くなったが、涙が零れないようにぐっと堪えた。

「〈安く、美味しく、満足〉がこの店のポリシーでね。二十五ユーロでアントレ、ああ前菜ね、それにスープ、メイン、デザート、そしてグラスワインがいただけるの。だから今日はあなたを歓迎して、私が奢るから」

「いえ、それはいけません。ぼくが」と言いかけて、亮平は口をつぐんだ。母が世話になったので、自分がご馳走するのが筋だと思ったが、田村玲子のせっかくの厚意に水をさしてはいけない、と思い直したのだ。自分はこの次にご馳走すればいいのだ。

「じゃあ、お言葉に甘えて、奢っていただきます。次はぼくにご馳走させてください」

「期待してるわ」田村玲子は笑いながらそう言った。ほんとに笑顔のいい人だ。この人から、母のどんな過去が語られるのだろうか。

——兄ちゃん。

亮平の耳元で小さな女の子の声がした。妹の若菜が隣に寄り添っているような錯覚に捉えられたのだ。そして、母が居なくなったあの日、二人で抱き合って、声を殺して泣いたことが鮮明に蘇ってきたのだ。

「どうしたの？　美味しくない？」

田村玲子が訊いた。気が付けばスプーンでスープを掬（すく）いながら、手が止まったままだったのだ。

亮平は慌ててスプーンを口に運んだ。

「いいえ、とても美味しいです。ただ妹のことを思い出して、胸が詰まりました」

「妹さんはどうしているの？」

「二十九年前に亡くなりました」

「エッ、そうだったの。お母さんはそのことを全く知らなかったわ。でも、その方がよかったかも……。子供たちが元気で成長していると思っていた方が、幸せだもんね」

「そうかもしれませんね」

「お母さんはね、東京で活躍したかったのよ。もともと東京で女流画家として頭角を現しつつあったんだもの。結婚して夫が故郷に引き揚げると言うから、仕方なく付いて行ったんだけど、あの時代、やっぱり中央で描かないと、忘れられるのよね。その頃の手紙には、いらいらした気持が書かれてたな」

「そうだったんですか……何も知らなくて」

「中央で活躍する友人たちからの呼びかけもあって、彼女は東京に戻りたい気持が日に日に募ってたようね。でも彼が地元で描きたかったのね。やっと彼も東京に戻ることを決意し、彼女が住む家などのことで先に行って、みんなを待つことになってたの。ところが、彼の本心は東京に戻る気などさらさらなくて、すぐ若い女弟子を家に入れて、子供も絶対に渡さないと言ったの。まるで騙し討ちね」

「エッ……」亮平は驚きのあまり、言葉が続かなかった。父がそんなことをするだろうか……。亮平には信じがたいことだった。

「彼女、子供のことで悩んだのよ。彼がどうしても渡さないと言うし、すでに若い女が母親として家に入り込んで生活を始めていたしね。元々実家の両親はこの結婚に反対してたから、そらみたことか、ということでしょ」

「祖父母はなぜ、結婚に反対したのですか？」

「彼にはすでに二度の離婚歴があったので、また同じことを繰り返すだろうということだったの。でも彼女は、親の反対を押し切って結婚したのよ。だから離婚後は、実家をそう頼るわけにもいかなかったのね。自分の絵を売って、パリまでの旅費をつくったの。当時、山浦清乃は新進女流画家として人気が出始めていたから、絵は結構いい値段で売れていたね。ホテルや高級レストランや料亭、それに個人のファンが買ってくれていたようよ」

亮平は自分の知らないことばかりで、相当ショックを受けていた。それらに対応する言葉がなく、黙って聴くほかなかった。その様子に気が付いたのか、田村玲子が「ごめん、ごめん。料理が冷めちゃうので、話は後にして食べましょう」と促した。

田村玲子は歯が丈夫なのか、メインの肉料理をナイフで切っては口に運んでいる。亮平も同じように、しばらくは食べることに専念した。ポークが柔らかく焼いてあり、味がよかった。デザートはバニラのアイスクリームにマカロンが添えてあった。亮平は出されたすべてを残さずに平らげた。

「ああ、おいしかった。やっぱり、機内の食事とは違いますね。ご馳走さまでした」

「よかった。そんなに言ってもらって、私も嬉しいわ。じゃあ、そろそろ出ますか」

田村玲子はそう言うと、奥の方に向かって声を張った。

「ラディション、シル　ヴ　プレ。給仕のギャルソンに、お勘定をお願いしますって言ったの」

「ぼく、本当にフランス語はボンジュールとメルシィしか知りませんので、よろしくお願いします」

そう言って、亮平は頭を下げた。

「私、こちらに住んで五十五年でしょ。だから、日頃はフランス語で考え事をしてる方が多いかな。お母さんもパリにやって来て、十年ぐらいすると、日常会話はほぼ不自由なくしゃべれるようになってたわ。ところで」

田村玲子は少し姿勢を正して、続けた。

「長旅でお疲れとは思うけど、これから私の家に行きませんか？　滞在が四日間と言っても、実質三日間でしょ。預かっているお母さんの絵をまず見ていただいて、どう対処するか考えなくちゃあならないから」

彼女が言い終った時、ギャルソンが計算書を持ってきた。田村玲子が紙幣を渡すと、彼は腰に下げていた財布からおつりを小皿に差し出した。彼女はそれをさりげなく「プル　ブー」と小声で言うと、ギャルソンがにっこり笑って「メルシィ」と応えた。

「美味しい食事で疲れも取れました。それでは、お宅に参りましょう」

亮平がそう言って立ち上がった。田村玲子は「よいしょ」と声を出して机に手をかけ、立ち上がりに少々難儀をしているらしいので、亮平は傍によって手を貸した。

「頭はクリアだけど、足の膝関節が少々傷んでね、立ち上がりがこんな無様な格好しなきゃあならないの。ああ、歳は取りたくないな」

そう言って田村玲子は声を出して笑った。

そして「うちはここからメトロで二つ目、サン・シュルピスなの。駅に近いアパルトマンの三階よ」と自宅の位置を説明した。

さっき降りたオデオン駅からメトロに乗って、サン・シュルピスまで数分だった。地上に出ると、亮平は田村玲子と並んで歩いた。膝関節が悪いと言う割には、彼女の足取りはしっかりしていた。

「ここよ。もう八十年も前の古いアパルトマンだけど、こちらは石造りだし、地震がないから長持ちしてるのね。エレベーターも、日本と比べるとクラシックで速度が遅いわ」

田村玲子が言うように、エレベーターは確かにクラシックで速度も遅く、毎日の生活には不便かもしれないが、亮平には趣があっていいなと思えた。三階に到着した時もドスンと音がして、日本では到底考えられない代物ではあったが。

案内された部屋は三ＬＤＫで、その一部屋を母の絵が占領していた。

「彼女、いろいろと仕事をしながら、夜や休みの日には熱心に描いてたな。色紙は月に数枚、五十号など大きな絵は、年に三、四枚、と言っても七十代の半ばまでだったけど。それ以後は体力も気力も低下してたな」

「そうですか……。こんなに部屋いっぱいに絵を収蔵させてもらって、ほんとに申し訳ありません。母の絵がご家族の生活空間を狭めてしまいましたね」

亮平は心から済まないことだと思った。

「いいのよ。主人は二十年前に亡くなっているし、息子二人はストラスブールとボルドーで家庭を築いて、ここには滅多に帰って来やしないんだから」

最後の口調は投げやりな感じに聞こえた。

「ご主人はフランス人です？」

「いいえ、れっきとした日本人よ。ま、こちらの市民権は取ったけど。彼は木下杢太郎（もくたろう）に憧れて詩を勉強してたの。で、パリに来て、杢太郎が住んだ近くに下宿して、詩や小説を書いていたのね。でも、あなたのお母さんと同じように、なかなか世に出られなくて、そのうち文学から遠のいて料理を学んだり、日本から観光客が来るようになると、寿司店を友人と経営したりして。あなたのお母さんもお店を手伝ってくれてた時もあったのよ」

「そうですか……。母は見知らぬ土地で、田村さんだけが頼りだったのでしょうね」

「結果的には、あまり頼りにならなかったけどね。主人が亡くなって、息子もそれぞれ家庭を築いているし、一時は彼女と一緒に住むことも考えたの。七十歳になる前だったかな。けど二人とも個性が強すぎて、一緒に住むのはやはり無理だとお互いに確認したの。ただ、彼女は八十二歳で老人ホームに入ったから、これらの絵を私が預かったってわけ」
「ほんとにいろいろとご配慮、ありがとうございます」
亮平はただ頭を下げて、謝意を表すしかなかった。
「ねえ、この二枚だけは今ぜひ見てほしいの。三十号の絵よ。お母さんが、あなたと妹さんが二十歳になったのを記念して、描いたの。パネルの裏を見て」
そう言って田村玲子は二枚の絵を裏返して見せた。
——亮平の二十歳を記念して
題名〈夜明けのノートルダム〉
——若菜の二十歳を記念して
題名〈花笑み〉
亮平は胸が熱くなって、堪えても堪えても涙が溢れ出て、しばらくは絵が見えなかった。パネルに描かれた夜明けのノートルダム寺院は薄紫の空をバックに毅然として立ち、その圧倒的な存在感を見る者に与えていた。
若菜の絵は白百合の花の絵で、花は二つだけ咲いていて、あとはまさにこれから咲かんとしているつぼみが三つ描かれていた。
「ぼくの絵も力強く品があって好きですが、妹の〈花笑み〉もいいですね。あと一、二秒でつぼみが開花する、その瞬間を見届けたいと思わせる絵ですね。香りまで鼻先に漂ってくるような感じです。この絵が描かれた頃は、若菜はこの絵とはまるで反対の、悲惨な生活を送っていました。ああ、この絵を若菜に見せてやりたかったたな。母がぼくや若菜を捨てたのではなく、どんなに愛していたか、気持が伝わってきます」

亮平は涙にむせんで、やっとこれだけ言う事ができた。

「彼女は口にはあまり出さなかったけど、子供たちに会いたかったのだと思うわ」

亮平は、母が子供を置いてどうして家を出て行ったのか、ずっと心に凍結していた謎がやっと解けたのだった。父はなぜ、自分たちを母に渡してくれなかったのか。後妻に三人も子供ができて、自分たちはむしろ鬱陶しい存在になったのに……。そう思うと、今度は父の真意が解らなくなるのだった。

「絵がこんなにたくさんあるからね。どうしたものかと悩むのよ」

田村玲子は溜息交じりに言った。亮平も、どうしていいか判らなかった。全部日本に持ち帰っても、自宅には置く場所がなかった。貸倉庫でも借りるしかないな、と思った。

「お母さんが入っていた老人ホームに寄贈するとしても、せいぜい数枚でしょ。これはすでに申し出てあるの。ホーム側も喜んで受けてくれるそうよ。お母さん、日本では新進女流画家として知名度もある程度出てたけど、パリでは実力はあっても、サロン展に賑々(にぎにぎ)しく入選して世に出るということをしてないので、美術館は引き取ってくれるかどうか……」

田村玲子も思案に暮れているのだ。何とかいい解決方法はないものか。母が孤独な中で一枚一枚心を込めて描きあげた絵を、いくらなんでも廃棄処分などできはしない。そんなことをしたら、母があまりにも可哀想だ。これらの絵のせめて一部なりとも、このパリで、人目に触れさせることはできないものか。亮平の胸に不意にそんな思いが吹き上げてきた。

その思いを亮平は田村玲子に伝えると、「そうね、画廊で作品展をする手もあるけど、パリではお金がかかるわよ。誇り高い彼女は万一にも落選することを恐れて、コンクールには出さなかったの。いわば無名画家の遺作展が、話題を呼ぶことができるかしら……。つまり、多くの人々が見に来てくれるかしら……。ポンピドーセンターの市民コーナーで展示できればいいんだけど、あそこはぎっしりとスケジュールが詰まってるでしょうし」と、田村玲子は首をかしげるのだった。

「ポンピドーセンターなど、そんな大それたことではなく、人通りの多い位置にある画廊であれば、ふっと立ち寄って観てくれる人もあるんじゃないかと……。それに日本画は珍しいので、ひょっとして話題になるかも、と思ったりしたのですが、甘いでしょうか……」

「うん、甘いかもね。私も美術の世界から遠ざかって久しいので、その辺のこと、よく判らないのよ。知り合いに訊いてはみるけど。私、パソコンも持たない主義だから、インターネットの検索もできないし……」

自信なげに言う田村玲子に、亮平は、八十四歳の人にこれ以上難題を背負わせることは酷だと思った。母の絵をここまで守ってくれたことだけでも、大変だったのだから。

ふっと三木基弘の言葉を思い出した。――滞在中にお困りのことがあったら、名刺のケータイにご連絡ください。可能な限りでお手伝いしますから――

彼にすがってみようと思いついたのだ。

「ぼくにもちょっと考えがあります。飛行機で知り合いになったパリ大学の研究生が困ったことがあったら、可能な限りで手伝いますと言ってくれたので、彼にも当たってみます」

「そう。それはラッキーね。私はこの歳だから、どうしても行動半径が狭いでしょ。それでも私なりに努力はしてみるけど」

彼女の言葉を耳に収めながら、亮平はいよいよ覚悟を決めた。母の遺作展をパリで行おう、と。胸の内にそのことが炎のように燃え広がって行くのだった。

(三)

パリ二日目の朝、亮平はホテルの窓から外を眺めていた。昨夜ホテルに到着した時はもう暗かったので、それに田村玲子と会うことに気を取られて、カーテンを引いて窓から外を眺めてみることをしなかった。

旅行会社は、ほんとに眺めのいい部屋を取ってくれたものだ。なんと、ノートルダム寺院が目前に見えるではないか。昨夜見た、母が描いた、あのノートルダム寺院が。

冬のパリは日の出が遅いのか、七時を過ぎているのにまだほの暗く、母の絵のようにノートルダムは薄紫の空にくっきりと、堂々と立っていた。亮平はさっきから飽きることなく、ノートルダムを見つめていた。母はあの絵を描きながら、息子に何を期待したのだろうか。ノートルダムとはへわれらの母〉、つまり聖母マリアの意というが、母が「お前を見守っているよ」と言っているようでもあるし、存在感のある伽藍（がらん）は「男なら堂々と生きよ」と言っているようにも思えた。

——お母さん、生きているうちに会いたかったよ。

亮平は胸の内でそう繰り返していた。

時計を見ると、七時半を回っていた。亮平はようやく朝食をとるために食堂へ行った。

壁にはタピスリーや絵画が掛けられ、亮平が日頃使っている機能的な食堂とは雰囲気がまるで違う。自分がちょっぴりセレブになったような錯覚さえ覚える。

バイキング形式の朝食は意外にシンプルで、フランスパン、ハム、チーズ、スクランブルの卵、野菜サラダなどだ。亮平は偏食しないので、食事はどこに行っても美味しく食べ、残すことはない。素材や料理を作った人のことを思うと、残せたものではない。

食事を済ませて、コーヒーを飲む。こんなにゆっくりと味わいながら飲むことはめったにない。社会人の息子と大学生の息子は缶コーヒーの方を好み、妻は紅茶党だから、亮平は、家ではコーヒーを沸かして飲むことはあまりない。大抵は喫茶店で飲んでいる。

八時を過ぎたので、亮平は自分のケータイから三木基弘に電話した。三回のコールで三木の元気な声が応えた。

「ウイ、ジュスイ　モトヒロ　ミキ」

亮平が名乗ると、三木基弘は「ああ、飛行機でご一緒した大里さんですね。いかがしました？」と問いかけた。亮平が昨夜来の考えを伝えると、三木は、「判りました。人通りの多い位置にあって、しかも一定の評価のある画廊ですね。友人にその方面に詳しい者がいますので、今日中に何とか訊いてみましょう。情報が入り次第、ケータイにご連絡します」と、心強いことを言ってくれた。亮平は「お願いします」と、目前にいない相手に深々とお辞儀をしていた。一先ずはほっとして、今度は田村玲子の家に電話した。すぐ通じて、その日の大まかなスケジュールを確認した。

まずはこれから田村玲子の家に行き、母が暮らした老人ホームに寄贈する数枚の絵を決める。それを亮平がデジカメに写しておく。そして午前中にその老人ホームを訪ね、寄贈する絵を搬入する。ここまでを電話で話し、三木基弘のことは会ってから話すことにした。八十四歳の老女の頭には、一度に多くは入りきらないだろうと思ったからだ。

亮平はオデオン駅を目指して歩いた。昨夜は知らない所だったので距離を感じたが、今朝は地下鉄オデオン駅にすぐ着いた。チケットは定期券があるので買わなくてもいい。四番線でポルト・ドルレアン行を待った。数分も待つと列車は来た。

田村玲子は身綺麗な服装で迎えてくれた。やはり美大出だけあって、老いても色彩感覚がいい。見た目は歳よりだいぶ若く見える。

母の絵を収蔵している部屋に足を踏み入れ、亮平は改めて絵の多さに驚く。一番多いのは色紙だが、三十号、五十号の絵も結構ある。

「私がね、老人ホームにいいかなと思える絵を、一応十枚ほど選んでみたの。この半分ぐらいを寄贈することになるんだけど、あなたが最終的に決めてね」

亮平はその中から三十号の菖蒲の絵と風景画、十二号の母子像とバラの花、八号の水仙の絵など、合計五枚を選んだ。いずれも額に入っていた。

「人様にあげるときは一応額に入れないと、出費させてしまうでしょ。こっちの負担は大きいけど、仕方ないのよね」田村玲子がそう言って笑った。

老人ホームはヴァンセンヌの森の近くにあるという。地下鉄ならばシャトレまで行き、そこで一番線のシャトー・ド・ヴァンセンヌ行の終点で降りて五分程度歩くそうだが、絵があるのでタクシーで行くことにした。

「都心から五キロ程度だから、割に近いのよ。お母さん、晩年にクリスチャンになったの。その関係で、キリスト教の老人ホームに入れたのね。慈善事業だから費用も安かったのよ。教会には六十代から時々行ってたけど、洗礼を受けたのは七十も過ぎてから。救いを求めてたんだろうね」

田村玲子はフーッと吐息をついた。

「そう、そう、お渡しするの、忘れてたわ」そう言って紙袋を持ってきた。

「これは、お母さんの写真。こちらは忘備録というか、メモ書きというか。彼女は絵を描く方に力点を置いて生活してたので、文章はあまり書かなかったようだけど、やはり自分の存在を文字にも残したかったのかな」

亮平は数枚の写真だけはすぐ取り出して見た。覚えている母の面影はあるが、やはり歳月がその顔を変えていた。歳月だけでなく、苦労したせいもあるのだろうな……、内心でそう思うと亮平は胸の疼きを覚えた。居たたまれなくなって「タクシーを呼べますか？」と気持を転換させようとした。

「もちろんよ。近くだから、すぐ来るわよ」そう言って、田村玲子は受話器の数字を押して行った。亮平は五枚の絵をエレベーターに積み込み、アパルトマンの入口へと運んだ。ちょうどそこへタクシーがやって来て、田村玲子がフランス語で目的地を伝えた。運転手はトランクを開け、絵を積み込んでくれた。降りる時、チップをはずみましょうね、と田村玲子が囁いた。

運転手は、目的地までの大まかなルートを田村玲子に説明したようだ。車が著名な建物の傍を通るたびに、彼女があれこれ説明してくれるのだが、亮平には初めてのパリで、それらの名さえなかなか頭に入らないのが正直のところだった。ただ、見慣れている日本の機能的な建物と比べて、彫刻などの外装が豊かな建物群には目を見張るばかりだった。

車はセーヌ川に架かる橋を渡った。しばらく大きな道路を進むと、冬枯れの大樹が多くなり、ヴァンセンヌの森だという。森の中を通って、一旦外に出て、しばらく進むとクリーム色の五階建ての建物が見えてきて、車はその前で止まった。そこが、母が亡くなるまで生活した老人ホーム〈ル・ジャルダン・ド・フルール〉だった。タクシー代は亮平が支払った。チップを普通の倍以上はずむと、運転手が機嫌よく絵を玄関の内側まで運んでくれた。

庭には冬なのに花がいっぱい咲いていた。水仙の咽ぶような香りが鼻先を刺激した。

「このホーム、花園という名だけあって、冬でも庭には花がいっぱい咲いているのね。あの赤いのはガーデンシクラメン、その横はパンジー、そして一面に咲く水仙、その向こうはボケ、あの白いのはノースポールかな？」

田村玲子は花の名をあげながら、玄関へと足を進めた。受付で来意を告げ、隣にいるのが昨年の暮に亡くなった山浦清乃の息子だと紹介すると、中から修道女が出て来て、何か語りかけながら亮平の手を強く握りしめた。すぐに田村玲子が通訳してくれた。

「この方、事務主任さん。こうおっしゃったの。お母様が、息子さんと娘さんにとても会いたがっていました。お母様は物静かで、絵の上手い、すてきなおばあさんでした。朝起きて、食事に下りて来られないなと思って、部屋に行ってみると、永遠の眠りについておられました。とても安らかなお顔で神様の御許に逝かれました、って」

「そうですか。それを聞いて安心しました。本当にありがとうございました。母が大変お世話になりましたので、これらの絵をお礼に寄贈させてください。そしてこれは心ばかりの感謝のしるしとして、お受けください。何かのお役に立てれば幸いです」

亮平はそう言って、封筒に入れた五百ユーロを手渡した。

田村玲子がすべてを通訳してくれた。

「絵も、こちらも、喜んでいただきます。絵は食堂やゲストルームや廊下に、お母様のメモリーとして飾らせてもらいます。こちらは、会議で使い道をきめさせていただきます」

「メルシィ　ボウクー」

亮平は即席のフランス語で、ありがとうございます、と礼を言った。

応接室に通され、この人もまた修道女である園長が挨拶に出て来た。トレーで温かい紅茶を運んできたのも、別の修道女だった。

「お母様はいつも、息子と娘の健康と成長をお祈りしてましたね。時々、園長様もご一緒に祈ってくださいね、と言ってましたよ。だから、私もお子さんたちの健康と成長を祈りました。お母様はよく庭に出て、スケッチブックに花々を描いて、色鉛筆で塗っていらしたな。私は日本画家だと、プライドを持っておられました。だから神様の御許へは、そのスケッチブックもお供させました」

眼鏡の奥で、園長の目がすべてを包み込むような優しさで語っていた。

寄贈の五枚の絵を職員が開けて並べた。

「おお、すばらしい！　これはれっきとした画家の絵ですね」園長が感嘆の声をあげた。

亮平にはリップサービスなどとは違う、心からの声のように思えて、嬉しかった。

「まだ決まったわけではありませんが、できれば今年中に、母の遺作展をこのパリでしようと思っています。その節には案内状をお送りしますので、見てやってください」

「それはステキなこと！　スタッフ一同、ぜひ見に行きますよ。ご案内をお待ちしています。ね、来たら、私にすぐ知らせてよ」

園長は事務主任の修道女にそう言った。

通訳で大活躍の田村玲子が「お母さんの過ごしたお部屋を見せてもらって、そろそろ失礼しましょう」と促した。

「その前に、お写真を撮りたいのでしょ。さあ、こちらに寄って」

園長からそんな言葉をかけて貰おうとは思ってもみなかったので、亮平は感激してデジカメを事務主任に渡した。母の絵の前で、園長、田村玲子、自分の三人で記念写真を写すことができて、亮平はこの幸運を神仏に感謝せずにはおれなかった。

「お部屋には事務主任がご案内しますから」そう言って、園長は部屋を後にした。

母の過ごした部屋は二階で、庭に面して、日当たりがよかった。二人部屋で、真ん中がアコーデオンカーテンで仕切られていて、すでに新しい老女が入居していた。田村玲子が事情を説明して、中に入れてもらった。亮平も、「ボンジュール」と挨拶して入室した。

八畳ぐらいの空間に、一人用のベッドとミニソファー、それに机と椅子が置かれていた。戸棚と洋服ダンスは備え付けだった。入口の横に共用の洗面台とトイレがあり、日本の老人ホームよりもやや広いように感じた。窓からはヴァンセンヌの森も見え、小鳥たちの囀り(さえず)も聞こえた。

「いいところですね、庭も見下ろせて。絵描きの母は、常に頭の中でいろんな花の絵を描いていたのでしょうね」

「そうね。子供に会えないことと、世に出られなかったのは無念だったろうけど、こんないい環境で、修道女たちの手厚い保護下に置かれ、神様とともにある生活は平安に満ちていたんだろうね」

田村玲子がそう言った。終りの言葉は、自分自身へのつぶやきのようでもあった。

亮平は母の最期の様子や過ごした部屋をこの目で見て、世話をしてくれた職員にも面会して礼を述べることができて、そして何よりも絵の寄贈も終えて、何か一仕事をしたような、ホッとした気持になっていた。

帰りは地下鉄一番線でシャトレまで行き、四番線のポルト・ドルレアン行に乗り換えて、シテで降りた。「お母さんが描いてくれた、あのノートルダム寺院に行きたいのでしょ」との田村玲子の言葉に従ったのだ。彼女は、ノートルダムのすぐ隣のサン・ルイ島にいいレストランがあるので、そこで昼食にしましょう、と言った。亮平にとっては初めてのパリだから、見るものすべてが新鮮で、自分の固定観念が打ち砕かれるような気がした。

近くで見るノートルダムは巨大で、首を反り返らさなければ二つの塔を見ることができない。正面広場には観光客が多く、母が描いた夜明けのノートルダムの静寂さはない。中に入ると、バラ窓のステンドグラスや側面のステンドグラスに、亮平は目を奪われた。中世に作られたそれらは歳月に耐えて、今も人々の目を魅了する。母も何度かこの寺院に来て、自分や妹の健康と成長を祈ったことだろう。そう思うと、亮平は胸が疼いた。

田村玲子は信者の座る椅子に腰をかけ「私はここに座って待ってるから、内陣をぐるりと回ってらっしゃい」と言った。そして、「あのねえ、ナポレオンもここで盛大な戴冠式をあげたのよ」と付け足した。キリスト教の大司教区の寺院といえども、聖と俗の両面を持っている、と言いたかったのだろう。

そんなことを思いながら、亮平はゆっくりと内陣を歩いた。彫刻と宗教画が壁を埋めても、なお空間が広い。壁面のステンドグラスが太陽光を受けて、石の床に柔らかな虹色を落とし、揺らめいている。亮平は思わず足を止め、内心で嘆声をあげる。見上げるとステンドグラスは絵になっていて、おそらくは聖書の中の物語が描かれているのだろう。けど、その面で知識のない亮平には解釈できない。

チケット売り場に似た小さな縦長のボックスがあちらこちらにあるが、若い頃に読んだアンドレ・

ジッドの小説に出てくる告解室だろう。黒い小さな窓幕のこちら側から罪の告白をし、それを中にいる司祭が聞くのだ。ふと、今は亡き父がこの寺院に来たら、この告解室の前に立つだろうかと思いながら、その場を離れた。

出口近くの台座の上で、多数のローソクの炎が微かに揺れていた。薄暗い内陣の一角でそこだけが明るく揺らめいて、救いの手が差し伸べられているような錯覚を覚える。台座の隅には献金箱が置かれていて、亮平はローソクを一本取り、十ユーロのお札を入れ、火を灯した。そして、祈った。母の遺作展がこのパリで実現しますように、と。

「お待たせしました。正面広場の人の多さに比べて、中は静かですね。ステンドグラスには感動しました。ここに来ると、ぼくのような邪悪な者でも祈りたくなりますからね。ローソクに火も灯しましたよ」

「そう、それはよかった」と言うと、田村玲子は前列の椅子の背を持って立ち上がった。

「私なんか信心があまりないけど、お母さんは神様を信じていたから、あなたが祈ってくれると、喜んでいるでしょうね」

「さあ、どうだか……。ぼくも、現世ご利益組ですから」亮平はそう言って笑った。

田村玲子の案内でノートルダムの裏側に回り、そこからも立ち止まって後陣を眺め、サン・ルイ橋を渡った。橋のすぐ右手のレストランに入った。何が食べたいかと訊かれても、フランス料理の名前など亮平には判らないので、今日のおすすめ料理に決めた。座席はセーヌ川の畔、しかもノートルダムの後陣がよく見え、亮平は思わず「ラッキー」と声に出していた。

「この島はね、同じパリかと思えるほど静かでしょ。革命前から大貴族や有名人が屋敷を構えていて、超高級住宅街でもあるの。ボードレール、ロダンの愛人だったカミーユ・クローデル、ナチスの拡大を防ごうとして人民戦線を結成したレオン・ブルムや、現在は産油国の王族も館を持ってるのよ。なぜか観光客もここまではあまり来ないわ。ただ、メイン道路の真ん中あたりに有名なアイスクリーム屋があって、そこにはパリジャンたちの列ができるそうよ。実はこのレストラン、お母さんが老人ホームに入る前、だから二年半ぐらい前かな、お世話になったからと言って、連れて来てくれたの。二人で会食した最後の、想い出の店なのよ」

田村玲子はセーヌの流れに目をやって、静かな口調で言った。

「人生って川の流れに喩(たと)えられるけど、流れはあっという間に過ぎて行くでしょ。無限の時の流れから言うと、人生は点にもならない短さね。そんな中で人は出会い、愛し、喜び、別れ、憎み、怒り、悲しみ、のたうち回るんだもの。そう思うと人はみな愛しい存在ね」

亮平は胸がいっぱいになり、応える言葉がなかった。

遊覧船が目の前を通って行く。デッキから船客たちが、幸せそうに手を振っている。

料理は昨夜のように前菜、メイン、デザートの順で、ギャルソンが頃合いを見計らって皿を運んだ。デザートのアイスクリームはこの島の有名な店のものだといい、イチゴのバニラがほんとに美味しかった。最近は年中どんな果物も味わえて、戦後のまだ豊かでない時代に少年期を過ごした亮平には、贅沢な気もしないではなかった。が、田村玲子は、異国で人生を孤独に過ごした母をサポートしてくれた恩人だから、せめてあと三日間の食事ぐらい自分がご馳走すべきだと思っていた。

食事を終えてコーヒーを飲んでいると、時計はすでに二時半を回っていた。亮平は「失礼します。ちょっと気にかかっていることがあるもので」と言ってケータイを出し、メールをチェックした。まだ三木基弘から連絡はなかった。

「例のパリ大学の研究生の件、まだ連絡がありませんね。画廊に詳しい友達と連絡がつかないのかなあ。だめかもしれない……」

「だって、今朝電話したんでしょ。彼も自分の用事もあるし、ま、夜にならないと詳しいことは判らないでしょ。きっと大丈夫よ」

田村玲子は楽観的なことを言う。でも、その言葉を今は信じたい。

「これから、どうなさる？」

「ぼくの方はこれと言って、計画はないのですが……。田村さんは朝から付き合ってくださって、お疲れでしょ？」

「ちょっとばかりね」

「じゃあ、これから一旦お帰りください。ぼくもホテルに帰り、少し休みます。ところで、夕食はお寿司にしませんか？　もちろん、ぼくがご馳走します。母が何かとお世話になったのですから、せめて滞在中はぼくに奢らせてください。お願いします」亮平は深々と頭を下げた。

「そう、じゃあ甘えるわね。その代わり、お母さんの遺作展の時は、このおばあさんでもきれいに着飾って、受付をするわ」

「その節は、本当によろしくお願いします」亮平はまた頭を下げた。

「川向こうに日本料理店はたくさんあるけど、遠くじゃあ行き帰りに疲れるでしょ。オデオン座の近くにも寿司を食べさせる店があるの。そこならホテルから歩いて行けるので、いいんじゃない？」

「ぼくはパリのこと何も知りませんので、お任せします。じゃあ、六時半にホテルのロビーでお待ちしています」

「了解。一応、私の名前で予約しとくわ。さてと、地下鉄はシテから一直線で帰れるのよ」

「そうですね。さあ、そろそろ出ましょうか」

そう言って、亮平は椅子から立ち上がる田村玲子に手を貸した。サン・ルイ橋を渡り、ノートルダム寺院の傍を通って、正面広場を通り抜け、地下鉄のシテ駅へと、来た道を戻った。田村玲子が「右は市立病院、目前は警視庁、その奥はステンドグラスが美しいサント・シャペルよ。時間があれば見ておくといいわ」と、説明した。そして、続けた。

「セーヌ川の中洲であるこのシテ島が、パリの発祥地よ。パリの名の由来であるケルト系パリシー人が住んでいて、カエサルの時にローマに屈したの。以来、ローマ人の町が次第に拡大していくんだけど、ほら、ご存じかと思うけど、辻邦生（くにお）の長編小説『背教者ユリアヌス』のユリアヌス帝もこの辺を闊歩（かっぽ）したんでしょ。そうそう、《貴婦人と一角獣》で有名なクリュニー美術館も、ローマ時代の大浴場の上に建っているのよ。クリュニーはパリ大学の真ん前ね」

「へー、パリは歴史が重層的なんですねえ。お話を聞いてて、今思いついたんですが、ぼくはそのサント・シャペルとクリュニー美術館に寄って帰りましょう。明日はどんな用事ができるかもしれませんから」

「それがいいわね。地下鉄に一人で乗るの、大丈夫？」

「昨日、パリ大学の研究生に教わりましたから、大丈夫です」

こんな会話をしているうちにシテ駅の前に来ていた。亮平はホームまで付き添った。すぐ来た四番線ポルト・ドルレアン行に田村玲子は乗り込むと、窓からしきりと手を振った。そのガラス越しの笑顔を見ていると、亮平はふっと母が手を振っているような錯覚を覚えるのだった。

（四）

地下鉄のホームから地上に戻ると、亮平は警視庁の横を通ってサント・シャペルに向かった。ものの数分も歩くと到着し、チケットを買って中に入った。一階は普通の内陣のようで、素晴らしいステンドグラスはどこにもなく、自分は間違って他所の寺院に入ったのかと不安を感じるほどだった。が、他の数人が入口の横の小さな螺旋階段を上って行くので、亮平もついて行った。

階段を上がりきると、亮平は内心で声を上げていた。すごい！　色の魔術だ、と。カメラで写しても、この絢爛（けんらん）豪華さは出ないだろう。部屋中すべてステンドグラスで、様々な色がこの身に降り注いで来るようで、圧倒された。絵柄は全部聖書の物語らしいが、こんな賑やかな色に囲まれては、静かに祈ることができないのでは……、との疑問も湧いてきたが、中世の職人の技のすごさはひしひしと伝わってきた。素晴らしさは理解できても、しかし亮平の心は休まらなかった。それで十分少々で螺旋階段を下り、外に出た。ひんやりとした空気が肌を刺す。それがとても心地よい。

大通りへ出た所で、日本人の青年に出会った。彼はこれからサント・シャペルに入るという。亮平は地下鉄でクリュニー美術館に行くため、シテ駅まで戻るのだと言うと、「そんな、ばかばかしい。そこのサン・ミッシェル橋を渡ってまっすぐ十二、三分歩いた所ですよ。メトロで行くと乗り換えがあって、かえって時間がかかります」と教えてくれた。

手持ちの地図で見ると、本当にサン・ミッシェル大通りをまっすぐ行った所だから、迷子になることもあるまい。ならば、と亮平も歩く気になった。しばらく歩いて、サン・ジェルマン大通りとの交差点を通り抜けると、もうクリュニー美術館が見えてきた。何か遺跡らしいものと隣り合っている。へー、これがローマの大浴場の跡か。亮平は遺跡を見てつぶやいた。しかし、ローマは何故こんな北に、領土・領域を広げたのか。軍事大国で、すでに地中海を内海化して「我らの海」と呼び、現在のヨーロッパの基を築いた、と高校の世界史の授業で習ったけど、飛行機も車も電車もない時代に、こんな遠い所まで何故に……、と亮平に思わせるのだ。ただの領土欲では説明できない。自分たちの持つ文明をよしとし、それを普及したいという強い願望、つまり伝道者たらんとしたのだろうか。多数の弱小民族は抵抗しても、軍事文明大国にはかなわなかった。こうしてローマの軍門に下り、僻地（へきち）も首都ローマと同等の文化文明に浴することになったのだ。ローマの遺跡を前にして、亮平はそんなことを思った。

クリュニー美術館に入場した。まず一階のミュージアムショップで日本語の説明書を買った。

最初の部屋は中世の祭壇や木彫などキリスト教関係の展示物で、次の部屋は美しい色合いのタピスリーが壁に掛けられ、その図柄は中世の生活を見せてくれた。柱頭彫刻群もずらりと並び、自分が中世ヨーロッパの美術史の研究者なら興味津々なのだろうが、残念ながらそうでないので、亮平は見るにも力が入らないのを自覚していた。

階段を二階へ上がると、正面がお目当ての《貴婦人と一角獣》の展示室だった。楕円形の部屋は作品の劣化を避けるためか、照明が落とされ、薄暗い中に赤いイメージのタピスリーが五枚、それと向き合うようにもう一枚、掛かっていた。亮平は不思議な空間と時間に包まれて、しばらく立ち尽くしていた。

どのタピスリーも背景は赤、床の絨毯は紺色で織られ、人間は貴婦人と侍女のみ。動物は一角獣、紋章を持つライオン、犬、猿、ウサギ、ヤギ、鳥などが登場し、貴婦人を従順に取り巻いている。その周りにはたわわに果実をつけた木々、色とりどりの草花が咲き乱れ、楽園さながらのようだ。

亮平は胸に懐かしい感情が宿っていることに気付いた。そう、幼い日に見た母の絵を思い出したのだ。こんなに花がたくさん咲いていて、たわわに実る果樹もあった。その真ん中に子を抱く母親の姿が描かれていた。まるで聖母子像のようなあの絵は、どうしただろうか。母は置いて家を出て行ったのか。それとも、売却したのだろうか……。亮平は帰国したら絵の行方を調べてみたい、と思った。

薄明かりのもとで、買って来た説明書を開けてみた。対面する五枚の絵は五感を表しているという。そんな気持で観ていなかったので、亮平は「へえ、そうなのか」と驚いた。

——味覚、聴覚、視覚、嗅覚、触覚。

そういえばお菓子を差し出している侍女、オルガンを弾いている侍女、貴婦人が持つ鏡に映る自分を見ている一角獣、侍女が持つお盆の花々で冠をつくる貴婦人、一角獣の角（つの）に触る貴婦人、それらが五感を象徴しているという。その気で見ると、なるほどと符合して、納得がいく。

五枚のタピスリーと向き合っている背後の一枚は、つまり六枚目は、貴婦人を天蓋の下に立たせ、動植物も勢ぞろいして、何か特別な意味を持たせていることが判る。天蓋には文字まで書かれている。

A MON SEUL DESIR

フランス語の解らない亮平には、意味が読み取れない。説明書を見ると、「私の唯一の望に」の意という。この絵の貴婦人はネックレスを外し、宝石箱を侍女に渡している。五枚の絵柄で五感による喜びを表し、最後の一枚で、五感によって引き起こされる過剰な欲望や欲求の危険性を戒めているらしい。侍女に宝石箱を返す場面が、それを証明している。この第六感とも言うべき感性を持たない生き方は、破滅への道を歩むのだ、と作者は言いたいのだろう。

亮平はフーッと息を吐き、説明書を閉じた。自分は五感も全開していないし、第六感も怪しいものだと思う。反省せよと言われているようでもあり、片腹痛かった。ではあるが、亮平はこれらの絵柄が好きだった。絵が母に通じる感情を呼び覚ましてくれたことが、何よりも嬉しかった。

時計を見ると、四時を過ぎていた。外へ出ると、黄昏が迫っていた。冬のヨーロッパは日暮れが早い、と会社の女の子たちから聞いてはいたが、ほんとうにそうだと思った。

目の前はパリ大学、いわゆるソルボンヌ。三木基弘はここに通っているのだ。そう思うと、この学問の殿堂も親しみを覚える。

地図を出してみると、ホテルまでは、歩いてもしれていることが判る。パリ第五大学、第六大学のあるこの辺りは文化ゾーン、カルチェ・ラタンなのだ。仕事に追われて、文化からは遠退いていた自分を振り返り、亮平はたまにはアカデミックな空気を吸わないとだめになる、と痛感した。

ホテルには十五分少々で到着した。田村玲子との待ち合わせまで後二時間ある。ならば風呂に入ろうと思った。老人ホームやノートルダム寺院、サント・シャペルにクリュニー美術館、一日にかなりハードなスケジュールをこなしたのだ。そう思うと疲れを感じた。

西洋の風呂は浴槽が浅く、入った気がしないが、それでも手足を伸ばし、体を温めると、疲れがスーッと引いていくような気がした。

部屋の時計を見ると、入浴はたった十二、三分。妻がいつも「お父さんのお風呂は、烏の行水」と笑うが、事実だと実感した。その妻は成田まで見送ってくれたのだから、電話ぐらいかけてやらないと、と亮平もやっと思い至った。時差を考えると、日本は夜中の十二時半過ぎか。でも妻はまだ起きているだろう。亮平はケータイ電話の番号を押していった。

「大里です」と、元気のいい声が鼓膜を直撃した。亮平は電話を少し離して、離陸して以来の経緯を簡単に説明すると、妻は「すべてうまくいってるじゃない。ラッキーボーイね。平素の行いがいいからでしょ」と、笑った。そして、「こちらは変化なし。お金は貯金を下ろせばいいんだから、ケチケチしないで、あなたが思うようになさってね」と言ってくれた。嬉しかった。おれが選んだ女だけのことはある。おれは親父とは違って、妻を、家庭を大事にしたい、と改めて思うのだった。

喉が渇いたので冷蔵庫を開けると、缶ビールやジュースが入っていた。亮平はビールに手が伸びたが止めて、オレンジジュースを取り出した。田村玲子は老女とはいえ、今宵は亮平の招待でランデブーするのだ。エスコートする男が初めから酔っていたんじゃあ、話にもならない。第六感が働いて、自制したのだ。クリュニー美術館のあの絵の効能が早々に現れて、亮平は苦笑した。

亮平は備え付けの髭剃りで口髭を剃り、これも備え付けの整髪剤で髪を整えた。よい香りが漂った。さすが芸術の国フランスは、こんなところまでオシャレなのだ。

スーツケースから新しいブルーのシャツとズボンを取り出し、皺を伸ばして着る。妻が選んでくれたそれ用のネクタイを結び、鏡に映してみる。またクリュニーのタピスリーが脳裏に蘇っている。貴婦人が持つ鏡に映る自分を見ている一角獣を思い出し、亮平は、あれは〈視覚〉だったよな、と笑った。

女性を待たせてはいけない。亮平は六時十五分にはロビーに下りた。田村玲子はまだ来ていない。その時ケータイが鳴った。三木基弘からだった。美術や画廊に詳しい友人とやっと連絡が取れたという。それによると、次のようなことだった。

パリには貸し画廊も含めて、画廊が四百ぐらいあるが、場所がよく、建物が綺麗で、しかも料金もあまり高くないというのは、なかなか見つからない。一つ候補としてあげるのは、モンパルナスのヴァヴァンにある画廊ギャラリー・ソレイユで、〈アーティストの青空市〉にも近く、経営も良心的だ。会期は一週間を単位とし、料金は二千から二千五百ユーロ。これはパリでは安い方という。ただ、このところの不景気でキャンセルも意外にあり、交渉次第でもう少し安くなるかもしれない。日曜日はどの画廊も休み。開いている時間は午前十一時から夕刻の六時まで。

「パリでは本格的な芸術のシーズンは十月から十一月です。九月は序曲が鳴っているという感じで、料金も少し安いようです。で、ソレイユでは今のところ九月の第三週にキャンセルが出て、そこなら空いてるそうです。ただ、これも早く手を打たないと、なくなる恐れがあるということです」

三木基弘の話し方は明快で、よく理解できた。亮平はとっさの決断をした。

「その九月の第三週をいただきましょう。ベストシーズンでなくても、その頃ならいいと思います。ぼくの滞在は後二日間ですが、どちらかの日で三木さんのご都合のいい時に、その画廊に連れて行っていただけませんか？」

「いいですよ。明日はゼミが終るのが四時ですから、と言っても少し早く終りますのでホテルに四時十分ごろにお迎えに行きましょう。画廊は地下鉄オデオン駅から五つ目のモンパルナスのヴァヴァンで降りてすぐ、ラスパイユ大通りに面した所にあります。これからメールで、明日の面会の予約を四時半頃と入れておきます」

「ありがとうございます。三木さんと飛行機で隣り合った幸運を感謝します。じゃあ、明日、四時過ぎにロビーでお待ちしています」そう言って電話を切ると、亮平は見えない相手に何度もお辞儀をしていた。第三者が見ると変だと思うだろうが、亮平はそうしないではいられないほど感謝していた。

「お待たせしました」田村玲子の若々しい声が響いた。亮平がちょうどケータイをカバンに仕舞った時だった。

「ジャストですね。パリにお住まいの方は、さすが時間厳守だ」

そう言って亮平は椅子から立ち上がった。そして唇から言葉が流れ出ていた。

「素敵なコートじゃないですか。エレガントなローズ色、帽子もお揃いですね」

「そう」と田村玲子は微笑んで、一回転して見せた。膝は大丈夫かと案じたが、今宵は調子がいいらしい。

「あなたもなかなかダンディーよ。これからムッシュとマダムがランデブーね。楽しいな」

会食の楽しさが予感できるスタートだった。


「このウニのにぎり寿司、美味しいわ」

そう言う田村玲子の皿は、十二貫あったにぎり寿司が半分に減っていた。彼女の旺盛な食欲は見ていて気持いいし、ご馳走する方としても残されるよりは平らげてくれる方が、よほど精がいい。ふっと母のことを思う。母はこんな処で、楽しく会食をする機会があったのだろうか、と。

「ここの寿司はお魚が新鮮なの。オンフルールの漁師と直結してるのよね。だからネタがいいの。お値段もそこそこだから、よく流行ってるわ。うちも一時期、モンパルナスで寿司屋をしてたでしょ。でね、お寿司のことはちょっと判るのよね。パリの夕食は、普通は八時でしょ。この時間だから予約が取れたのね。それに〈昴〉って名前もいいでしょ。白地に黒の漢字一文字の看板は目立ってるわ」

亮平はいちいち頷いていた。頃合いを見計らって、画廊が決まりそうなことを伝えた。

「そう、よかったじゃない。あんな立派な画廊で、お母さんの遺作展ができるなんて、まるで夢みたい。私も五、六年前、通りがかりに入ったことがあるわ。ギャラリーは一階と二階だから、作品がたくさん展示できるわね。でも、賃貸料が高いでしょう？」

「ええ、まあ。でも、孤独な中で芸術を追い求めた、母の思いの何分の一でも叶えてやりたいんです」

「親孝行な息子だねえ、私、ジェラシーを感じるな。羨ましいわ」

「でも、あの世の人になってからじゃあ、遅すぎますよ」

「この世の人じゃあ、なかなか親孝行はしてもらえないのね。でも、ま、そういうものかな……」

「現世はなかなかうまくいかないものですね」

「だね」そう言って田村玲子は深い吐息を吐いた。亮平も釣られて溜息をついていた。

「それで、展示は九月の第三週ですが、出品する作品を、後二日間で粗方、決めておきたいんですが……。無理でしょうか」

「あなたが度々パリに来る訳にもいかないでしょ。だからこの際、粗方決めましょう。明日、画廊に行く前に、うちに来てくださいな。直感と決断力を働かせると大丈夫よ。私、行ったことがある画廊だから、大体イメージできるわ。そうねえ、絵の大きさにもよるけど、かなり展示できるな」

「そうですか。明日、展示会場の図面を貰いますので、お知恵を貸してください」

「私も美大出だから、レイアウトぐらいはできるわ。いろいろ相談して。応じますよ」

「ありがたい。何せ遠方ですから、土地の人に協力して頂かないと、何もできませんので。よろしくお願いします」

「こんないい息子がいたのなら、お母さんはもっと早く連絡を取ればよかったのにねえ。生きて会えたのに……」

　そう言って一息つくと、田村玲子は話し始めた。

「お母さんは、パリに来て十年目ぐらいだったかな、こう言ったことがあるの。――私が恥を忍んで東京で頑張っていれば、別の展開があったと思うの。大里がいくら子供を渡さないと言っても、家庭裁判所へ提訴すれば、年に何回かは会うことを義務付けたかもしれないでしょ。それに、女流画家としての知名度も上がりつつあったので、東京で頑張って根を張れば、日本画家として確固たる地位も築けたと思うの。ただ、あんな騙し討ちみたいな形で離婚させられて、本当にプライドがずたずたに傷つけられ、画家仲間に会うのさえ恥ずかしかった。子供に会えないのなら、もう日本にいることもない。パリに行けば何とかなる、と甘かったのね。私がバカだったの。裁判に訴えてでも子供を取り返そうとしなかったから、結果的には捨てたも同然よね。今更、会いたいと思うのは、どう考えても我儘（わがまま）で、恥知らずよね、って」

亮平は黙って聞くほかなかったが、我儘でも恥知らずでもいいから、会ってほしかった。東京で頑張ってほしかった。東京ならば、こちらから会いに行けたのに……。母が日本と没交渉であったのは、そんな風に誇り高い自分に対して厳しいけじめをつけていたからだと、亮平はやっと理解できた。理解の果てに、今度はなぜ父がそんなひどい仕打ちをし、子供を渡さなかったのか、ますます解らなくなるのだった。

「そんな不遇な母だからこそ、ぼくは遺作展をこのパリでしてやりたいのです。パリに来て、突発的に遺作展のことを思いついて、それが運よく実現できそうなので、田村さんと三木さんには感謝してもし足りません」亮平は本心からそう思った。

「ねえ、ポスターやチラシも作るのでしょ。昔取った杵柄（きねづか）はまだ枯れてはいませんよ。何だか楽しくなってきちゃったわ。わたし、レイアウトやポスター、チラシを考えるから、任しといて。でね、モリーヌ家の方々にも、ぜひご案内しましょうよ」

「モリーヌ家って?」不意に出てきた家の名に、亮平は戸惑ってしまった。

「お母さんが、住み込みの家政婦として働いていた家なの。貴族の末裔で、モンパルナスに大きな館を構えていてね、奥方が股関節を痛めていて、家事があまりできなかったのね。で、庭の草抜きや館の掃除、洗濯、買い物や料理の手伝いをすれば離れに住まわせくれて、食事もタダで食べさせてくれたの。その代わりお給料は正規の半分以下ね」

「へー、そうだったんですか。いつ頃までそこにいたんです?」

「仕事は七十五歳までしていたな。それから老人ホームに入る八十二歳まで、離れに住ませてもらってたのよ。この間、旦那様が先に亡くなられ、間もなく奥方様はあの老人ホーム、ル・ジャルダン・ド・フルールの特別室に入られたの。このご夫婦の導きもあって、お母さんは洗礼を受けたのよ。それからは息子さん夫婦があの館を継がれて今に至るのだけど、そのご夫婦もとてもいい人で、退職後も追い出すことなく、タダ同然で離れに住まわせてくれたの」

「そんないい出会いがあったんですか。ありがたいことですね」

亮平は自分の知らないところで、いろんなことがあったのだと、改めて思うのだった。

「今のように日本人がどんどんやって来て、彼らを相手に商売ができる時代とは違うの。東洋人はやはり下働きしかなくてね。そんな時代に、パリのど真ん中に住まいが確保できたことは、幸運なことだったの」

「母はいろんな人から助けていただいたのですね。遺作展のことがうまく運んで時間ができれば、ぜひお礼に伺いたいのですが……、連れて行っていただけます？」

「ビアン シュール。あ、ごめん。またフランス語が出ちゃった。もちろん、という意味よ。話は戻るけど、今宵の夕餉（ゆうげ）のご感想は？」

「東京の一流どころで食べるのと同じぐらい、美味しかったです。オンフルールの活きのいい魚は、やはり違います。また来る時も、ここに食べに来ましょう」

「そんなに言ってもらえて、嬉しいわ」

田村玲子は満足そうに微笑んだ。表情が豊かで、長いことパリ暮らしをしていると、日本人離れの顔付になるのだろうか。

食事が済むと八時を過ぎていたので、亮平は彼女をタクシーで送ろうとすると、「大丈夫よ。いつも一人で出歩いてるんだから」と言ったが、すぐに訂正した。

「そんな言い方、失礼よね。エスコートしてくれた男性の立場も考えなくちゃ。送っていただきます。けどタクシーでなく、メトロにしてね。私がドアの向こうに消えたら、安心してお帰りください。何だか映画のワン・シーンみたい」

田村玲子は、楽しそうに笑った。彼女ははっきりとものを言うおばあさんだ。それが亮平にとっても、快い。母はどんなおばあさんになっていたのだろうか。半年前ならば生きていたのに……。

亮平は返す返す悔やまれるのだった。

（五）

パリ三日目の朝は、小鳥のさえずりで目が覚めた。ホテルの中庭に、スズメや鳩も来るらしい。小鳥がさえずる朝は、いいお天気と決まっている。短い時間であれこれ行動する滞在者にとっては、雨よりも晴れがいい。

亮平はバイキングの朝食を済ますと、少し早いかなと思いつつも、地下鉄で田村玲子の家を訪ねた。母の多数の絵の中から、遺作展用の絵を粗方選ぶためだ。

「いらっしゃい。もう始めてますよ」

チャイムを鳴らしてドアを開けると、田村玲子の明るい声が耳に飛び込んできた。

リビングからキッチン、他のどの部屋にも母の絵が並べられていた。それでもまだ並べきれずに重なったままの絵がたくさんあった。

「すごい数だな……」

亮平は一昨夜、絵が縦に重ねられていた時を見ているので、こうして並べられた絵と対面すると、その巧さに圧倒された。パネルで一番大きな絵は五十号だが、十枚はある。三十号はもっと多く、十二号が一番多い。きっと画材が高いので、絵もだんだん小さくなったのだろう。絹絵も表装しないままに十数枚はある。色紙はたくさんあり、ちょっとした時間を見つけては描いたのだろう。母が生活と闘いながら、それでも理想を忘れず描いていたのだと思うと、亮平は胸が熱くなった。

「好きな絵、これはと思う絵を、あなたの審美眼で選んでみて。お父さんは洋画家、お母さんは日本画家の家に生まれて、あなたもそれぐらいはできるはずよ」

そう言われては、そう思うほかない。亮平は腕組みし一枚一枚絵と数刻対面して、「これ」と即決していった。本当は母の絵はどれも愛しくて、全部展示したいのだが、場所もあってそうもいかないので、断腸の思いで選外の絵を裏返していった。結局、一度その画廊に行ったことがあるという田村玲子の勘をたよりに、一階に大小合わせて三十枚程度、二階にも三十枚ぐらいを目途に、大小六十数枚を選んだ。

「ねえ、あなたの決断力はすごいわね。わずか三時間足らずよ。選んだ基準は何？」

田村玲子が訊いてきた。

「ぼくに語りかけてくる絵、ぼくのハートを鷲掴み(わしづか)した絵を、直感で選びました」

「ふーん、そうなの。あの絵、二十歳の記念の絵も展示しましょうよ。気に入って、ぜひほしいという客が出たらいけないので、非売品と明示して」

「そうですね。他の絵は値段をつけるのかなあ……」

「大抵はつけるんじゃないの。売り上げは画廊と折半とか、いろんな分け方があるのよ。今日打ち合わせがあるんでしょ。その時に話が出るわよ」

画家の息子でありながら、亮平はそんなことにタッチしたことがないので、そうか、なるほどと思った。

時計はすでに十二時半を回っていたが、田村玲子は、「今日は私が昼ご飯を作ってあげるわ。サンドイッチでいい？」と訊いた。外に出かけると、また亮平にご馳走させるから、家でと思ったのかもしれない。

「ええ、でも申し訳ありません」亮平はそう言ってソファーに座って待った。

「そうそう、その前にこれを渡しとかなくちゃ。絵の間から、こんな雑誌がでてきたのよ。ぱらっと見てみると、若き日のお母さんの絵が、美術評論家に取り上げられているの。新聞の切り抜きもはさまっていたわ」

そう言って、田村玲子は五冊の美術雑誌と三枚の新聞の切り抜きを亮平に渡した。いずれも黄ばんで、歳月の古さを示していた。亮平は雑誌のページをていねいにめくり、その記事を読んだ。《日本画に新星登場。伝統の上に自分の神秘的世界を築き、最も期待される女流画家だ》と評してあった。母は高く評価されていたのだ。挫けそうになると、この美術雑誌や新聞の切り抜きを取り出して、母は己を励ましたのだろう。今その母の絵に囲まれて、亮平は至福の時を過ごしながら、それらが愛しくて、胸がいっぱいになっていた。

——お母さん、すごいよ。美術評論家からあんなに書かれ、東京で知名度が上がりつつあっただけのことはあるよ。これらの絵は秋に、展示されるべくして展示されるのだよ。

亮平は密かに、胸の内でそうつぶやいていた。


サンドイッチの昼食を終え、亮平は三木基弘との待ち合わせ時間まで、一旦ホテルに戻るつもりで田村玲子の家を出た。が、地図を見るとサン・シュルピス教会が近いことを知り、ついでに行ってみようと思いを変えた。どんな教会かは知らないが、二時間の時間をつぶすにはよいだろうと思えたのだ。

　教会へは十分で着いた。正面広場には立派な噴水があるが、冬のせいか水は噴出していない。人影もまばらで、散策の亮平にはほどよい風景をなしていた。伽藍はノートルダム寺院よりやや小さいと感じたが、それにしても大きな教会だ。正面が回廊風になっていて全体がシンプルだが、それがオシャレで、二つの塔も丸っこくて優しい感じを与える。

　中に入ると、右の礼拝堂に三枚シリーズのフレスコ画があった。手持ちのガイドブックによると、有名なドラクロワの『天使とヤコブの闘い』だという。キリスト教の大事な逸話だろうが、聖書を知らない亮平には、ただ迫力があるとしか言いようがなかった。視線を転じると、風格のある装飾のパイプオルガンが目についた。これが演奏されると音が素晴らしく反響して、邪悪な心も清浄に導かれるのだろうなと思った。

　時間がまだあるので、地図を見ながらホテルまで歩いた。左右の通りにはブランド物の店がずらりと並び、亮平はその一つに入って、妻にスカーフを買った。柄選びには自信があった。息子には今風の好みがあり、親の選んだものは喜ばないので、服飾関係は買わないことにし、空港で洋酒を買うつもりだ。

　気が付けば前夜行った寿司屋の看板《昴》、が目に入って来た。ここだったのか。田村玲子が言うように、白地に黒い漢字は地味派手で、色物よりもかえって目につく。故郷を離れて、異国の地で寿司屋を営むマスターは、どんな思いで毎日を過ごしているのだろうか、とふと思ったりした。

そうこうしているうちに見覚えのある界隈(かいわい)に到達していた。地下鉄オデオン駅を確認して、亮平はまっすぐホテルへと歩を進めた。

ロビーに入ると、受付の男性から「ボンジュール」と笑顔で迎えられた。

三時半を過ぎていた。亮平は部屋に戻ると、洋服ダンスに取り付けられた大鏡に自分を写してみた。背広、ネクタイ、コート。見苦しくないことを確認した。人は内面が大切だが、表面を見て侮る人間もいるのだ。それで交渉が巧くいかなければ、今回に限って言えば、失望、いや絶望あるのみだ。交渉が成立したら、今夜は三木基弘をご馳走しよう。

亮平はパスポートとVISAカードがあることを確認した。ロビーへ降りるにはまだ早すぎるので、窓を開けてあのノートルダムを眺望した。黄昏時が近いことを告げるのか、空の色も変わろうとしていた。母も何度となく見たであろうノートルダム寺院。それを絵に描いて、息子の成人式を独り祝ってくれたのだ。ああ、お母さん、あなたの息子として生まれきてよかった。辛いこともあったけど、今、こんなに愛しい気持であなたを思うことができるなんて。そんな思いが胸に充満して、亮平は何が何でも交渉を成立させるぞ、お金は退職金を前借りしてでも工面するぞ、と決意を固めるのだった。


三木基弘は少し早めにやって来た。すぐに地下鉄オデオン駅に行き、四番線ポルト・ドルレアン行に乗って、五つ目のヴァヴァンで下車した。地上に出て交差点を渡り、五十メートルほど歩いた所がギャラリー・ソレイユだった。横看板も品よく、ラスパイユ通りに面したガラス張りの壁面からは中がよく見えるようになっていた。

店主も予約時間を待っていた風で、三木基弘と笑顔で挨拶を交わし、握手をしていた。三木が画廊に詳しい友人の名、黒崎伸吾を出すと、すでに彼からも電話が入っていたようで、愛想よく握手し直していた。三木が亮平を紹介すると、店主は「ボンジュール、アンシャンテ」と言って、亮平にも握手を求め、ジャン・フルビエと名乗った。亮平も「こんにちは、初めまして」と応じた。

ロビーの椅子に座って、交渉が始まった。三木が通訳してくれた。亮平はキャンセルの出た九月の第三週を、ぜひ母のために貸してもらいたいと、単刀直入に申し入れた。

「もう一人候補者がいるが、黒崎伸吾から電話があり、オーケーを出したので、あなたのお母さんの作品展を選びましょう」

ジャンはそう言って、亮平にまた握手を求めた。亮平は、間に入ってくれた三木基弘の友人の名をこのギャラリーで初めて知ったのだが、いない彼にも感謝して、「メルシィ　ボウクー」と声高らかに言って、今度は自分からジャンに握手を求めた。そして、つい日本での癖、深々と頭を何度も下げていた。ジャンは首を傾げて笑っていた。

亮平はさらに話を進めた。

自分は東京に住んでいて、現役で仕事もしているので、会期中の全日をパリにいることはできない。前半、あるいは後半しか滞在できない。知り合いもほとんどなく、受付の手伝いも、母の友人の田村玲子さんしか思いつかない。老女だがとても元気でセンスいいおばあさんだから、また本人もやる気だから、彼女にお願いしたい。展示会場のレイアウトやポスター、ちらしなどのデザインもしてくれるそうだ。絵の搬入、搬出はこちらの業者にお願いしたい。展示は大小合わせて六十数点を考えているが、可能であるか。

「見ての通り、面積は広いので、大丈夫でしょう。で、値段は誰が付けますか？」

亮平はすぐには答えられず、「九月までまだ時間があるので、考えてみます」としか言えなかった。

賃貸料のことが出たので、その金額でオーケー、また半分をすぐ払う事も承知していると応え、VISAで支払いをしたいと申し出ると、ジャンは首を縦に振って、了解を示した。最後に販売の件で、売り上げの二割を画廊にいただくがいいか、と訊いてきたので、それも了解だと答えた。

交渉がすべてうまくいって、亮平はホッとした。ジャンも自分の提示がすんなりと受け入れられて、満足そうだった。亮平は日本の住所とメールアドレス、ケータイ、電話番号を正式に書いて渡した。これからも協力してくれる三木基弘も住所、ケータイ番号を知らせていた。

亮平は最後に展示場の見取図を二枚貰った。一枚はレイアウトなどで協力してもらう田村玲子用に、もう一枚は帰国して何かの時にはすぐ応じることができるよう、自分用に。

「受付が田村さん一人では大変でしたら、ぼくにも心当たりがあります。パリ大学の知り合いの女学生にボランティア好きがいますので、手伝ってくれると思いますから」

三木基弘はどこまでも親切な男だ。最近の日本では見つけるのが難しい好青年に出会えたことを、亮平は深く感謝するのだった。

画廊を出た時は、外はもう早い夜がやって来ていた。亮平は三木にぜひご馳走したいと言うと、三木はこう言ったのだ。

「そんなに気を遣われなくてもいいのですよ。ぼくがパリに来た当時、何もわからなくて困りましたが、多くの友人に助けられました。だから、そのお返しだと思っています」

「でも、大の大人がその言葉に甘えるわけにはいきません。ぼくの気が済まないので、今夜はご馳走を受けてくださいよ」亮平がそう無理押しすると、三木基弘はやっとそれを受けてくれた。そして、「安い所でいいですよ。ぼくはまだ学生の身ですから」と付け加えた。

三木は画廊の近くのビストロに連れて行き、フランス語の読めない亮平に代わって、そこそこの値段の料理を選んでくれた。ムール貝を中心のシーフード料理で、グラスワイン付きで一人、十八ユーロだった。亮平はムール貝をこんなにたくさん食べたことがなかった。

母の遺作展も決まり、心から美味しいと思って食べた夕食だった。


ホテルに帰って着替えをしていると、電話が鳴った。田村玲子だった。

「モリーヌ家と連絡がついたわ。明日の午前十時半頃なら、いらしてくださってもいいそうよ。息子さん夫婦がお待ちしてますって。キヨノに息子がいたなんて、そしてパリに来てるなんて、と驚いてたわ。お宅には花束をお持ちしたらいいと思うの。私が用意しておきますから」

「あれこれ、本当にご配慮、ありがとうございます。その他に何かお持ちするものは……」

「それはあなたが考えて。で、明日、その時間に間に合うよう出かけましょう。うちに一旦来てください。地下鉄四番線のポルト・ドルレアン行に乗ってムトン゠デュヴェルネで下り、五、六分歩くのね。それと、モンパルナスの墓地が近いから、帰りにお母さんが眠るお墓にも行きましょう」

「じゃあ、九時半にお宅に参ります。よろしくお願いします」

亮平は日本では想像もしなかった母の恩人に会えることになり、その家にわざわざ行くのに、花束だけでは何か大きな忘れ物をしているような気がして思案した。他の何かを買うと言っても好みも分からないので、結局三百ユーロを感謝の印として封筒に包むことにした。

その夜は、母の遺作展のこともモリーヌ家のことも予想外にうまく運んだので、亮平は安心したのか、風呂から上がるとすぐ深い眠りに落ちて行ったらしい。

（六）

モリーヌ夫妻はほぼ亮平と同世代らしく、穏やかな表情で大歓迎してくれた。一番嬉しかったのは、リビングに母の三十号の絵が掛けてあったことだ。初めて見るその絵は、赤い椿の絵だった。花がたくさん咲いていて、何か懐かしい気持にさせる絵だ。

「キヨノさんから両親の結婚五十年の記念として頂きました。母がとてもお気に入りの絵で、私たちはこの絵を見ることによって両親を偲ぶことができます。股関節の悪い母を、キヨノさんは毎日のように庭に連れ出してくれました。この絵の椿はうちの庭に咲いていました。もちろん、今も」

モリーヌ氏がそう言った。

「そうでしたか……、そんなに言ってもらえて、亡き母も喜んでいるでしょう」

モリーヌ夫人もとても愛想のいい人で、美味しいケーキと紅茶を出してくれた。

母の暮らした離れも見せてもらった。十畳ぐらいの部屋とミニキッチンにシャワールーム、トイレがあった。母屋と比べると貧相ではあるが、このパリで、タダ同然の生活の場を与えられて、母はその点では幸運だったのだ。遺作展のことを告げると、夫妻は「ぜひ見に行きますよ」と言い、「弟が新聞社で文化部の記者をしているので、見に行くよう奨めましょう。小さな記事でも書いてくれるよう促してみます」と、思いがけないことまで言ってくれた。

花束も、恐る恐る差し出した封筒も、快く受け取ってもらえた。温かい気持にさせてくれる夫婦の人柄に、亮平は感銘を受けていた。

帰りは、地下鉄四番線クリニャンクール行に乗り、二駅目のラスパイユ駅で降りて、モンパルナスの墓地に行った。そこの共同墓地に母は眠っている。途中の花屋で束ねた水仙を買った。

この三日間、亮平の気持は、膨大な絵をどうするかということに集中していた。そして、思いがけず遺作展へと話が発展し、墓参りが後回しになってしまったのだ。亮平は母に申し訳ないと思いながら、この経緯を母も許してくれるだろうと思った。

墓の入口で墓苑内の地図を貰った。入口のすぐ右手の壁に沿って、サルトルとボーヴォワールの墓があった。意外に地味な墓で、さすがに二十世紀を代表する哲学者と小説家だと思った。虚飾に意味を感じていないといった造りだった。他にもモーパッサン、ボードレール、サン＝サーンスなど著名人の墓もあるという。観光客の中には彼らのファンもいて、献花が絶えないそうだ。

亮平の目が、道端の小さな双子のような墓に止まった。まだ新しい墓のようで、季節の花が添えてあり、ほのぼのとした雰囲気を感じさせるのだ。墓碑の文字を見ると同じ姓だから、どうやら夫婦らしい。まだ三十代で、没年も全く同じ日だ。自殺？　いや、そうではないだろう。フランスはカトリックの国だから、自殺は許されざる行為なのだ。何か事故にでも遭ったのだろうか。だとすれば不慮の死であり、さぞ無念だったことだろう。自分は五十四歳だ。まだまだ死ぬなんて考えられない。これから先、いろんなことをやりたい。そう思うと、この仲良く並ぶ若夫婦に、亮平は憐憫の情を覚えるのだった。

「日本の墓と違って、本当にさまざまな形がありますね。多くのフランス人は、墓を芸術作品だと思っているのでしょうか……」

「多少、そういう面はあるのかな。競うように墓のデザインを考えるのはいいことなのだろうけど……。私は日本のようにシンプルなのもいいと思うのよ。死んでも、これ見たか、というような自己主張は、大和の民には合わないような気がするな」

まるでバロック彫刻のような、大げさな墓の横を通りながら、田村玲子がそう言った。亮平も同じ気持だった。濃厚なビフテキばかり食べていると、ざるそばが食べたくなるようなものかなとも思った。

共同墓地に着いた。身寄りのない人や、事情があって家族の墓に入れてもらえない人々の墓だ。だから墓碑には過剰装飾はなく、ほどよい墓なのだろう。亮平は水仙を手向け、手を合わせて祈った。何故か、父の不実を詫びていた。そして、遺作展のこと、妹の死のこと、老人ホームのこと、モリーヌ夫妻のことなどを報告し、最後に「産んでくれてありがとう」と言葉を添えた。

すでに一時前になっていた。墓を出るとラスパイユ駅に戻りながら、ビストロを見つけて昼食にした。カニのサラダとコンソメスープ、デザートにはプリンが出た。あっさりして、昼はこれでよいと改めて思った。

帰りは四駅目のサン・シュルピスで降り、田村玲子の家に寄った。絵の値段で相談したかったからだ。

「私も昔は画家を目指していたから、多少は分かるけど……。絵の価値はどうやって決めるか、本当のところは分からないのよ」

田村玲子はそう言ってしばらく黙っていたが、意を決したように口を開いた。

「お母さんの場合、サロン展に出してないから、そう高値はつけられないでしょうね。かと言って、捨値でもいけないし。材料費やかかった時間、それに日本では新進女流画家として一定の評価をされてたんだから、プラスアルファ、こんなところでつけましょう。それから額縁はどうするの？お母さんは五十号に二つ、三十号に五つ、十二号に七つ、色紙には十個しか額縁をつけてないでしょ。残りは買うとすると、結構な金額になるわ。ギャラリーで貸し額縁もあると思うけど」

そう言って田村玲子は電話口に行き、ギャラリーに電話をかけた。フランス語だから亮平には何を言っているのか解らなかったが、電話が終ると、「オーケーよ。部屋を貸し切りのお客さんだから、額縁の方は普通の半額でいいそうよ」とVサインを送った。

「よかった。ありがとうございます。こんなにテキパキとやってもらって、学びました。ぼくなんか、後から電話しようと悠長に構えがちですが、後からではだめなんですね」

「まあ、年寄りでも時と場合によっては敏捷に動けるという事よ」

そう言って田村玲子はからからと笑った。

絵にもよりけりだが、今は時間的に一枚一枚をじっくりと見て、総合的に判断して値段をつけることは出来そうもないので、大きさ、つまり五十号、三十号、十二号、八号、色紙ごとに、仮の値段を二人で考えた。元々売ることは全く考えていなかった亮平だが、母の絵が好きで、買って大事にしてくれる人がいれば、売ってもいいと思うようになっていた。

母の絵を一枚だけスーツケースに入れて帰国したいと思った。色紙でないと入らないので、その中から百合の花の絵を選んだ。二つの百合が花開き、一つの蕾が今にも咲かんとしている絵、あの妹の《花笑み》を感じさせる絵を選んだ。

「いよいよ明日になったわね。何時の飛行機だったかしら?」

「シャルル・ド・ゴール空港発が十時半です。東京の業者を通して、空港で村越健二さんという日本人がチェックインまでサポートしてくれることになっていて、彼が今日、航空会社に予約確認をしてくれます。明日の朝は七時に、ホテルに迎えに来ることになっています。ホテルに帰ったら、確認の電話しようと思います」

「今すぐ電話をかけたら。早い方が安心するでしょ」

田村玲子に促されて、亮平はケータイを出して相手の電話番号を押していった。本人が出たので要件を伝えると、すでに予約は確認済み、予定通りの出発だと応えた。そして、明日の朝ホテルに七時に迎えに行くというのは六時四十分に変更する。すぐ一緒に地下鉄でシャトレまで行って、高速鉄道RERに乗り換え、空港まで行く。ホテルからの所要時間は四十分程度だが、国際線だから余裕を見て早めに行くほうがよい、と示唆した。

亮平は「明日はくれぐれも、よろしくお願いします」と、頭を下げていた。そして田村玲子の方を向いて言った。

「今夜は最後の晩餐じゃありませんが、お礼にご馳走をしたいと思います」

「ありがとう。お気持は頂きましたよ。でも、辞退するわ。だって明日の朝が早いし、帰国するにはそれなりの確認やスーツケースの整理の時間も要るでしょ。今夜は早く寝て、明日遅れないようにしてほしいな」

そう言われると、逆らえなかった。世話になりっぱなしではいけないので、亮平は日本から何か送ろうと思った。

村越健二のサポートで、亮平は無事にシャルル・ド・ゴール空港のチェックインを済ませ、機上の人となった。離陸してもう二時間も経っている。

ほとんど何も知らずに行ったパリで、亮平は善良な人々と出会い、親切をたくさん受けて、大事な課題をこなした。亮平は、母が父に裏切られて絶望し、子に会えない悲しさに耐え、パリに渡っても夢が実現しないままに他界したことを、今は冷静に受け止められるようになっていた。

母のことを世間はどう言おうが、あれだけの絵を、ひたすら描いた人生だったのだ。それだけで、すごいではないか。絵は秋の遺作展で一般公開され、こんな女流画家がいたことを人々に知ってもらいたいのだ。亮平の気持は、今はそのことに傾斜していた。

あの絵、そう、母が亮平と若菜の成人を祝って描いてくれた二枚の絵を、本当は荷造りしてともに帰国させたかった。でも、あの絵を看板絵として遺作展に使うことにしたので、心を残して置いて来たのだ。

数回の食事、そして二度も乱気流でひやりとしながら、飛行機は成田空港に無事到着して、フライトは終った。


日本に帰るとまた慌ただしい生活に戻った。亮平は総務課長として部下を統率し、日々の仕事をこなしていった。休憩をしている時など、ふっとパリでのこと、母のこと、見ごたえのある母の絵のことが脳裏に蘇った。

春も過ぎた頃、田村玲子から母の略歴を送ってほしいと言ってきた。亮平は母の忘備録からこれと言ったことを抜書きし、送った。

夏の半ばに田村玲子から展示会場のレイアウト、ポスターのデザイン、宣伝配布用のチラシの素案や原稿などが送られてきた。ポスターのタイトルには日仏両語で《幻の女流日本画家、今蘇る》と魅惑的なフレーズが選ばれ、亮平は母の画業が蘇ってほしいと願っていたので、心から喜んだ。田村玲子はさすがセンスのいいおばあさんだ。彼女に任せてよかった、と亮平はつぶやいていた。

三木基弘からもメールが入った。友人の女子大生二人が、ボランティアで六日間受付を交代で手伝う、と申し出てくれたという。

お盆も過ぎて航空券の手配をした直後に、亮平は思いもかけず、新製品開発プロジェクトチームの部長に任命された。ちょうど一ヵ月後の九月半ばに開所式があるので、母の遺作展のオープニングには残念ながら行けないことになった。部下が忙しくしている時、プライベートなことは控えねばならないからだ。そんなことは重々承知していたが、やはり残念でならなかった。開所式の行事が済んだその週の後半、つまり遺作展の後半に、会社から何とかパリ行きの許しを得て、亮平はホッとしたのだった。

明日パリへ向かうという日、つまり、作品展の三日目に三木基弘からメールが来ていた。

遺作展は上々の人気です。日本画が珍しいのか、会場は初日から人が絶えることがなく、いろいろ質問もあり、ボランティアの女子大生二人は四苦八苦しています。そんなとき田村玲子さんが背後から解りやすく説明し、老いてもさすが美大出だと感心しました。

嬉しいことに、新聞リベラシオンの記者が初日に来て、今日の文化欄で好意的に取り上げてくれました。スタッフ一同大喜びで、やる気満々になっています。

また、たまたま立ち寄った日本人の美術評論家（東京のB美術館の学芸員でもある）が長いこと会場にいて、自分は才能がありながら不運にも世に出られなかった画家を掘り起こしているので、この山浦清乃を調べてみようと思う、と言って絵の写真を何枚も撮り、さらに、あの数冊の雑誌を熱心に読んでいました。そして、店主の許可を得てコピーを取って帰りました。

こんなに初日からラッキーなことが重なり、お母様のお友達の田村さんは、我がことのように喜んでおられました。

明日はパリに向かわれるとのこと、心からお待ちしています。

三木基弘

二〇〇九年九月十六日

亮平は夢ではないかと何度もメールを読み直したが、その夜、田村玲子からの電話も同じことを言ってきたので、夢ではなかった。

「あのねえ、モリーヌご夫妻はイの一番に花束を持って駆けつけてくださったわ。あなたに会えなくて、残念がっていらしたわよ。それから、老人ホーム、ル・ジャルダン・ド・フルールの園長さんもお見えになったわ。もう、すごい、すごい、と大感激してらしたわ。事務主任さんは明日の昼から、お友達を連れて来られるそうよ。遺作展をやって本当によかったわねえ」

田村玲子は涙声になっていた。亮平も胸に熱いものが込み上げて来て、ただ「ありがとうございます」と繰り返すばかりだった。

——お母さん、まだ信じられないけど、いいことがありそうです。あなたの百合のつぼみが今、咲きそうです。そう、まさに花笑みの状態ですね。

そうつぶやいて、亮平は明日の早朝に成田に向かうので、いつもより早く床に就くのだった。

エスポワール

（一）

大寒に入ると、さすがに風が冷たい。彩花（あやか）はコートの襟を立てて、職場である近くのスーパーからいつものように急ぎ足で帰った。ベランダの洗濯物を取り入れていると、郵便局のバイクが我家の前で止まった。

「大河さん、電報です」

配達員が門柱のインターホンでそう言った。電報とは今時珍しい。大河彩花は嫌な予感を覚えながら門へと急ぎ、受け取ると封を開けた。カタカナが目に飛び込んできた。

タダマサ　ノウコウソク　デ　タオレル

「まさか……」と彩花は口走って、何度も読み返していた。東京に単身赴任している夫が脳梗塞で倒れ、M病院に緊急入院したという知らせだ。電報の発信者は小野秀美という女性で、その名に覚えはない。が、夫はこれまでにも何度か女性問題で彩花を裏切っていたので、おおよそ、そんな女だろうと思った。女は付ききりで看病しているから、安心されたし、と結んでいた。

思いもかけないことだったので彩花は一瞬驚いたが、意外に冷静に受け止めた。とりあえずその病院に電話をかけてみた。夫がそこに入院しているとの電報を貰ったので、どんな状況か知らせてほしいと問い合わせると、受付はナースセンターに回してくれた。

「申し訳ありませんが、個人情報保護のためにお応えできません。それに、すでに奥様が付ききりで看病しておられます」

女性の声が彩花をきっぱりと拒絶した。

「えっ、それは違いますよ。妻は私です。夫は東京に単身赴任していて、脳梗塞で倒れ、入院したと只今、小野秀美さんという方が電報を下さったので、広島からこうして電話をかけているのです」

彩花は自分の存在を何度も主張したが、「申し訳ありませんが、お応えできません」の一点張りだった。この時ほど、個人情報保護法を恨めしく思ったことはない。去年、公民館で水彩画のグループ展をした時も、来場者に次回の案内状を出すために住所氏名を書いてもらおうとしたら、公民館側から個人情報保護の立場から適切でないと指導された。それはまだいいとしても、単身赴任の夫が倒れて担ぎ込まれた病院から緊急に情報が貰いたい時さえこんなことで、一体どうなっているのか。彩花は気持が爆発しそうだった。

とりあえず、川崎に嫁いでいる娘の奈美に電話をかけ、事の経緯を伝えた。

「済まないけど、すぐその病院へ行ってちょうだい。私も行くけど、広島からだと、今からじゃ東京に着くのは真夜中も過ぎるから、無理でしょ。明日の朝、七時の新幹線で行くしかないわ。史雄(ふみお)にもこれから報せるけど、容態によっては史雄も行かなきゃならんでしょ。福岡空港が近いから、史雄は飛行機で行くと思うけど。ともかく、あんたからの情報待ちね。頼んだわよ」

奈美は父親が倒れたことに驚きながらも、急な出来事にあまりいい返事をしなかった。

「ちょうど夕食の支度に取りかかってたところなの。けど、脳梗塞で倒れたんじゃあ、すぐ行かんわけにはいかないわね。夕食を作るのはやめて、これから近くのコンビニで子供と主人の弁当を買って来るわ。それから行くから、病院に着くの、四、五十分後かな。母さんが病院に着くのは、明日の昼過ぎになるかしら？　明日は洋一の少年サッカー部の試合があるのよ。前から見に行くと約束してるから、明日は母さんが来るのなら、私は息子の方に行ってもいいでしょ」

「知らない土地だから、あんたがいてくれた方が心強いんだけど……、ま、仕方ないね」

彩花は不安をやり過ごそうと決心した。

「ねえ、その電報をくれた女、付ききりで看病してるんでしょ。鉢合わせしたら、どうしよう」

「どうしようもこうしようもないでしょ。頭を下げて、お世話になりました、と言うほかないわよ」

「嫌だなあ。ねえ、母さんたち、夫婦仲は前から悪いんだし、いっそ、この際、その女に父さんを渡したら」

「何を言ってるの。今はそんなこと言うべきじゃないでしょ。いやしくも、あんたを可愛がってくれた父親が重い病に倒れたのよ」

そう言いながら、彩花は胸に大きな穴が穿(うが)たれたようなショックを受けていた。自分は夫から女性問題で何度も煮え湯を飲まされたけど、娘は傍目にも羨ましがられるほど可愛がってもらったのだ。ピアノもアップライトでいいものを、グランドピアノを買ってやるなど、その可愛がり方は彩花がジェラシーを感じるほどだったのに……。それなのに、あの言いぐさは何よ。彩花は嫌な気分になるだけでなく、情けない気持に落ち込んだ。

そんな気持のままでは史雄に愚痴を言いかねない。彩花は気を鎮めるためにミントティーを沸かした。そう思って飲むせいか、少し気持が落ち着き、職場に欠勤の連絡をせねばと気づき、事務所に電話をかけた。夫が脳梗塞で倒れたからとりあえず三日間休ませてほしい、と。彩花は五年前から近くのスーパーでレジ打ちの常勤アルバイトをしていたのだ。

一呼吸おいて、史雄のケータイに電話した。

「何だよ。仕事中に電話するなんて」

いかにも不機嫌な言い方に彩花の気持は一瞬ひるんだが、続けた。

「でも大変なことだから電話したの。お父さんが脳梗塞で倒れて緊急入院したのよ」

「エッ……、で、命は大丈夫なの？」史雄の声が急に不安げになった。

「救急車でM病院に運び込まれ、そのまま入院したという知らせだから、とりあえず生きてると思うけど。今、姉ちゃんが病院に行ってくれてるから、詳しい連絡が入りしだい、また電話するわ」

「必ずだよ。場合によっちゃあ、俺も明日一番の飛行機で東京に行かなきゃならんだろうから。すぐ手術してもらえたんだろうか？　助かる助からない、後遺症が大きい小さいは、時間との闘いだと言うからね」

「それがまったく判らないのよ。さっき病院に電話したんだけど、個人情報保護とかで詳細は知らせてくれないのよ」

「そんなバカな……、じゃあ、誰が母さんに知らせてくれたんだよ」

「小野秀美と言う女よ。私も知らない人」

「……」

「とにかく姉ちゃんからの連絡が来たら、すぐ電話するから」そう言って彩花は受話器を置くと気が抜けたようになり、ソファーに座りこんで眼を閉じた。浮気ばかりして私をないがしろにしたから、罰が当たったのよ。そんな気がかすめつつも、やはり生きて、元気になってほしいと思う。だが、倒れた夫の傍に自分ではなく他の女がいて、その女が付ききりで看病している。そのことに彩花は深く傷ついていた。病院も彼女を妻と勘違いし、自分を拒否した。彩花は二重に傷ついていた。

奈美が言うように、確かに自分たち夫婦には冷たい風が吹いて久しい。それなのに別れもせず、仮面夫婦を演じている。何故なのか。別れたらスッキリするだろうに……。頭では判っているのに、愛し合っていた時の記憶が彩花の心の深い所でまだ生きていて、決断を鈍らせるのだ。こんなに裏切られても、私はまだ夫を愛しているのだろうか。胸の内で彩花は自分に問いかけていた。

二歳上の夫と私は大学時代に恋愛し、私の卒業を待って結婚したのだった。夫とはよく学食で出会って、お互いに黙礼をするようになり、二年生の夏に、彼が「音楽会の切符が二枚あるので行かれませんか」と誘ってくれたのだ。それは日本でも著名なオペラ歌手のコンサートだった。初めて本格的なコンサートに行って私は大感激し、これがきっかけで音楽好きになり、レコードを買い集めるようになったのだった。

夫は銀行員の長男だが、叔父さんは当時、大手新聞社の鹿児島支局に勤めていて、社が主催し、後援する音楽会や美術展のチケットが貰えるので、その後も私はたびたび彼に誘われて一緒に音楽会や美術展に行ったものだ。芸術方面に私が興味を持つようになったのは、こうしたことが影響している。

私の父は私が小学校一年の時に亡くなったので、母は小さな工務店に勤めて生計を維持し、私を育ててくれた。家計は決して楽ではなかったけれど、母は私を四年制の大学に入れてくれた。無論、奨学金やアルバイトをしながらの学生生活ではあったが、私はその大学で夫と出会ったのだ。彼の両親は母子家庭に育った私を息子の伴侶としては相応しくないと思い、結婚に賛成しなかった。けれど彼の熱心な説得で、しぶしぶ結婚を認めてくれたのだった。

そんないきさつがあったので、私は夫の親から、とくに母親からいじめに似た言動を受けたものだ。ちょっとした言葉尻を捕えて、両親に育てられた人間はそんなことは言わないとか、父親のいない家庭はしつけが甘い、など陰に陽に言うのだった。私がクリスマスプレゼントを渡しても、義母は「どこのバーゲンで買ったの?」などと意地悪な言葉を浴びせたりした。返す言葉をぐっと我慢するのは並大抵ではなかった。そんな関係が多少なりとも改善されたのは、私が子を産んでからだ。彼らは孫娘と孫息子を無条件に可愛がってくれた。その母親である私に対しても、幾分かは心を開いてくれたような気がする。

結婚に反対された時はあれほど親を説得し、かばってもくれた彼なのに、結婚後は私がたまに愚痴を言うと、「おふくろの言う事など適当に聞き流してくれよ。いちいち俺に言うな」と機嫌を悪くして取り合ってくれなかった。私が傷ついているのに慰めの言葉もなく、事実を訊こうともせず、母親に注意を促すでもなく、私は家の中で孤立していた。

夫は女癖の悪い父親に対して「あんなにおふくろを泣かせるようなことは、俺はしない」と批判していたが、結局、彼も父親の遺伝子を受け継いでいるのか、私が初めての子、奈美を妊娠した時にすでに会社の同僚といい仲になっていたのだ。

その後も浮気は止まず、離婚という言葉が何度頭をよぎって行ったことだろう。踏み止まったのは、二人の子供を父無し子にしたくないという思いと、夫の囁く言葉だった。「道端にきれいな花が咲いていると、誰だってちょっと目が行くだろ。あれと同じさ。けど、大切だと思っているのは君だけだ」そう言われると私の気持も宥められ、今度こそは別れようと思っていても、決意が揺らぐのだった。そんなことを繰り返した三十年だった……。私も相当バカな女だね、彩花はそうつぶやくとフーッと溜息をついていた。過ぎ去った時間は取り戻せないのに、忍耐したこの歳月に果たして意味があったのかと思うと、また溜息が出るのだった。

北森信子に電話した。彼女は大きな個人病院で事務主任をしていて、何かと刺激を与えてくれる仲のいい友人だ。子供が小学校時代、同じクラスでＰＴＡの役員をして以来、妙に気が合う、異郷での唯一無二の友なのだ。夫の緊急入院を告げ、飼っている猫二匹の三日間の世話を頼んだ。猫好きの彼女は捨猫を五匹も室内飼いしていて、彼女に懇願されて彩花も捨猫を二匹飼う羽目になったのだった。

「朝晩、餌とウンチの世話をちゃんとするから安心して。ご主人のこと、心配だね。回復されるよう祈ってるから。でも、あなたが倒れないように気を付けてよ。それと、ご主人のことが落ち着いてからでいいんだけど、うちの病院の付属老人ホームが半年後に開園するから、ここで働くことも考えてみてよ。あなたはヘルパーの資格を持ってるし。常勤で六十五歳まで働けるわよ」

「それが魅力的だね。今のレジ打ちは慣れてるし、仲間ともいい関係だけど、非正規だからその年までは使ってくれないよね。気持は動くのだけど、私にできるかなあ……」

「だから手始めに、仕事が休みの日にホームの老人たちに猫のセラピーをしてほしいの。お宅の猫は性格がいいからできるわよ。それで様子を見て、職員になればいいわ。本気で考えてね。留守中の猫の世話は任せといて」

北森信子の力強い援助の手に、彩花は心からありがたいと思った。


奈美から電話があったのは、その夜の十一時すぎだった。

「ついさっき手術が終ったところ。今、病院からケータイでかけてるの。結論は、脳梗塞の手術は成功して、一応安全圏に入ったってこと。父さんは本当にラッキーな人ね。女の家で倒れてすぐ救急車で運ばれたから、命拾いをしたの。もう一つ運のいいことに当番医が腕利きの先生で、その先生が手術してくださったの。ベッドも一つだけ空いてたんだって。どんなに早くても、二、三ヵ月は退院できないそうよ。その後もリハビリがあるので、やっぱり大変だわ」

「そう、ご苦労さま。ありがとう。一先ずは安心ね。私は予定通り、明日七時の新幹線で行くから、到着はお昼前ね。一応電話で二日ほどホテルを予約しといたけど。明日、あんたは息子のサッカーの試合に行くんでしょ。試合が終れば会えるわね。そっちは家族がいるから一緒に食事をするのは無理かもしれないけど、お茶ぐらいはいいでしょ」

「うん、でも試合が終ってても慰労会や何やで親子の会合が三時まであるのよ。その頃に一度ケータイに電話をちょうだい」

「そうする。これから史雄に電話するから。そんな状態なら、史雄は、明日は行かなくてもいいね。土日の休みにでも行けば」

「そうね。それでいいでしょ。あ、それから、あの女と会ったわ。四十前ぐらいかな。なかなかの美人よ。性格もよさそうで、父がお世話になります、と挨拶しといたわ。手術が終るまでずっといてくれたのよ。毎日付き添いますので、奥様は遠くからわざわざ来られなくてもいいとも言ってたわ」

「へえ……。そう言われても一応妻だから、行かないわけにもいかんわよ。彼女、案外、人が好いんだね」彩花はそう言って電話を切り、すぐ史雄に連絡した。

「じゃあ、東京から母さんの電話を待って、今後のことを考えるから」

史雄もホッとした様子だ。彩花もやっと寝室へ入った。明朝の新幹線に乗り遅れないように、目覚まし時計を五時にセットした。

ともかくも夫は助かったのだ。だが、二、三ヵ月は入院しなければならないという。後遺症がどの程度残り、リハビリに何ヵ月かかるのか。本当に正常な体に戻れるのか。休職期間はどれぐらいあるのか。会社に復帰できるのか。後遺症がひどく、万一会社に復帰できない時には、生活をどうやって維持していくのか……。彩花は床に就いてもそんなことを考えるとなかなか眠れなかったが、一時過ぎにやっと睡魔がやって来たように思う。

（二）

新幹線が広島駅のホームを離れると、彩花はいつもと違う感覚に包まれた。本当に久しぶりの新幹線で、ふっとこれから旅に出るような錯覚を覚えるのだった。

だがすぐに現実に引き戻された。これから行く先は夫が緊急入院した病院だと思うと、気分は晴れなかった。生きて、健康を取り戻してほしいとは思うが、夫が倒れたのは愛人の家であること、これまでも何度も彩花を裏切り、辛い目に遭わされたことを思うと、複雑な気持だった。

新幹線が揺れるたびに、彩花の気持も揺れた。自分は本当に夫の回復を願っているのだろうか。いっそ、このままあの世へ行ってくれた方がよかった、と思っているのではないか。いくら自分を裏切り苦しめたとしても、三十三年間も夫婦でいるのだから、そんなこと思うはずがない、と彩花は即座に否定しながらも、それさえ嘘くさく思えて、深い溜息をつくのだった。

「すいません。窓側は私ですが」若い女にそう言われて、彩花は慌ててチケットを取り出して見ると、確かに女が言うとおりだった。

「申し訳ありません」そう言って彩花は立ち上がると、女を窓側の席に座らせ、通路側に移った。女は「私もよく間違いますの」と言って笑った。チケットをよく見て座ったはずなのに……、出端をくじかれた感じだった。やっぱりいつもの自分じゃない。不仲な夫婦とはいえ、夫が脳梗塞で倒れて動転し、頭がおかしくなっているのだろう。しっかりしなくては。こんな時に私まで問題を起こしちゃあ、目も当てられない、と彩花は気を引き締めた。

駅でもみじ饅頭を五箱買って乗車した。奈美の家と、手術してくれた医師や看護師、そして二つは予備として。弁当とお茶も買った。新幹線が東京駅に着くと病院に直行したいので、下車するまでに昼食を済ませておきたかったのだ。

通路を隔てた隣の座席には中年の女性四人組が座っていた。自分と同じ年頃だろうか。ちらちら聞こえてくる会話や出で立ちから、高校時代の同級生が北陸へ旅するらしい。彩花は自分がその仲間としてここにいるのなら、どんなにいいだろう、と思う。自分にはこんな仲間がいないのだ。

彩花は鹿児島で生まれて、大学を卒業するまで鹿児島で過ごし、卒業と同時に結婚して、夫の故郷、広島で過ごすようになったのだった。夫と義父母以外にだれ一人知らない土地に投げ込まれ、母が二十年前に亡くなってからは鹿児島にも帰らないので、幼馴染（おさななじみ）や中高の同級生とも疎遠になっていた。だから隣のグループが何とも羨ましいのだ。楽しそうな会話に耳を傾けていると、聞き捨てならない言葉に変わった。

――ダンナは私が旅に出るのが不満で、あれこれ嫌味を言うだけじゃなく、今朝も起きて来ないのよ。ま、いつものことだから、こっちは痛くも痒くもないけどね。玄関の鍵、外からかけて新聞受けに入れて出て来たのよ。

――うちもそう。今朝もブスッとしてるの。楽しんで来いぐらい言ってくれると、帰ったらもっと尽くしてあげるのにね。

――いずこも同じか。主人の顔を三日間見ないだけでも清々するわ。

――ほんと、それは言える。最近は会話もなく、ただの同居人になってしまった。

——単身赴任でもしてくれたらいいのよ。定年になってずっと家に居られたら、ああイヤ、ぞっとする。嘱託でもバイトでもいいから仕事に出てほしいわ。

——あっちも遊んでるんだから、こっちもこうして悪口言って気を晴らさなくちゃ。

どこも同じなのだ。みんな結婚して数年は愛情もあり、将来に夢も持っていたのだろうに……、長い年月連れ添って子育ても終ると、愛情も冷め、相手を鬱陶しい存在と感じるのだろうか……。

彼女たちの話を漏れ聞きながら、彩花は自分の姿を見ているようで、気持が沈んだ。夫はここ二十年、積極的に単身赴任を希望し、彩花が付いて行くことを嫌った。君は家を守ってくれとまことしやかな理由を言って。どこに赴任しても女をつくり、彩花が夫を訪ねると「月に一度は俺が帰るので、来なくていいから」と不機嫌になった。夫は判で押したように月に一度は帰って来たが、それは娘や息子への義理で、彩花とは愛し合う事もないし、言葉も必要最低限しか交わさない。子供が大学生になると、「月に一度」は忙しいということを理由に盆と暮に帰る程度になり、夫は自由気儘な生活を送っていたのだった。

こんな状況が変わるとも思えず、彩花は離婚を考えながらも子供が片付くまではと我慢したのだ。しかし娘が結婚し、息子が他県に就職すると、家に帰らない夫をむしろ鬱陶しくなくていい、と気持が転換したのだった。それに恋愛して熱く愛し合ったこともあるのだと思うと、決断が鈍ってしまうのだった。

今の自分たちは夫婦と言っても形だけ。愛してもいないのに、制度上の夫婦にしがみついていることに意味はないだろう。だが別れても非正規の収入だけでは食べていけないし、まもなく年齢制限で働き口もないだろう。今現在、夫は光熱費などの公共料金や固定資産税、それに彩花一人分の生活費は入れてくれる。だから、まあいいか、と今日までずるずると暮らしてきたのだった。自分の狡さに目をつぶって生きて来たのだ。そう思うと、彩花は憂鬱になった。

東京駅で降りると彩花は山手線に乗った。秋葉原で下車して、昭和通り口に出た。病院はそこから徒歩で十分程度という。

玄関を入るとまずはナースセンターへ行き、自分が大河忠正の妻であり、主治医に面会するために広島からやって来たことを伝えた。

そして昨夕、電話で夫の容態を尋ねても、個人情報保護云々で教えてもらえなかったことへの軽い抗議もした。看護師は一瞬不審な顔をしたが、「解りました。担当医の荒川先生に、奥様がいらしたことをお伝えします。少々お待ちください」と事務室に隣接する部屋へ案内した。

長く待たされたような気がしたが、壁の時計を見ると十分程度であった。後どれくらい待つのかといらいらし始めた時、ドアが開いて白衣の医者が入って来た。

「お待たせしました。担当医の荒川です。やっと診察が一区切りしましたので」

そう言うと、荒川医師は昨夜来の夫の状況を詳しく説明してくれた。倒れて発見が早かったこと、傍にいた人がすぐ救急車を呼んだこと、そしてベッドが一つ空いていたこと、専門医の自分がいたこと、これらすべてが事をいい方向へと運んだと言った。看護師から個人情報のトラブルを聞いていたのか、ずいぶんていねいな説明だった。傍にいた人という言い方が、彩花には不自然に聞こえた。

「手術は全身麻酔をして、頭に小さな穴を開けて行いました。梗塞の位置が頭蓋骨の表面を走っている比較的大きな血管だったので、それが可能でした。中には手術ができない、難しい場所が詰まっている患者さんもいますのでね。本当に幸運でした。今現在、ご主人は安全圏に入っていますが、やはり二、三ヵ月は入院ということになるでしょう」

荒川医師は脳のＭＲＩの造影写真を見せながら説明した。

「会社への復帰はできるのでしょうか？」

安全圏と聞いて、彩花はその先のことを考え、思わず尋ねていた。

「退院してすぐというわけにはいかないでしょう。おそらく言葉に軽い障害があるでしょうし、左半身にも軽い麻痺が残りますので、そのリハビリにどれぐらいかかるか。運のいい人は早いのですが……、もう少し様子を見てみないとね。何せ、昨日の今日ですから」

そう言うと、医師は腰を浮かせた。説明は終りましたとサインを送っているような感じだった。

彩花は内心で恥じていた。まずは助かっただけで喜ばねばならないのに、その先の生活のことを考えていることを見透かされたような気がしたのだ。

「じゃあ、また何かありましたら」医師が立ち上がると彩花は慌てて「あのォ」と言ってもみじ饅頭を差し出した。

「これは先生用。お茶の時間に召し上がってください。こちらは看護師さんにお渡しください」

荒川医師は「お気遣いは無用ですよ。でも、広島からわざわざ持っていらしたんですから、今回は頂いておきますが」と言うと、ドアを開けてくれた。

看護師は彩花を三階の病室へと案内しながら足を止めて振り返り、言いにくそうな表情を向けた。

「あのォ……救急車でご主人を連れて来て、ずっと付ききりで看病なさっている女性がいらっしゃいますが、よろしいでしょうか？」

「構いません。私もこの歳ですから、心配ご無用です」と、彩花は笑った。それによって看護師の表情もずいぶん和らいだ。

「そのお言葉に安心しました。何せ、ご主人は大手術をしたばかりで、精神の安定が必要な時ですから、病室でトラブルが生じては、と気になりましたものですから」

そう言っているうちに三〇五号室に着いていた。看護師がドアを開けた。

その女、小野秀美は彩花を見てハッとしたような顔をし、黙礼をした。彩花も一瞬、体が硬直した。看護師が「大河さん、奥様がいらっしゃいましたよ」と声を張ってベッドを覗いたが、夫は眠っているようだった。二人の女の間で何事も起こらなかったのでほっとしたのか、看護師は笑顔で「じゃあ」と言って、病室から出て行った。男女間の嫉妬などもう卒業したと割り切っていた彩花ではあるが、やはり心臓の音も早くなっているのが自分にも判った。

夫は美形でもなく、社会的地位もさほど高くもないのに、どうしてこんな綺麗な女がと思うほど、女は品よく、いい雰囲気を持っていた。彩花の中に対抗心のような感情が起こっていた。何か言わなければならないと思いながらも言葉が出てこないので、唾を飲み込んで気持を落ち着かせ、おもむろに口を開いた。

「この度は主人が大変お世話になりました。あなたが傍にいてくださらなかったら、そしてすぐ救急車を呼んでくださらなかったら、主人はおそらく命果てていたでしょう。ありがとうございました」

彩花は深々と頭を下げた。愛人の前でみっともない姿だけは晒したくないと思った。女はただ黙って一礼した。そして口を開いた。

「出過ぎたことを申し上げるようですが」と前置きして、続けた。

「奥様が広島を留守にして、ずっと付ききりで看病なさるのも難しいのではないでしょうか。私はこの病院から割に近い所に住んでおりますので、協力させてください。ここは完全看護ということになっていますので、それに安全圏に入ったという事ですから、今夜は私も帰らせていただきます」

「申し出、ありがとうございます。私も勤めておりますので、おっしゃるようにずっと付ききりはやはり無理です。娘から聞きましたが、あなたは一晩中付き添ってくださったそうですから、お疲れでしょ。今日のところは帰ってお休みください。明日以降のことはまた相談させてください」

「じゃあ、お言葉に甘えて、今日は帰らせていただきます。明日は十一時頃こちらに参りますので、よろしくお願いします」

そう言うと、小野秀美は夫の額を右手でそっと撫で、「またね」と耳元で呟くと帰って行った。夫は眠ったままだったが、愛情に満ちた彼女の動作に彩花は衝撃を受け、敗北感に打ちのめされていた。そしていない相手に対し、胸底から吹き上げてくる怒りに任せて言葉が飛び出していた。こんな男のどこがいいのよ。もっといい男を探しなさいよ、と。

娘の奈美も言うように、小野秀美は夫にはもったいないほど、いい女だった。夫はおそらく本気で彼女を愛しているのだろう。そう思うと彩花は溜息をついた。やはり悔しい。自分はこのまま引き下がって、彼女に夫を渡せるだろうか。そう簡単に事は運ばない。いや、運ばせてなるものか、と無心に寝ている夫の顔を見ながら、彩花は口走っていた。

もし自分が本格的な職業婦人だったら、とっくの昔に夫と別れていただろう。だが五十五歳の今、自立するには遅すぎるのだ。教員免許状は持っているが、使わぬままに錆びついてしまった。他に専門的な資格といえば介護資格しかない自分が、この歳で就ける仕事は限られている。これまではつい安易に、バイト程度の仕事しかしなかった。今現在のスーパーでのレジ打ちも、十人ほどの競争に勝ってやっと得た仕事だ。それも一年ごとに契約を更新し、景気の動向に左右される不安定な身分なのだ。彩花はまた溜息をついていた。夫は、これまで生活費と光熱費などは払ってくれた。家のローンはないし、子供は社会人となり教育費も要らないので、安いながらも自分の給料を足せば余裕の生活ができていた。

しかし夫の会社への復帰が難しいようであれば、今の生活自体が維持できなくなる。そんなことを考えると、お先真っ暗になる。まだそうと決まったわけではない。彩花は自分にそう言い聞かせるのだが、気持は重くなるばかりだった。

(三)

夫が何かうわごとを言った。眼はつぶったままで寝息を立てているので、起きているとは思えない。夢でも見ているのだろう。彩花は耳を澄まして顔を近づけた。

「ひ・で・み……」

夫はもう一度そうつぶやいた。自分の名ではなく、あの女の名を呼んでいるのだ。以前も自宅でこれに類することはあった。だからそんなことがまたあったとしても驚かないし、聞き流すことができるだろう、と思っていたのに、彼女がいい女であることをこの目で確かめた後なので、彩花は深く傷ついていた。病人の寝言だから気にしない、ともう一人の自分が宥めるのだが、気持は収まらない。一瞬、胸の内で夫に厳しい言葉を投げつけていた。

――あなたは私を散々裏切ったから、脳梗塞は神様からのお仕置きだわ。このままあの世へ行ってしまえばいいのよ。そしたら私も楽になれるわ、と。

そう言いながら彩花は涙を流していた。夫に投げつけた言葉をもう一度口の中で繰り返しながら、自分は何てひどいことを言う女だろうと思った。そしてこれは本心かと己に問うと、もう一人の自分が、そんなことはない、悔し紛れの言葉だとささやくのだった。

結婚に反対する両親から、あれほど自分を守ってくれた夫ではないか。結婚してしばらくは、十分すぎるほど愛してくれた夫ではないか。思い出が心の芯の部分にまだ消えがたく生きていて、裏切られても、裏切られても、彩花は夫を憎み切れないでいるのだ。そのことが、また悔しかった。

夫が目を開けた。彩花の顔を不思議そうに見ていて、唇を動かした。

「お前か……、遠いから……わざわざ来なくてもいい」

来たことを迷惑そうに思っているように聞こえて、彩花はむっとしながらも平静さを装い、笑顔で応えた。

「そうはいかないわ。私は妻ですもの。小野さんから電報をいただいてびっくりしましたよ。昨夜、彼女と奈美が、緊急の手術が済むまで付き添ってくれたんです」

「わし、何も覚えてない。どうしてここに居るのかも、分からない」

「小野さんの家で倒れ、彼女がすぐ救急車を呼んでくれ、緊急手術になったそうです。そして、手術は成功したのですよ」

「そうか……」

「私は今日のお昼前にやっと東京に到着して、ここへ直行しましたの。史雄もすぐ来るつもりでしたけど、手術の結果がいいということで、様子を見て見舞うそうですよ」

「大げさに考えずともいい」そう言うと夫は目をつぶった。言葉に少し麻痺を感じる。

「目が覚めたら、ナースセンターに知らせてくれということだから」

そう言って彩花は連絡用のボタンを押した。

先ほどの看護師がすぐ来てくれ、「大河さん、調子はどうですか」と呼びかけると、夫は無言で微笑んだ。看護師は「いいようですね。おしっこはどうかな」とベッドの下方に目をやった。三日間は安静を保たねばならないので、尿はカテーテルでベッドの下の容器に流れるようになっていた。

「これも適量出てるから、大丈夫ですね。じゃあ、栄養剤を打ちましょう」と言って、ナイロン袋に入った液体を点滴スタンドにぶら下げ、夫の右腕に注射針を刺した。

「栄養剤がなくなるのに約一時間かかりますので、その頃にまた来ますね」

そう言うと看護師は病室を出て行った。

夫は目をつぶったままで、また寝たのだろうか。彩花は栄養剤の注入が終るまでは、そのまま椅子に座って付き添うつもりだ。

改めて夫の寝顔を見た。額や頬に刻まれた皺や白髪頭に、夫も歳をとったものだと、つくづく思った。決して男前とは言えないが、出会った頃は頼もしさを感じた。あの頃は自分にも彼が好きだという気持が満ち溢れていた。とくに学生時代は一緒に美術展や音楽会に行き、共に在ることに無上の喜びを感じたものだ。喫茶店に入り、一杯のコーヒーで二時間も居座って、今から考えると何でもない話をしていたのに、楽しくてならなかった。

毎日、経済学部の前で待ち合わせをして、一緒に学食にも行った。彼の傍にいるだけで、気持は満ち足りていた。自分の家は経済的に裕福ではなかったので、学費もアルバイトで稼いでいた。だから化粧品を買う余裕はなく、服装にもさほど気を使っていたわけではないのに自信があり、のびのびとして彼に寄り添っていた。彩花にはそんな自分が狂おしいほどに懐かしい。あの自分はどこへ行ってしまったのか。一心同体だと思えた自分たちなのに、どうしてこんなに冷え冷えとした関係になってしまったのだろう……。

ああ、時は残酷だ、と彩花は痛切に思う。美しいバラの花もひと時のものであるように、愛情は移ろいやすく、萎(しぼ)んでしまうことの方が多いのだろう。そんなことは幾度となく思い、解っているはずなのに、病臥(びょうが)している夫を目前にして、彩花はまた深い虚しさに襲われるのだった。

液体があと少しになったので、彩花はナースセンターへのベルを押した。看護師がすぐ来てくれ、針を抜いた。そして「大河さん」と呼びかけると、夫は一度目を開けたが、すぐにつむった。

「しばらくは眠たいばかりですよ。水分を体に入れましたので、もう少ししたら尿が出ますけど、この下の容器に溜まりますので、適当な時に取りに来ます。奥様もじっとしているのもなんですから、院内を散策なさってはいかがでしょう。一階には売店もありますし、カフェもありますので」

看護師はそう言い残して部屋を出て行った。彩花も彼女の言葉に従うつもりだ。

病院の廊下を歩きながら、見知らぬ街を歩いているような錯覚に捉えられた。清潔そうな白い空間。壁のあちらこちらに油絵や日本画が掛けてあり、寄贈者の名を記したプレートが掲示してあるから、複製ではなく本物だ。でも彩花の知らない画家ばかり。結構巧い絵だ。自分も水彩画をやっているので、絵の上手下手は分かる。日曜画家かもしれないが、セミプロだろう。

彩花は海を描いた絵の前で足を止めた。流れる雲の下、広い海にヨットが数隻浮かんでいる。夏の日の幸せなひと時を切り取って、荒いタッチで描いた絵だ。あのヨットに乗って大海原を疾駆したら、どんなに爽快だろうか。そんな気持に浸っていると、車椅子を押す人が傍を通り過ぎて行った。彩花は、ここは病院なのだ、と改めて自覚した。

トイレは、その絵の少し向こうの角を右に曲がった所にあった。ドアを開けると、いい匂いが鼻先に漂ってきた。鏡の棚のガラス瓶に、本物の水仙が挿してあった。誰が活けたのかは知らないが彩花は無性に嬉しくて、花に顔を近づけて芳香を胸深く吸い込んだ。

トイレを済ますと、エレベーターで一階まで降りた。売店を覗き、飴を買った。ロビーをパジャマ姿の患者が何人も行き来している。杖をついている者、点滴の注射をしたまま移動している者、マスクをした者、車椅子の者。これまでの生活で、体に故障がある人々をこんなに一度に見ることはなかった。彩花は夫とうまくいかなくても、自分が今現在健康であること、それだけで恵まれているのだと痛感した。

「バイバイ、またね」と見舞った家族を玄関先に見送っている初老の女患者が、そう言った。おそらく母親を息子が見舞ったのだろう。名残惜しそうな二人の表情に、彩花は心を打たれていた。家族はああでなくちゃあと思うが、果たして自分たちは……と考えると、砂を噛むような思いがした。不意に淋しくなり、彩花は目頭が熱くなるのを覚えた。

カフェに入った。中は思いのほか広い。一人掛けの窓辺のテーブルが運よく空いていた。前庭に面していて、山茶花（さざんか）が付けすぎるほど赤い花をつけていた。煉瓦（れんが）で縁取りされた内側には水仙が並行に植えられ、これも今を盛りに咲いていた。

彩花はコーヒーを注文した。見回すと、ここにもパジャマ姿の者がいた。容態がある程度よくなった患者だろう。退院が近いのかもしれない。見舞い客らしい人々はそれぞれ浮かぬ顔をしている。彩花と同様に家族が、あるいは親しい者が入院して、胸の内が不安や悲しさでいっぱいなのだろう。そう思うと、この見知らぬ老若男女に彩花は親近感と憐憫の情を覚えずにはおれなかった。

コーヒーは紙コップに入っていた。無粋なと思ったが、病院だから仕方ないのだろう。大中小の「中」を選んだが、分量の多さに驚いた。コーヒーは目前で沸かしているのでインスタントではなく、味はよい。口の中でコクのある液体を転がしながら、彩花は夫よりも小野秀美のことを考えていた。彼女は何を生業としているのだろう。オフィスに勤めている風には見えない。服装も化粧も垢抜けていて、女としてのオーラが漂っているので、やはり水商売だろうか。それも品のいい店のママなのか。謎めいていて、女の自分でも魅力的だと思うから、男の目にはもっといい女を感じさせるのだろう。

そのステキな女と武骨な夫の接点は何だろう。どう考えても夫には過ぎた人のように思えるが、蓼食う虫も好き好きと言うではないか。恋人時代、新婚時代の夫は確かに優しかった。あの優しさに私は参ったのだ。小野秀美を籠絡させたのもあの優しさだろうか……。

悔しい。自分を捨てられた女だとは思いたくない。私だって昔は化粧をしなくても綺麗だとみんなに言われたのだ。夫は飽き性なのだ。夫の父親もその性癖があり、妻を泣かせた。だから、多分、遺伝子のせいなのだろう。ならば小野秀美だって、やがて私と同じ運命をたどるのだ。そんな堂々巡りをしながら、彩花はさし当たってそう思うことで気持を鎮めようとした。

窓の外には山茶花の赤い花びらが、地面を覆うように散っていた。まるで美しい花もひと時だと言わんばかりに。男女の愛は幻なのだろうか。それとも愛そのものが陽炎のように儚く、短い命しか生き得ないのだろうか。遠い過去の愛を引きずっている自分を愚かだと思いながら、彩花の心は揺れていた。

庭をパジャマにコートを羽織った若い女と恋人らしい男が散策している。女は何の病気で入院したのだろうか。男は女の肩を抱き、いたわっているのが傍目にも判る。〈純愛〉自分も若い頃はその愛を至高のものと信じ、そんな愛に生きたいとひたすら願ったものだ。歳を重ねるとは、そうした美しい幻想が一つ一つ剝がされて行くということなのだろうか。人生って、淋しいものだ……。

彩花はつくづくそう思うのだった。

（四）

病室に戻ったのは一時間後だった。夫はまだ眠っていた。看護師が巡回してくれ、脈や血圧を計り、「すべて順調です」と言って出て行った。

腕時計を見ると四時を指していた。東京に着いてから時間が随分たったような気がする一方、今現在、時計の針が遅々として進まないような気もした。寝てばかりいる夫と会話することもなく、こんなことなら文庫本でも持ってくれば良かったと思った。

売店までまた降りて行き、退屈しのぎに週刊誌を買った。パラパラとめくりながら、老眼が進んでいることを思い知らされた。五十五歳にもなれば仕方のないことだと思いながらも、病院でそう自覚することに悲哀を感じた。若い頃、近所のおばさんが、目が見えんようになったと嘆いていたが、こういうことだったのだと思いながらも、すんなりとは受け入れがたい現実でもあった。

それからしばらくして、娘の奈美が孫の洋一と美佐を連れてやって来た。子供は事の深刻さが判らないので、「祖母ちゃん」と言って嬉しそうに寄ってきた。

「洋一も奈美も元気だった？　祖父ちゃんは脳梗塞という大変な病気になって、命は取り留めたけど、まだまだ入院しなきゃあいかんのだって」

彩花がそう言うと「ママが昨夜（ゆうべ）そう言ってたよ」と二人が応じたので、病状はある程度知っているのだろう。洋一が追い討ちをかけるように言った。

「少年サッカー、ぼくたちのグループが優勝したんだよ。で、ママたちが昼ご飯をご馳走してくれたんだ。カレーとコーンスープ、デザートのアイスクリームが美味しかったよ」

「それはよかったねえ。祖母ちゃんは祖父ちゃんの病気のことで頭がいっぱいで、少年サッカーのこと、すっかり忘れるところだったよ。優勝しておめでとう。お祝いに今夜は祖母ちゃんがご馳走してあげようか」

「やったァ。パパも来るの？」洋一と美佐が大きな声を張り上げた。

「こら、ここは病室だから、そんな大声だしちゃダメ。パパは無理よ、仕事があるもの」

そう言って奈美は彩花の顔を覗き込んだ。

「で、父さんの具合はどう？」

「先生も看護師さんも、一応順調だって言ってくれたわ。ただ、あんたも言ったように二、三ヵ月は入院しながらリハビリだそうよ。それから明日まで栄養剤の点滴で、明後日（あさって）から普通食になるんだって」

「そう、よかった。で、あの女と会ったの？」

「ええ」

「バトルにはならなかった？」

「この歳でバトルなんてばかばかしい。彼女、いい人のようだね。父さんにはもったいないわ。完全看護だけど、毎日、十一時から三時まで来てくれるそうよ。父さんも、広島は遠いから無理して来なくていいって言うし、安全圏に入ってるから彼女に甘えようと思うの」

「へー、そうなの。えらく冷静じゃない。母さんも達観したのね」

「達観はしてないけど、現実を見ただけよ。私も仕事があるしね。それに父さんも、私より彼女の方がいいんでしょ。上京するのは十日に一度、いや、二週間に一度でいいかな」

彩花は娘にそんな風に自然に言えた。昔の愛のかけらが心に残っていて、ジェラシーも感じないわけではないが、現実を見ると、こういう結論を出さざるを得なかったのだ。

「お祖父ちゃん」洋一の呼びかけで、夫は目を覚ました。美佐も「お祖父ちゃん」と呼びかけて、夫の顔を覗き込んだ。

「おお、よう来てくれたのー」夫は別人のような笑顔を向けた。作り笑いでもなさそうで、孫は本心から可愛いのだろう。

「祖父ちゃんは病人だから、あまりしゃべらない方がいいの。元気になってから、またディズニーランドに連れてってもらおうね」

奈美が子供にしゃべるなと制した。夫は、「連れてってやるとも。早う元気にならんといかんな」と応じたが、まもなく目をつぶった。やはり体が睡眠を欲するのだろう。

廊下をカートが運ばれる気配がするので時計を見ると、五時になっていた。食事が運ばれているのだ。病院の夕食は少し早いように思うが、職員の勤務時間も考えてのことなのだろう。夫はまた点滴による栄養剤の食事だから、これから約一時間はかかる。

「パソコンを買い替えたいので、先に秋葉原に行って見てるわ。点滴が終ったら、山手線の秋葉原駅の、昭和通り口の前で六時十分に落ち合おう。レストランも決めとくから」

奈美はそう言って子供と病室を出て行った。入れ違いに看護師が栄養剤の点滴を持って来た。夫は「お願いします」とていねいな口で笑顔を向けた。

看護師が処置を終えて出て行くと、夫はまた目をつぶった。お前の顔は見たくないと言わんばかりで彩花は嫌な気分になったが、相手は大変な手術を受けた病人だからと胸の内で言い聞かせた。

「奈美たちは秋葉原の量販店に行きました。パソコンを買い替えたいので、商品を見るそうです。点滴が済んだら、私も彼らと落ち合って食事をすることになってます。私は、今夜と明日の晩はホテルをとりました。明日の朝、十時頃にはこちらにまた来ますから」

彩花の言葉に夫は何の反応も示さない。彩花は小さな溜息をつき、目をつぶった。

ふっと母のことが偲ばれた。二十年前のことだ。母は自宅の庭で草抜きをしていて倒れた。隣のおばさんが気づいた時には意識が無かったが、一一九番に電話してくれ、救急車で病院に運ばれたという。くも膜下出血と診断されたが、手術前にはすでに事切れ、私が広島から駆けつけた時には死亡が確認されていた。母は六十歳になったばかり、私が三十五歳の時だった。急なことだったので小学生の娘と息子を夫の両親に預け、自分一人で駆けつけた。私は何をどうしたらいいか判らず、近所のおじさんやおばさんに助けられて、何とか通夜を済ませたのだった。

もちろん翌日の葬儀には、夫が子供たちを連れてやって来た。母が突然死ぬなんて、私は全く考えてもみなかったので不意打ちにも等しく、しばらくは受け入れられず、泣いてばかりいた。そんな時に言った夫の言葉が、私の胸を刺したのだった。

――死んでしまったものをいくら悲しんでも、戻ってはこないんだから、そんなにめそめそするなよ。お前が泣いてばかりいると家の中が暗くなるじゃないか。俺だって家に帰るのが苦痛になる。

――そんな言い方ってないでしょ。みんなを暗い気持にさせたのは悪かったけど、母一人子一人で苦労しながら私を育ててくれた母さんだもの。あまり親孝行もしないままに突然あの世に逝かれて、後悔もあるし、喪失感が深いのよ。

――そうかもしれないけど、死んだ者はもはや戻ってはこないんだ。だからもう、いい加減にしろよ。

あの時、私がどんなに悲しく辛かったか。所詮、夫は他人なのだと思い知らされた。もう少し私の悲しみを受け止め、共感してほしかった。浮気のこともあるけど、あの時の夫の言葉が、私との距離をさらに広げたのだ。それでも子供たちには優しい父親であり、子供もお父さんが好きだった……。

夫が何か言ったが、彩花には判別できなかった。寝言なのだろう。夫は目を開けて、すぐにつむった。

点滴が終りに近かった。ナースセンターへのベルを押すと、係の看護師がやって来て、昼間と同じように夫に声をかけ、針を抜いた。そして、ベッドの下に溜まった尿を処置した。

看護師が部屋を出て行くと、彩花は目をつむったままの夫に「それじゃあ、これから奈美や孫たちの所へ行きますから。また明日の朝、来ますからね」と言い残してドアを開け、そして閉めた。

秋葉原駅までは歩いて十分程度だった。昭和通り口の前で娘と孫が手を振って、「お祖母ちゃん、ここ、ここだよ」と声を張った。

レストランはそこからすぐのビルの二階にあった。孫がピッツァパイを食べたいと言うので、イタリアンレストランにしたという。彩花もイタリア料理は好きなので、異存はなかった。ピッツァパイだけでなく、パスタも二皿、そしてコーンスープ、それにイチゴとバニラのアイスクリームを注文した。

みんなが美味しいと言って食べるのを見るのは、栄養剤の点滴の食事を見てきた後だけに、彩花にとってとても嬉しい光景だった。

食後はレストランで別れて、彩花は山手線でホテルのある品川へと向かった。

ホテルは駅のすぐ前にあった。ロビーでチェックインの手続きをした。シャンデリアが輝き、異国の人々の姿も行き交う広いロビーで田舎者の彩花は気圧されそうになりながら、エレベーターで十階まで上がった。

部屋はコンパクトにまとまっていて、窓から首都の夜景が見えた。ふっと胸の内に熱い感情が流れるのを覚えた。新婚旅行でハワイに行った時、夫とホテルの窓から夜景を眺めたことを思い出したからだ。あの頃は永遠の愛を信じていた。何があろうと、この人と生涯を共にするのだと思っていた。一応、三十年以上彼の妻ではあるけど、愛はとうの昔に色褪せている。そして今現在、脳梗塞で入院中の夫にはいい女の愛人がいて、けなげにも夫に付き添ってくれている。これって、一体何なんだろう……。彩花は思わず深い溜息をついていた。そしてカーテンを閉めた。

テーブルには湯沸かし器とティーバッグの日本茶が用意されていた。彩花は早速に湯を沸かし、ティーバッグに注いだ。夕食で脂ぎったものを食べたので、お茶のカテキンが口の中をさっぱりとしてくれた。

風呂に入った。湯船に浸かると不意に眠気がさしてきた。早朝から遠い道のりをやって来て、病室で数時間を過ごしたので、疲れがどっと出たのだ。このまま眠ったら溺れ死ぬ。その警戒心だけは覚めていて、彩花は慌てて湯船から出た。バスタオルに身を包むと、睡魔に任せてそのままベッドにもぐりこんだ。

（五）

――一体、ここはどこなの？

これが目覚めの第一声だった。品川のホテルであることにやっと気づいて時計を見ると、七時を過ぎていた。九時間も寝ている。こんなに熟睡することはめったにない。自宅では猫が二匹、彩花のベッドで寄り添って寝るので、大体六時前には起こされる。昨夜はよほど疲れていたのだ。それと安全圏に入っている夫の顔を見て、やはり安心したのだろう。

ホテルの朝食は千八百円もするので、身支度を整えて近くのコンビニに行った。この先どれだけお金がいるか判らないので、節約できるところは節約しようと思ったのだ。

弁当とインスタントの味噌汁を買った。五百円でおつりが返ってきた。ホテルに持ち帰り、湯を沸かして味噌汁を作った。味噌の香りが立ち上って、食欲をそそる。ホテルの部屋でこんな風に一人で食事をするのは初めてのことだ。侘しくはあるが体をすり寄せて来る猫からも解放されて、たまにはこんな風に過ごすのもいいものだ、と彩花は思った。

もみじ饅頭が二箱残っていた。彩花は不意に、一箱は夫の会社に名刺代わりに持って行こうと思いついた。とりあえず病状の報告と、この先も迷惑をかけるだろう事を詫びておく方がいいだろう。もう一箱は小野秀美にあげよう。余分に買ってきてよかったと思った。

ホテルを出たのは九時だった。山手線の浜松町で下車し、夫の名刺の裏にある地図を頼りにそのビルを探した。通行人に尋ねると、ケータイで検索してくれ、詳細な地図ができてすぐに分かった。東京の人はクールだと偏見を持っていたが、意外に親切で、温かいものを感じた。

彩花は怯む心を奮い立たせて、夫の会社を訪ねた。受付で事情を説明すると、すぐに総務課に電話してくれ、「部長がお目にかかるそうです。五階の部長室にお入りくださいとのことです。ただ三十分後には会議が始まりますので、長い時間は取れないそうです」と時間の釘を刺された。

彩花がドアをノックすると「どうぞ」と応答があり、中に入ると総務部長がソファーに座って待っていた。彼は対面する椅子に座るよう手で示しながら、「このたびは大変でしたね。昨日の朝の十時頃、手術が成功したとお電話いただいたそうで、安心しました。大河課長が少し落ち着かれたら部下が見舞うつもりでしたが、先を越されて恐縮です」と穏やかな口調をした。娘か小野秀美が電話したのだろう。

部長は夫の突然の病に心から同情してくれ、「過去にも同じような例がありますが、彼はその後会社に復帰して頑張っています。いろいろご心配でしょうが、今はあれこれ考えずに治療に専念してください。長期欠勤の事務的な処置は係がしますし、仕事の方はみんなでカバーしますから」と励ましてくれた。その言葉で、彩花は会社への復帰の条件など訊きづらくなった。そして、アポイントなしに来たのだし、会議がまもなく始まるというので、これ以上の長居は控えねばと判断した。

「ご配慮ありがとうございます。みなさんにご迷惑をおかけして、本当に申し訳ありません。今後ともよろしくお願いします」

そう言って彩花は深々と頭を下げ、もみじ饅頭をテーブルに置いて退散した。

病院に到着したのは十時半に近かった。不慣れな所で何かにつけて確認しながら移動するので、思わず時間がかかってしまった。まずはナースセンターに行き、昨夜から今朝にかけての夫の病状を訊いた。すべて順調で、朝食の点滴も済ませたという。彩花はその言葉に安堵(あんど)して病室へ向かった。ドアの前で彩花は一瞬緊張した。小野秀美を意識して姿勢を整え、深呼吸して入室した。が、彼女の姿はなかった。そう言えば、今日は十一時に来ると言っていたなと思いだした。

夫は眠っているようだった。術後はこんなにもよく寝るのだろうか。彩花は出産で入院する以外、病院にはあまり縁がなかったので、熟睡している夫に不思議さを感じていた。

「おはよう。彩花です」

椅子に座って夫の顔を覗くと、夫は目を開け「ああ、お前か」と言った。その言い方に微かに麻痺を感じたが、ひとまずは一命を取り留めたことを幸運だとせねばならない。その他のことはリハビリで少しでも良くなればいいのだ、と思った。

「小野さんは、もう少ししたら来ると思います。私はとりあえず三日間の休暇を取ってホテルに泊まっていますけど、あなたが安全圏に入ったし、ここは完全看護だから、明日で一旦、帰らしてもらおうと思いますが……」

夫は黙って頷いていた。会社に挨拶に行ったことは伏せておいた。いつか自然に判れば、それでいいと思った。

「奈美が時々来てくれるそうだし、史雄も近々見舞いに来るでしょ。小野さんが十一時から三時頃まで、毎日来てくれるそうよ。優しい人ね。私は奈美や小野さんに電話で様子を訊くから。十日後ぐらいにまた来ます。明日は四時頃の新幹線に乗るつもり」

「無理せんでもええ。史雄もわざわざ来んでもええ」夫はか細い声でそう言った。

「わかったわ。あなたの様子と今の言葉を、史雄にちゃんと伝えますから」

その後の言葉が続かなかった。言いたいことはたくさんあるが、ほとんどが恨みがましいことばかりで、病人には禁句だから、彩花は沈黙するほかなかった。夫も妻に不義をしている手前、目をつぶるほかないのだろう。

彩花は、退屈しのぎに駅の売店で買ってきた週刊誌を開いた。女優と男優の不倫記事がにぎにぎしく書かれていたが、どこまでが真実なのか判らないと思った。ただ、いい女、いい男が身の周りに多くいる環境に置かれると、そうなりやすいのだろう。要するに、純情一筋は現実の生活の中でそう長く続くことはなく、人の心もいろんな状況の中で変わるのだ、と改めて思った。

所詮、週刊誌など読むところはなく、すぐ飽きてしまった。かといって、寝ている夫の顔を見るのも苦痛だった。また院内散策でもしようかと思った時、荒川医師が看護師を伴ってやって来た。ここしばらくは午前と午後の二度、回診してくれるという。

「大河さん、調子はどうですか?」

その声に夫は目を開け「いいようです」と応えた。医師は夫の胸を開けて聴診器を当て、脈をとった。

「うん、順調ですね。明日からは普通食になるから、今夜は流動食にしましょう。それと少しずつ、歩いたり、手を上げたり下げたり、つまり軽い体操もしましょう。これがリハビリの第一歩ですからね。きっとよくなりますよ。希望を持って頑張りましょう」

荒川医師はそう言うと、看護師に栄養剤の点滴を打つよう指示して出て行った。彩花は点滴が終るまで、また一時間、夫に付き添った。自分も目をつぶり、そして時々目を開け、点滴の様子を見守った。

家のことも気になった。友人の北森信子に猫の世話を託して来たとはいえ、自分がいないことで猫はストレスが溜まっているだろう。そんな時はトイレ以外に糞尿をすることもあるのだ。職場のことも気になった。同じグループの仲間には迷惑をかけているので、お詫びの意味でお土産を買うつもりだ。

点滴が終ると看護師は尿もとってくれた。昨日同様、「ずっと付ききりじゃあ、疲れますよ」と笑顔を向けて出て行った。その言葉に促されて、彩花も一階のティールームに行こうと思った。運動不足を自覚して、彩花はエレベーターを使わずに階段を下りて行った。

パジャマ姿で患者が院内を歩いていた。手術の種類にもよるのだろうが、最近は安静にするのはせいぜい二日ぐらいで、医者はむしろ体を動かせと指示するらしい。そうしないと手術した箇所が癒着するという。各階の踊り場などで軽い体操をしている患者や院内散歩をしている患者が意外に多いことに、彩花はなるほどと納得した。

バッグを病室に忘れたことに気付き、彩花は急いで病室に戻った。小野秀美が来ていた。彼女はエレベーターを使ったのだろう。それで行き違いになったらしく、彼女も今来たところらしい。彩花に黙礼すると、屈んで夫の顔を覗いた。

「顔色がいいわね」と言って頬笑んだ。夫も微笑んでいる。自分との対応とえらく違うので、彩花は傷ついた。

「明日からは点滴もあるけど、普通食になりますからね。もう少しの辛抱ですよ」

小野秀美はそう言った。いかにも優しい語りかけだ。そして彩花の方に顔を向けた。

「私たち、ティータイムにしません？　病院のすぐ近くにいいお店がありますの」

「じゃあ、そうしましょう」と言って、彩花は夫に向かって訊いた。

「あなたはしばらく独りでいい？　看護師さんにはちゃんと言っとくから」

夫は「ああ、いいよ」と頷いた。

「じゃあ、奥様とちょっと出てきますね」

小野秀美は夫の手を握り、「また後でね」と微笑むと背を向けて、ドアを開けた。彩花も後に続いた。

その店は、病院の正門を左に進み、四辻を曲がった所にあった。

「エスポワールですか。希望ねえ、今の私には程遠い名前だなあ……」秀美の後ろを歩いていた彩花が、自嘲気味な口調をした。すると小野秀美が後ろを振り向いた。

「病院の傍だから、不安の只中にある患者さんや家族にそうあってほしいと願って、こんなフランス語の名をつけたんでしょうね。私たちも希望を持ちましょうよ、ね」

小野秀美は念押しするような言い方をして、ドアを開けた。

窓辺の席に案内され、向かい合って座った。彩花も小野秀美も、紅茶とラズベリーのプチケーキを注文した。ウェイトレスが去ると、小野秀美が改まって頭を下げた。

「奥様、ごめんなさい。私、大河さんを本気で愛してしまいました」

「ええ、判ってます。ともあれ、主人はあなたによって一命を取り留めたのですから、感謝しています。もし夫のマンションで倒れていたら、確実にあの世行きだったでしょう。ただ、あなたのようないい女が、どうして武骨者の主人を、と不思議な気がしています」

「実は私、夫とクラブをやってましたの。女子大に通っていた頃、父の事業が失敗し、手っ取り早く稼げる仕事、つまりクラブでバイトをし、何とか女子大を卒業しました。そのクラブで夫に見初められて結婚したんです。歳は二十離れていましたが、とても優しい、いい人でした。子供はいなかったけど、仲のいい夫婦でした。でも三年前、夫は交通事故で突然亡くなり、悲嘆に暮れていました」

「まあ、それはお気の毒に……」

このいい女にもそういう不幸があったのかと思うと、彩花は同じ土俵に立ったような気がした。

「そんな時、お客であるご主人が親身になって慰めてくださり、優しさにほろりとしているうちに、恋愛感情が宿っていたんです。他所の旦那様とこんな関係になるのはいけないことだと判っていても、どうしようもなかったんです。本当にごめんなさい」

小野秀美はまた頭を下げた。

「今現在も、夫を愛しているのですね」

「ええ、ただ奥様の地位を奪おうなんて、私、微塵も思っていません。悲嘆に暮れていた私を優しく包み込んでくれるあの人の優しさに接して、やっと立ち直ることができました。私はただ、あの人が好きなんです。夫は財産を残してくれ、私は今もクラブやレストランを経営していますので、経済的にはご主人に一切ご迷惑をおかけしていませんし、これからもそのつもりです。もしご主人が会社を辞められたら、私の事務所で仕事をしていただいてもいいとさえ思っています。奥様にお目にかかれたので、こんなことを申し上げておきたかったのです」

彩花はしばらく言葉が出なかった。ああ、自分の負けだ、と敗北感を噛みしめていた。

「分かりました。倫理的には許されることではないのでしょうが、お互いに大人ですから、立場というものをわきまえさえすれば、目をつむりましょう。あなたは私の目から見てもいい女すぎて、夫があなたに心を奪われるのも分かるような気がします」

彩花は内心では思っていても、そんな言葉が口から出ようとは、いささか悔しかった。

「奥様って、すてき！　私、奥様のファンになりそうですわ。こんな方とは知らなかったので、電話しにくくて、電報にしたんです」

小野秀美は腰を浮かし、手を伸ばして握手を求めた。彩花も自然の流れで手を差し出しながら、奇妙な人間関係もあるものだと苦笑した。夫は大人の雰囲気を備えながらも邪気のない、女のこの性格を愛したのだろう。

やっと彩花も小野秀美も紅茶を口にした。やや渋みのある、本格的な紅茶だった。ケーキの甘さとよくマッチしていた。

「私、奥様といいお友達になれそう。そう思ってもいいですか？」

「思うのはあなたの自由です。でも、いいお友達になれるかどうか……、私だって、夜叉になる日があるのですよ。ご用心あそばせ」そう言って彩花は声を立てて笑った。

「過去に私も夜叉になったことがあるので、お気持はよく判ります。昨日も申し上げましたが、近くに住んでいる私がご主人を毎日見舞いますので、奥様は安心して広島へお帰りください」

「そう、じゃあお言葉に甘えましょう。でも妻という立場上、任せっぱなしにもできないので、あなたから様子を伺いながら、十日に一度、あるいは二週間に一度ぐらいは上京しましょう。今回の二泊三日くらいの日程でね。その日は、あなたはわざわざ病院へ来なくてもいいですよ。二人いても仕方ないもの」

「そうですか……。じゃあ、私のケータイ番号をお知らせしておきますので、何かとこちらの方にご連絡ください」

　小野秀美は名刺の裏にプライベート用のケータイ電話の番号を書いてくれた。彩花も家の電話番号を一応メモ用紙に書いて渡した。「ケータイの方も」と小野秀美に言われて、「職場も家の傍だし、あまり必要感が無いので、持ってませんの」と応えながら、名刺を持つほどの仕事に就いていないことも重なって、彩花はまた負けを感じた。

「少し早いけど、お昼も済ませません？　ここの料理は同業者の口にも美味しいですよ」

　そう言われると嫌だとは言えなかった。小野秀美はビーフカレーとコンソメスープを、彩花はエビのピラフとコーンスープを注文した。秀美の言葉どおりピラフもスープも味がよかった。

「もしよろしければ、今夜はうちのレストランでご馳走したいと存じますが」

「今回はご遠慮します。やはり、そこまで甘えてはね。でも、いつか連れてってください」

「もちろんですわ。でも、今回は残念ですね。この次はぜひ、うちで召し上がってください。ところで、明日は何時の新幹線ですか？」

「自由席の乗車券だから、どれとまだ決めてませんの。でも、遅くても四時前後には乗らないと、家に着くのが九時過ぎるんです。急なことだったから、猫の世話も友人に頼んで来てるし、常勤のバイトだけど仕事もあるので、九時までには家に帰りたいんです」

「そうですね。ならば明日は、病院は午前中だけになさったら？　午後は私が行きますから」

「でも、そんなに優しくしてもらっていいのかしら。甘え過ぎだと思いますけど」

「どうぞ、甘えてくださいな。ああ、それから奥様はこれまでめったに上京なさらなかったのでしょ。

折角ですから一つぐらい見物なさったらどうでしょう？　東京駅の八重洲中央口から五分歩いた所にブリヂストン美術館があります。すごくいい美術館なので、まだご覧になっていないなら、ぜひ見てくださいな。価値ある西洋の近代絵画をたくさん持ってますよ。一階の喫茶室もステキです」

「そうですか。私も水彩画を習っているので、絵を観るのは好きですから、ぜひ行って見ましょう。若い頃は、これでも夫とよく美術館に行ったものです」

「まあ、それはよかったですね。あの人は絵を観るのが好きですから」

そう言うと小野秀美は腕時計に目をやり、「そろそろ戻りましょうか」と促した。


病院に戻ったのは一時前だ。不意に川崎の娘の家に行こうと思いついた。これ以上小野秀美と狭い病室にいることは居たたまれないし、夫が安全圏に入っているので、娘の家に寄らないのも情がなさすぎると思ったのだ。

「公衆電話は、この近くにありましたっけ？」

彩花がそう言って辺りを見回していると、「どうぞ、これをお使いください」と、小野秀美がケータイを差し出した。負けてばかりいるようで悔しかったが、仕方なく借りた。番号を押していき一呼吸すると奈美が出て、これからそちらに行くと伝えると、「私もこれから病院に行こうと思ってたの。お父さんの具合はどう？」と訊いた。

「すべてがいい調子よ。ちょうど小野さんが来てるから、数時間は私がいない方がいいの。あんたの家に行ってもトンボ返りするようだけど、引っ越し後の家の様子も見たいしね」

「じゃあ、今日は病院に行くの、止めるわ。子供もまだ帰ってこないから、いらっしゃいよ。道は分かるわね。駅まで車で迎えに行ってもいいけど、歩いて十分の距離だからウォーキングだと思って」

そう言って奈美は電話を切った。小野秀美に、川崎の娘の家に行って夕方までには病院に戻ることを伝え、玄関で別れた。彩花はその足で秋葉原駅まで歩き、山手線で品川まで行って東海道本線に乗り換えた。

(六)

品川から川崎には二十数分で到着した。駅から南に向けて大通りをまっすぐ進み、四辻を左折した所に奈美のマンションがある。インターホンで呼び出すと、すぐロビーまで降りて来てくれた。前日、手土産のもみじ饅頭を渡していたので、もう何も買って来なかった。エレベーターを八階で降り、三軒目が奈美の家だ。

二年前、三十年のローンでこの四LDKのマンションを買う時、夫が頭金を出してやった。彩花は引っ越し直後に一度来たことがあるが、家の整理はまだまだだった。今はリビングの家具もきちんと収まり、奈美が家を小綺麗に管理していることがよく判った。

「まあ座って。お茶とケーキを出すから」

奈美に促されて彩花はソファーに座った。お腹がいっぱいでケーキもお茶もいらないと言おうとして、彩花は口をつぐんだ。折角そうしてくれると言うのだから、素直に受けようと思い直したのだ。

彩花の座るソファーはちょうどキャビネットと対面し、その上に飾ってある写真に目が留まった。奈美の一家がディズニーランドらしい遊園地で撮った写真だ。その横に三十代の彩花と夫、小学生の奈美と史雄が同じディズニーランドで撮った家族写真も置かれていた。

「へえー、私もお父さんも、こんなに若かったんだ」

過去の写真などめったに見ない彩花にとって、それは大きな驚きだった。

「そう。もう喧嘩が絶えない父さんと母さんだったけど、この二日間はどうしたことか喧嘩もなく、とにかく楽しかった。いつまでも心に残ってる大切な日なの。私は家庭を持ったら、こんな日を続けたいと願ったのよ」

奈美は日常を飛び越えたあの日がよほど楽しかったのか、目を潤ませていた。両親の不仲が子供の心をそれほど傷つけていたのかと思うと、彩花は少々胸が痛んだ。

奈美が「これは地元で有名なバターケーキよ」と言って、蜂蜜色のケーキをトレーにのせて運んで来た。紅茶はアールグレーで、これは夫が好きだから欠かさず買っていると言う。人の胃袋は拡大が自在なのか、もう入らないと思っていた彩花の胃袋はケーキとお茶を難なく受け入れていた。

お茶が済むと部屋を一通り見てまわった。一番自慢の部屋は、防音装置が完備したピアノレッスン室らしい。半年前からピアノ教室を始め、現在、土日を中心に五人教えている。自分の娘にも教えているので、当分は五人限定ということだ。

「子供たちも、自分の部屋をきれいに使ってるじゃない。あんたの躾がいいんだね」と彩花が褒めると、奈美は得意げな顔をした。

「でしょ。私も史雄も、その点では母さんに厳しく躾けられたもんね」

「ところで」と一呼吸すると、彩花は先ほど小野秀美から聞いたこもごもを話した。

「へー、父さんのこと、本気で愛してるって言うの……。妻の座もいらないし、金銭面では一切迷惑をかけないなんて、奇特な人もいるもんだね。まるでマリア様みたいな女じゃないの。参った、参った、脱帽です。でも、母さんはそれでいいの?」

奈美はひたすら驚いて、訊いた。

「だって、仕方ないじゃないの。で、看病も、彼女に甘えることにしたの。ま、妻の立場もあるので、十日、あるいは二週間に一度は上京すると言っといたけど。ただ、あんたには忙しいとは思うけど、三、四日に一度は覗いて欲しいの。お願いね。これは、母さんから一先ずの気持だから、受け取って」

そう言って、彩花は三万円が入った封筒を差し出した。

「そんな……、親子だから、いいよ」

「その気持、ありがたくいただくわ。でも車のガソリン代もかかるし、あんたも子育てやピアノ教室をしながら時間を作って行ってくれるんだから、申し訳ないと思ってるの。いいから取っといて」

そう言って彩花は、封筒を無理に奈美の手に握らせた。

「じゃあ、一応貰っとくね」と、奈美はようやく受け取ってくれた。

「あんたの生活も見せてもらったし、気になることもこれで済んだので、そろそろ帰ろうかな。もう一時間近く経ってる、早いわね。これから一応、病院に寄るわ。ここに来たこと、父さんに言っとくね。私は、明日は昼過ぎに広島に帰ろうと思うの」そう言いながら、彩花は腰を上げた。

「そう、じゃあ、駅まで送って行くわ」

「わるいなあ」

「一緒に地下の駐車場まで行った方がいいかな。エレベーターで降りるのよ」

奈美について彩花は玄関を出て、エレベーターに乗った。地下の駐車場にはあっという間に着いた。そして車の中でいろいろ話す間もなく、駅に到着した。奈美は彩花を降ろすと、そのまま自宅へとターンした。

電車はすぐあった。まだラッシュアワーではないので、座れた。品川までの二十数分を、彩花はうたた寝したらしい。到着を知らせるアナウンスで目覚め、慌てて下車した。そして山手線に乗り換え、秋葉原まで行き、病院には四時過ぎに着いた。

病室の前で、彩花は中に入ることを一瞬ためらった。この時間、小野秀美は仕事の準備で、おそらく帰っているだろうと思いながらも、彼女が夫に優しく語りかけている最中ではないか、と思ったのだ。

しかし彼女はいなかった。彩花がベッドの傍の椅子に座ると、夫は目を開け、「ああ、お前か」と、いつもの口調で言った。

「昼からは小野さんがあなたを見舞うからと言うので、私は奈美の家に行って来ました。川崎まで乗り換えもいれて四十分少々なの。案外近いのね。奈美は家の管理が上手ですよ。一部屋はピアノ教室のため防音装置までして、今現在、五人の生徒さんがいるそう。孫たちも自分の部屋をきれいに使ってましたよ」

「そうか、それはいいことだ。奈美は子育てしながらピアノを教えていては、結構忙しいのー。無理して来んでもええと伝えてくれ」

　夫はそう言うとまた目をつむった。自分とはあまり会話したくないという気持がありありと見え、彩花はまた傷ついた。こちらから話しかけない限り、夫は目を開けそうにない。

「あのねぇ、私が広島から来るのが大変だから、奈美が代わりに週二回ぐらい来てくれるそうです。奈美もあなたの娘ですから、それぐらい気を使ってもいいでしょう。あなたには特別に可愛がってもらったんだから」

　その可愛がり方は、彩花がジェラシーを覚えるほどだった。夫婦同伴の会合にも、自分の代わりに奈美を連れて行くことがしばしばだった。彩花は深く傷つきながらも、娘を可愛がってくれるのだから、ま、いいか、と思うことで自分を宥めたものだ。

　ドアが開く気配がした。荒川医師の回診だ。

「どうですか、調子は？」

「お蔭様で、いいようです」夫は多少麻痺を感じさせる言い方で応えた。

「それを聞いて安心しました。が、一応聴診器を当ててましょうね」

　荒川医師は前回と同様に夫の胸を開け、聴診器を当てた。そして、手首の脈を計った。

「オーケーです。そろそろ夕食時だけど、朝言いましたように今回は流動食にしましたよ。明日からは普通食になるので、その予行演習ですね」

　そう言ってベッドの下を見やり、看護師に尿の処置を指示した。

「あのォ……、私、広島を留守にして来ておりまして……。それに仕事も休んで来ていまして…。今後の付添いについて……」

彩花が言いよどんでいると、荒川医師は夫の方を見ながら言った。

「ご主人はもう安全圏に入ってますし、ここは完全看護ですから、本来は付添いなしでも構いません。でも、近場の娘さんやお友達が時々顔を出してくだされば、それで十分ですよ。大河さん、いいでしょう？　それで」

「はい」と夫は短く答えた。

荒川医師の回診が済んで二十分もすると、流動食が運ばれてきた。配膳係が夫のベッドを起こし、付属テーブルを手前に引き寄せた。お粥のようなもので、砕かれた卵や野菜が混ざっていた。プリンもついていた。

「食べさせてあげましょうか？」と彩花が訊くと、「いい、自分で食べる」とぶっきらぼうに言って、右手で何度もスプーンを口に運んだ。運よく麻痺の手は左だった。

「おいしい？」

「うん、やっと食欲も出てきた」

「よかったじゃない。この調子なら、早く良くなると思うわ」

夫は彩花の言葉に初めて微笑んだ。プリンも全部食べたので、彩花も安心してテーブルとベッドを元に戻した。

「明日は、午前中は私が来ます。小野さんは午後から来るそうです。で、私は昼から広島に帰らしてもらいます」

「ああ、そうしてくれ」

「お昼に小野さんとお話ししました。彼女が、広島は遠いので奥さんは時に来ればいい。近い自分が毎日見舞うから、と申し出てくれたので、甘えることにしました。で、奈美や小野さんと電話で連絡を取りながら、十日に一度ぐらい、ここに来ようと思います」

「そんな無理するな」夫はきっぱりと言った。

「これでもあなたの妻ですから、それぐらいは当然でしょう。夕食も済んだし、今日はこれで帰らせてもらいますね」そう言って彩花は椅子から立ち上がった。

「いろ、いろ、ありがとう」

夫が思いがけない言葉を吐いた。彩花は驚くと同時に、気持が和(なご)むのを感じた。


ホテルに着いたのは六時前だが、日はとっぷり暮れていた。でも街は明るく、人込みも賑やかで、彩花はやはり首都は違うなと実感していた。

またコンビニまで足を延ばし、巻き寿司弁当とインスタント味噌汁を買った。占めて五百五十円。ホテルに持ち帰り、お茶を沸かして食べた。侘しい夕食だが、独りの空間を誰にも干渉されず、遠慮もせずに使える、こんな時間の過ごし方も悪くない。彩花は家でも毎日こんな風に過ごしているのだった。

テレビをつけると、七時のニュースが始まっていた。去年の秋にアメリカに端を発したリーマンショックの影響が世界に広がり、日本の経済にも響いてきて、景気がかなり下降していると男性アナウンサーが言っていた。

そう言えば、この正月には年越し派遣村が厚労省の前の日比谷公園にできて、厳しい現実が放映されていたが、スーパーのレジ打ちの彩花にも、その厳しさは少しは実感できていた。この状態が長引けば非正規雇用の自分たちの首も危なくなり、その点でもあまり長い休みは取れないと思うのだ。こんな時に夫が脳梗塞で倒れ、夫の会社は総務部長が言うような寛大な措置を本当に取ってくれるだろうか、と彩花の頭を不安がよぎるのだった。


気が付くと八時半になっていた。八時までは起きていたので、テレビがついたまま三十分ばかりうたた寝をしたらしい。

風呂に湯を入れた。湯船で体をほぐすと、疲れがスーッと引いていく。寝間着に着替えると、九時が過ぎていた。この時間なら史雄も帰宅しているだろうと思い、彩花は室内電話で史雄の番号を押していった。コール音を十回ほど辛抱強く聞いて、切った。まだ帰っていないようだ。父親が病に倒れているのに、まさか飲みに行ったのではないだろう。仕事でこんなに遅いとは、体を壊さなければいいが……。まだ結婚もしていないのだから、健康だけは気を付けるよう強く言わなくては、と彩花は母親としての心配をしている。

十分後にまた掛けた。

「はい、大河です」史雄の息遣いまでが聞こえてきた。彩花が名乗ると、「ああ、母ちゃんか。会社から今帰って来て、玄関を開けてたら電話が鳴るので、慌てて受話器を取ったところだ。で、父ちゃんの具合は、どう？」

「すべて順調で、父ちゃんは史雄が遠くからわざわざ来なくていいと伝えてくれだって」

「そうもいかないよ、息子だもん。この土日を利用して、行って見るよ」

「じゃあ、このホテルに土曜の予約を取っとこうか」

「頼むよ」

いつもは一癖ある息子がえらい素直なので、彩花は気が抜けた感じだった。ホテルの名前と電話番号、交通機関、下車する駅名などメモを取らせて電話を切り、すぐフロントに連絡して予約した。

自分の結婚生活は夫の女性問題でかき回され、どう考えても幸せという結論は出せない。それでも息子には結婚してもらいたいと思う。たとえ不幸になっても、人間としてすべてを経験してもらいたいのだ。最近は四十、五十の独身男が増えているというから、彩花も不安になる。そんなことを堂々巡りしていると、いつしか睡魔がやってきたようだ。


三日も通うと、ホテルから病院までの風景も眼に馴染んできた。山手線に何度も乗り、やっと首都に対して怯える気持も薄らいでいた。でも、今日の午後広島に帰ると思うと、やはり嬉しい。夫は娘と小野秀美に一時的に託せるので、安心して帰ることができる。それに昨日夫が「いろいろありがとう」と言ってくれたので、今朝の気分は明るい日差しに似ている。

九時過ぎに病院に着いた。まずはナースセンターで昨夕来の夫の容態を訊き、順調という言葉が貰えたばかりか、今朝の普通食も残さず食べたということだった。普通食になってもやはり点滴はするようで、今までとは違う薬に変わり、九時に針を刺したという。

夫は目をつぶっていた。点滴液が半分ぐらいに減っていた。彩花が入室すると眼を開け、「ああ」と言ってまた目を閉じた。心なしか夫の頬が色づいている。普通食も食べることができ、本人は自信がついたのだろう。

「昨夜、史雄と連絡が取れました。この土日に見舞いに来るそうです。あなたの言葉を伝えたけど、息子だから行かんわけにもいくまいですって。私と同じホテルを予約してやりましたよ。あなたを心配してくれる息子や娘がいて、よかったじゃないですか」

「ああ、でも、子供には迷惑かけたくないなあ……、悪いと思うよ」

「だって、迷惑かけたり、かけられたり、それが家族というものでしょ」と応えながら、妻に対してその一言があったなら、どんなに報われるだろう、と彩花はいささか不満を感じるのだった。

「史雄は仕事で帰りが遅いんですよ。体を壊したら元も子もないので、あなたからももう少し健康に気を付けるよう言ってやってください。病人が言うと説得力がありますから」

夫は黙ったままだった。間もなく点滴が終るので、ナースセンターに知らせたら、看護師がすぐやって来て処置してくれた。

「先生が今日から歩きなさいと言われてますから、院内を無理のない範囲で散歩してください。まだ外はだめ、院内だけですよ」

看護師はそう念押しして出て行った。夫がぽつりと言った。

「今朝、尿のカテーテルも除けてくれた。院内を少し歩いてみるか」

そう言って夫は起き上がろうとした。彩花が手伝ってベッドから起こし、椅子に座らせて態勢を整えさせた。まずは三階を歩いてみようということになった。三日間寝たきりなので、最初は足がふらついたが、彩花がしっかりと支えていたので、前に進んだ。

車椅子を押して通り過ぎて行く人がいた。すれ違いざまにお互いに黙礼をした。夫の足取りは思ったよりしっかりしている。「大丈夫よ」と彩花は何度も励ました。励ましながら、ふっと息子を支えて歩いているような錯覚に陥った。隣人(となりびと)はいつしか夫ではなく、息子になっている。彩花も妻ではなく、母になっている。そんな自分に気付いて彩花は苦笑するのだった。

トイレの近くで夫が「小便がしたい」と言うので、洋式トイレの方に入らせた。立ったままの男性用では、万一倒れてはいけないと思ったからだ。

用を済ませて出てきた夫は、すっきりした顔をしていた。

「やっぱり、これだけは管よりも自分で出した方が気持ええな」そう言って笑った。

長椅子がワンブロックごとに置かれていた。散歩する患者のためを考えてのことだろう。夫も二度椅子に座って休んだ。三階の隅から隅まで歩き、病室の前に戻ったのはかれこれ二十分後だった。やはり夫は少々疲れた様子で、すぐベッドに転がり込んだ。

「毎日、午前中に一回、午後から一回散歩するといいわ。明日は四階へ、明後日は五階へと距離を伸ばして行くと、足の筋肉もしっかりしてくるでしょ。一階のティールームまでやって来て、お茶を飲んでる人もいましたよ。途中で万一倒れてはいけないので、一週間ぐらいは付添いがいた方がいいわね。奈美や小野さんにやってもらいますから」

彩花がそう言うと、夫は黙って頷いた。そして目をつぶり、しばらくそのままでいた。時計を見ると十二時を過ぎていた。配膳係が食事を持ってきた。普通のご飯に味噌汁、卵焼き、塩鮭、柔らかく煮た豆、野菜サラダ、それに二分の一のバナナがついていた。

夫は半身を起こし、彩花はテーブルを手前に移動させた。夫は黙って茶碗や皿に箸を付け、すべてを平らげた。これほど食欲があれば案外早く良くなるかもしれないと、彩花は淡い期待を抱いた。

「食欲があるって、いいことよ。きっと体力や免疫力が上がって、いい結果が出るでしょ。でも、焦らずに、荒川先生を信じて、頑張りましょうね」

彩花の励ましに夫は頷いて、口を開いた。

「そろそろ帰らんといかんのだろ」

「ええ、荒川先生にご挨拶して、帰りますから。そうそう、お土産にもみじ饅頭を差し上げましたよ。看護師さんと小野さんにも」

そう言って彩花はテーブルを元の位置に戻し、皿がのったトレーをドアの外に出した。そして「じゃあ、十日ぐらいしてまた来ますから」と言って、部屋を出た。

（七）

小野秀美が教えてくれたブリヂストン美術館に行った。駅から近いとあっては、絵の好きな自分は見逃せないと思ったのだ。着いたのは一時半に近かった。一階の喫茶室でまずは昼食を取ることにし、サンドイッチと紅茶セットを注文した。

お腹がすいていたので、ハムや卵やレタスの入ったサンドイッチを貪るように食べた。彩花には奈美の夫のようなこだわりはないが、アッサムティーの香りが芳醇(ほうじゅん)で、ちょっぴり幸せ感に浸ることができた。この美術館を紹介してくれた小野秀美に感謝の気持が生じていた。夫を寝盗られたのだから嫉妬に狂ってもいいはずなのに、そんな気持が薄くなっていた。むしろ息子のステキなガールフレンドのように思えてくるから、不思議だった。

ガラス張りの開放感のある喫茶室は大通りに面していて、往来の人々がよく見えた。忙しそうに歩いている紳士、ファッショナブルな格好をしてガラスに自分を映しながら歩いている女、若い人、中高年、様々だ。この人たちにも家族や友人、職場の上司や同僚がいて、彼らとのしがらみがあり、不安や悩みや妬み、優しさや同情心など抱えて生きているのだろう。今の彩花にはそれらがおぼろげながら垣間見えて、胸底から切ない感情が押し寄せてくるのだった。

美術館は一時間で観て回った。まさに駆け足だが、四時十分の新幹線に乗るには致し方ない。またの機会にじっくりと観ればいいのだ、と彩花は自分に言い聞かせた。

どの展示室の絵や彫刻も本物のすごさを示しつけ、彩花の目を奪い、心を奪った。とくにルノワールの『すわるジョルジェット・シャルパンティエ嬢』、モネの『黄昏、ヴェネツィア』、ピカソの『腕を組んですわるサルタンバンク』は印象が強く、絵ハガキをそれぞれ二部ずつ買った。一部は猫の世話を頼んできた北森信子用に。そして缶にジョルジェットの絵が印刷されたアッサムティーも、彼女用と自分用に二缶買った。

新幹線には予定通り、四時十分ののぞみ号に乗った。駅の売店で職場の上司とレジ打ちの五人の仲間、そして北森信子に東京名物の豆菓子を買い、夕食の巻き寿司弁当も買ったので、急に荷物が増えた。

隣はまだ空席だ。木曜日の下りの新幹線は少々余裕があるらしい。彩花はバッグの中から絵葉書を取り出した。ルノワールの『すわるジョルジェット・シャルパンティエ嬢』は特に好きで、見ているだけで頬が緩む。こんなにかわいい女の子だから、ルノワールが夢中になって描いたのだろう。自分も水彩画を習っているので、いつかこんなに人を幸せな気分にする絵を描きたいと思う。

やはり疲れているのか、瞼がつぶるのが自分にも判る。頭も揺れている。我知らず少し眠ったようだ。

目が覚めると富士山が見えた。晴れているので稜線がくっきりしている。文句のつけようがないほど形の美しい山だ。江戸の浮世絵師たちや、現代の洋画、日本画を問わず、画家たちが幾度となく描いたこの山は、やはりただの山ではない。見る人の心を浄化してくれる聖なる山なのだ。彩花はこの山が見えなくなるまで目で追い続けた。

ようやく外も薄暗くなり、見るものもなくなったし、お腹もすいてきたので、弁当を開いた。好物の巻き寿司だ。酢の味が食欲をそそる。全部平らげて満腹感に浸っていると、気持もいっそう落ち着く。

夫は軽い言語障害や手足に多少の麻痺が残るだろう。が、それらはリハビリでかなりのところまで回復すると荒川医師は言った。これまで元気すぎて浮気ばかりしていた夫だから、多少の負を我が身に引き受けて苦労すればいいのだ。そんな夫でも、心から愛してくれる妻以外の女がいる。しかも美人で心根もよさそうないい女だから、どう考えても不思議なことだ。夫には案外、光源氏のような隠れた魅力があるのかもしれない。世の中はほんとに不可思議で、面白いことがあるものだ。そう思うと、彩花は小さく声に出して笑った。通路を隔てた座席の女がこちらを見たので、彩花は慌ててお愛想笑いをした。


広島駅に着いたのは八時過ぎ。自宅へはそこから一番線に乗り換えて四駅目の五日市(いつかいち)まで行かねばならない。次の発車は十二分後。彩花は待っている間に、ホームの公衆電話から北森信子に電話した。とりあえず猫の世話のお礼と夫の容態がいいことを。そして明日、心ばかりのお土産を渡したいから、仕事の帰りに寄ってほしいと伝えた。彩花の家は、北森信子の通り道にあるのだ。

五日市駅で下車し、タクシーを拾った。自宅まで信号待ちを入れて十分足らずだから、我が家に帰り着いたのは九時前。その日の予定をきっちりこなしたことになる。

門柱と、リビングには電灯がついていた。留守をする時は防犯上、夕刻の五時から明朝六時まで電灯が点るようにしてある。

玄関を開けると、猫のヒナが出迎えてくれ、すり寄ってきた。頭を撫でながら「フウちゃんは?」

と声を張ると、黄色い猫がのそのそと姿を見せ、三日間もどこへ行ってたのよと言わんばかりに顔をそむけた。すねているのだ。猫にもいろんな性格があり、彩花が「フウちゃん、淋しかったのね。ごめん、ごめん」と体をさすってやると、フウはようやくミャーオと鳴いてすり寄ってきた。

廊下が猫のウンチ砂でザラついていた。北森信子に掃除までは頼めなかったので、当然の結果なのだ。彩花は服も着替えずに、掃除機をかけ、そしてモップで拭いた。猫トイレの糞尿も始末した。

猫は三日間の空白を取り戻すかのように、彩花に付きまとった。可愛くもあるが、鬱陶しい生活がまた始まると思うと、「やれやれ、何の因果でこうなのよ」と声に出して笑った。ヒナもフウも北森信子から餌を貰っていたので、食べるものはもう欲しがらなかった。

お茶を沸かした。早速ブリヂストン美術館で買って来たアッサムティーだ。彩花は立ち上る香りを胸いっぱい吸いながら、琥珀色の温かい液体を口に入れる。香りに酔うとはこのことだ。その液体をゆっくりと喉へ送る。紅茶党になりそうな予感がする。

夫の術後は快方へ向かうだろう。完全看護体制だが、娘と小野秀美の二人が傍で見守ってくれる。後は荒川医師の言うようにリハビリが順調に進むことを願い、一日も早い会社復帰ができるよう祈るばかりだ。

小野秀美ねえ……、彩花の口からその名が飛び出した。いい女じゃないの。息子のガールフレンドならば上出来の女ね。そう呟いて、彩花は溜息をついた。やっぱり悔しい。夫は息子ではないのだから。

イスラムの世界では、法的に四人まで妻を持つことを認めているという。数年前にある雑誌で、老若四人の妻が仲良く一つの家で暮らしているグラビア写真を見たことがある。イスラム国家の要人が公式に訪日する際、外務省は苦労するという。何番目の夫人が同伴するのか、彼女の趣味や関心事は何か。夫とは別に夫人外交が展開されるから、まずは何番目の夫人が来るかを間違って報道したら大ごとだ、とその雑誌に書いてあった。

彩花には一人の男を複数の女で共有するなど、やはり倫理的には容認しがたいことだ。が、自分だって夫の浮気を知りながら、三十余年も別れもせず生きてきたのだ。そんな自分は不潔であり、狡くもあると自覚している。では夫はどうなのか。愛を誓いながらたびたび浮気をするとは、怪しからんではないか。非は夫にあるのだ。

でも、歳を重ねるにつれて、人の心は不動のものでない、変わり得るということも見えてきた。それなのに愛の残像を消すことができず、むしろそれにすがっている自分もどうかしているのだ。残像から早く自分を解放してやれば違う人生を歩けたかもしれないのに、愚かにもそれができなかった……。

では、小野秀美は倫理観の欠如した女なのか。彼女が他所の夫を愛することは、不道徳なのか。社会の規範から見ると、そうだろう。けれど他所の夫に献身的に尽くす様子をこの目で確かめると、そう言い切れないものを彩花は感じていた。

私って、愚かで、煮え切らない女だね。

そうつぶやいて、彩花は冷めた紅茶の最後の一口を飲み干した。アッサムティーは冷めればまた、それなりに美味しいと思った。そう言えば小野秀美と、希望の意であるエスポワールという喫茶店で紅茶を飲んだっけ。あの時は銘柄までは気にしなかったが、美味しかったな。彩花は小野秀美の端正な顔を眼に浮かべながら、フーッと溜息をついた。

明日からまたレジ打ちが始まる。ともかくも仕事があるということは収入が得られ、社会参加しているという実感も持てて、ありがたいことだ、と彩花はつくづく思う。

ふっと北森信子の言葉がよぎって行った。六十五歳まで働ける老人ホームの介護職、老人への猫のセラピー。自分を変えるために、本気で考えてみてもいいかも……。とりあえず今の仕事を続けながら、二週間に一度上京して夫を見舞う。上京しない休日には猫を連れてセラピーに行く。そうすれば老人ホームを取り巻く環境に少しでも慣れるだろう。

そんなことを考えていると、彩花は自分がそう不幸でもなく、むしろ自分には縁遠いと思っていた言葉、希望——そう、あの喫茶店の名でもある〈エスポワール〉が、胸中でしだい大きく広がっていくのを感じるのだった。

我もまた

（一）

　こんなことになるぐらいなら、身近な所に呼び寄せて、おれが面倒をみてやればよかったのだろうか……。

　田宮哲平は憔悴し切って、深い溜息をついた。人吉からローカル線を乗り継ぎ博多まで出て、広島へ戻る新幹線の座席に落ち着くと、哲平は何度も溜息をつき、繰り言をつぶやいていた。予期せぬ弟の死に遭遇し、三日間で通夜と葬儀、死後の後始末を済ませたのだ。それにメディアがもう嗅ぎつけていた。哲平は精神的にかなり参っていた。

　それにしても、妻や子を連れて来なくてよかったと哲平はつくづく思う。

「明日は幼稚園の運動会で休めないわ。職員が人手不足で大変なのよ。悪いけど明日はあなただけ行って。明後日は行けると思うわ」

　妻がそう言った時は、自分たちにどんなに迷惑をかけた弟であっても、死んだ時ぐらいは仕事を休めないのか、冷たすぎるじゃないかと腹が立ったが、あんな姿の弟は見せなくてよかった、と今は心から思う。三十歳にもなって、最後の最後までこんなに面倒をかけて……。哲平は弟の死を悲しみ、己を省みる反面、胸底のどこかに、この世に生を受けた以上、なぜ地を這ってでも生きようとしなかったのかと、怒りに似た気持が宿っていることに愕然とするのだった。

警察から連絡があったのは十月六日、土曜日のことだった。久し振りに学年会の同僚たちと夕食会を持ち、帰って来るや妻が浮かぬ顔をして警察から電話があったと伝えたのだ。

「田宮哲平さんがお帰りしだい、ご本人が署の方へ連絡してくださいってヨ」

そう言って妻はメモした連絡先の電話番号を渡すと、リビングから出て行った。一瞬、担当クラスの生徒が何か起こしたのかと不安がよぎったが、事件の少ない女子校だから違うだろう、と哲平はすぐ否定した。ならばあいつが何かやらかしたのだろうか、と弟のことで胸騒ぎを覚えたのだった。

七歳離れた弟は高校を卒業して中堅の商社に勤めていたが、一年が過ぎる頃突然出社できない状態に陥り、いわゆる不登校もどきの引きこもりとなった。結局会社を辞め、その後は時々アルバイトに出はするが、それも長続きせず、母親の安月給に寄生し、母を悩ましていたのだった。

哲平が生まれて後、父母はもう一人子供が欲しいと熱望していたがなかなか子に恵まれず、諦めかけていた時に生まれて来たのが弟なので、溺愛に近い愛情を注いで育てた。哲平は何かにつけて——お兄ちゃんだから我慢しなさい——と、我慢を強いられたので、時として弟を妬ましく思うほどの偏愛ぶりだった。弟が八歳の時に父が亡くなったので、母はいっそう弟を可愛がった。

哲平も兄だからと、ある諦めをもって暮らしていたが、弟には新しい三輪車やその他のおもちゃが次々買い与えられるのに、自分には何の代償もなかった。そのことは子供心に納得できることではなかったが、口には出せなかった。その分、恨みがましい思いが心に沈殿していったように思う。

父は地元の材木会社に勤めていたが、哲平が高校生になったばかりの五月、心筋梗塞で倒れ、そのままあの世へと旅立った。四十一歳の誕生日をわずか十日過ごしただけで、家族に別れも告げずに逝ったのだった。母は親戚のツテで市の清掃の嘱託職員になり、生活は何とか成り立ったが、淋しさ故にか、弟に対する愛情は傍目に異常と映るほど降り注いでいたようだった。

哲平は日本育英会の奨学金と新聞配達で得たバイト料を授業料や学費に当て、母の負担をできるだけ軽くしようとした。哲平が大学に行きたいと言った時、母は困惑した顔をして「うちの経済状態から、あまり援助はできないよ」と釘を刺したが、どうしても行きたかったので日本育英会に予約奨学生を申請し、運よく認められた。一応、地元の熊本大学を考えてみたが、自宅から通学するのはやはり無理で、寮か下宿するのならば県外でも同じだと考え、担任が出ている広島大学の教育学部を目指すことにしたのだった。

入学後は大学の寮に入り、奨学金を基盤に、家庭教師を二口、夏休みと冬休みには郵便局やデパートでアルバイトをし、学費は無論、小遣いもすべて自力で調達した。母からは月一万円の仕送りがあっただけだ。

「お兄ちゃんはしっかり者だから」母は口癖のようにそう言ったものだ。近所のおばさんたちも哲平を前にして「感心な息子さんね」と誉めたが、母はそれが嬉しいのか、「小さい頃から手のかからない子でね」と誇らしそうに応えていた。そう言われると哲平は、自分だって甘えたい、もっと可愛がってもらいたいと思いながらも、その思いを封じ込めるしかなかった。いつしかそれが習癖となり、いい子の自分を演じ切るようになったのだ。

そんな生活のなかで哲平が珍しく親に要求して、ひどく叱られたことが二つある。一つは小学校五年生のある日、友達の家に行くといいグローブがあり、自分も買って欲しいとねだると、父から「学校にあるものを使えばいいじゃないか。贅沢を言うな」と叱りつけられたこと。二つ目は、六年生の修学旅行の時、運動靴が相当くたびれていたので新しいのを買って欲しいと言うと、父は即座に「旅行には慣れた靴の方がいいのだ。それが嫌なら、行くな」と声を荒らげた。母も父に同調した。弟にはいろいろと買ってやるのに、自分は我慢ばかり強いられる、と哲平は言葉には出さなかったが、いつしか両親に恨みがましい気持をもつようになっていた。

哲平は父にも母にも心から甘えた記憶がないし、また心から可愛がってもらったという実感が持てないまま、大人になったような気がする。自分は弟に対して、可愛いという気持がそれほど湧かなかった。つまりクールな対応しかしなかったのは、こうした小さい頃からの満たされない思いが胸底にあったからだろう。就職先を国元ではなく、大学を過ごした広島に求めたのも、そんな家庭環境から離れたかったからだと思う。

ああ、と哲平は呻(うめ)き声を上げていた。なぜ、弟のあんな死に直面しなければならないのか。人一倍努力し、真面目に暮らしてきた自分がなぜ、こんな目に遭わなければならないのか。自分が何の悪いことをしたから、この罰を受けねばならないのか。哲平はキリスト教の信者ではあるが、神に問い掛けては深い溜息をつき、堂々巡りをしている自分が情けなくて涙がこぼれるのだった。

母が去年の八月十一日に亡くなり、半年後に哲平は念願の建売住宅をローンで購入した。大学時代から定年までこちらで過ごすとすれば、四十二年になる。定年まで数えても二十四年ある。それに妻はこちらの人間だ。自分の友人もこちらに多い。ならばここに骨を埋める覚悟をしよう。人吉の家は弟にやろう。毎月母に仕送りしていた三万円が浮いたので、哲平は思い切ってマイホームを持つことにしたのだった。三十歳になろうとする弟に、これ以上援助する必要はない。追い詰められれば、彼も何とか這い上がろうとするだろう。母の葬儀が終った時、哲平は弟に引導を渡したのだった。

——お前は幸いにも親から健康な体を与えられている。だから自立して、身ひとりぐらい自分で養え。おれには二人の幼い子供がいて、彼らを養い、将来は上の学校にも行かせてやらなきゃあならん。そのために学資貯金をする必要もある。だから今後、経済的にはおれを一切頼るな。ただ、前向きな相談事には応じよう。そしてそのための援助ならば、おれのできる範囲で協力しよう。だが、ただ金をくれ、貸せという、これまでのような甘えにはもはや応じないからな、と。

あれから一年二ヵ月、哲平はひたすら黙っていた。父母の残した小さな家と土地は弟にやるつもりだったが、固定資産税は哲平が払っていた。弟の自立のためだと心を鬼にして、自分からは一切電話もかけなかった。母はもういないのだし、自分はキリスト教徒でもあるし、今年はお盆の墓参りにも帰省しなかった。自分が実家に出入りすることで、弟の自立心が削がれるようではいけない、と考えてのことだった。

幼稚園で働く妻と二人の子を育てながらやっと安住の場に辿り着いたと思った矢先、弟のあんな死に——それもこの国ではめったに起こり得ない餓死という悲惨な死に遭遇し、哲平は深い衝撃を受けていた。

哲平は警察官立会いのもと、実家に足を踏み入れた。マスクをしていても異臭が鼻をつくので、その上からさらに手で覆わねばならなかった。長く掃除もしていないのか、ゴミが散乱し、正常な人の住む家とは到底思えなかった。この状況を目にしただけで、哲平には弟の荒(すさ)んだ生活ぶりが推察できた。窓を開け放つと空気がスーッと通り抜けて行ったが、それでも異臭は消えなかった。

近所の人々が遠巻きにこちらを覗(うかが)っていた。哲平が会釈すると、隣家のおばさんが近寄って来たので、哲平はまた頭を下げた。

「弟がお世話になりました。きっと多くのご迷惑をおかけしたのではと、申し訳なく思っています。弟は亡くなりましたが、密葬にしますので、町内会のご配慮は一切ご遠慮申し上げます。後日落ち着いたら、ご挨拶にあがりますので」

「そう、町内会長さんには私からそう伝えとくから。浩二さん、ほんとに可哀想だったね」

おばさんは涙声でそう言った。

弟は仏間の隣、母の部屋で、おそらくは万年床らしい布団の上で、体をややくの字に曲げて横たわっていた。高校時代はバレー部で県大会にも出るほどの活躍をした、身長百七十五センチもある大きな男が、骨と皮になってまるで物体のように転がっていた。

「何でこんなことに……」哲平は絶句した。すっかり形相も変わり、哲平にはとても弟とは信じられなかった。警察官に伴って来た監察医が遺体をじっと見て、口を開いた。

「栄養失調による餓死ですね。死後四、五日は経っているでしょう」

「事件性はまったく感じられません。おっしゃるとおりですので、司法解剖の必要はありませんね」

立ち会ってくれた警察官が監察医に確認すると、「そうですね。もう何日も食べ物を口にしていないようです」と監察医は淡々とした口調で言った。二人は客観的な事実を語っているのだろうが、哲平には自分を非難している言葉に思えて、身が縮まるような気がした。おれが悪いわけがない。母が生きている間は、妻に遠慮しながら、何年も月三万円の仕送りをしていたじゃないか。母はそれを弟の小遣いにしていると言った。齢三十にもなる健常者でありながら、自立しなかった弟が悪いのだ、と哲平は胸の内で抗っていた。

監察医から死体検案書と火葬許可証交付申請書を貰うと、哲平は深々とお辞儀をした。母の時を思い出して、葬儀屋の名を言うと、「そこもいいけど、少し遠いでしょ。ご参考までに、この地区に半年前に新しい葬祭会館ができましてね、こっちも評判がいいですよ」

警察官がそう言うので、哲平も近い方がいいと思い、電話番号を訊いて、すぐかけた。前以て特殊な事情の死亡であること、できるだけ小さな葬儀にしたい旨も伝えておいた。三十分後に来てくれるということだった。

警察官と監察医が遺体に合掌して引揚げると、哲平は崩れそうになる心を奮い立たせ、とりあえず部屋の片付けにとりかかった。葬儀屋が来る前に、せめて遺体の周りとトイレだけでもきれいにしておきたかったのだ。

電気も水道も止められていたので、哲平は先ずはその解除のために電力会社と水道局に電話をかけた。固定電話が通じない今、ケータイを持って来て本当によかったと痛感した。事情を話し、信用してもらうために自分の職業を明かした。料金は私が責任をもって払うので、すぐに解除して欲しいと頼み込み、了解を得た。

それにしても、よくもこんなゴミの中で暮らしたものだ。自分は大学時代からほとんど広島にいて、一緒に暮らしたのは弟が小学校五年生までだが、その頃はそれなりに母の言うことをよく聞いて、掃除ぐらいはしていた。大学生になって、自分は長い休みもアルバイトのため家にはほんの二、三日しか帰らなかったので、弟の生活態度まではよく知らないし、関心もなかった。そんな傍観者であった自分がはっきり見えてきて、哲平はこれで兄弟といえるのだろうか、と胸に詰まるものを感じながらも、ここまで自堕落な生活をした弟をやはり非難しているのだった。


葬儀屋は玄関で挨拶の名刺をくれると、室内を見回して「これは大変だ」とつぶやいて、ゴミ屋敷まがいの室内に驚きを隠さなかった。そして弟の遺体に目をやると、優しい口調に変わった。

「これじゃあ、仏さんが可哀想ですね。せめて汚れていない布団に寝かせてあげましょう。この部屋よりも仏間がいいですね。それからこういうこともあろうかと思って、新しい寝巻も持参しましたので、着替えさせてあげましょう。それと、防腐剤と防臭剤も持って来ましたから」

哲平は動転のあまり、そんなことにさえ全く気付かなかった。もはや葬儀屋にすべてを任せるしかないと思った。

「ご覧のように死後数日経っていますので、通夜と葬儀を一緒にしていただけませんか」

「と申しましても、今日すぐに火葬場にというわけにも行きませんので、できれば明日の午前中の部でお願いしてみましょう。他の予定が入っていなければいいのですが。今夜はともかく、ここに寝かせてあげましょう」

そう言うと、葬儀屋はすぐに携帯電話で火葬場に連絡し「朝一番ということになりました。つまり火葬が十一時ということになりますので、菩提寺へ連絡を取ってください」と伝えた。

哲平はまずは何ほども片付いていない部屋の押入れを開け、多少ましな布団を取り出して仏間に敷き、弟の遺体を移した。父と母が愛し抜いた弟がこんなに軽くなっているとは……。哲平は改めて驚くと同時に、涙がこぼれて仕方なかった。父と母に申し訳ない気持がこみ上げてきて、心で謝り続けていた。

菩提寺へ電話をかけると住職が出た。哲平はまた事情を説明し、葬儀に出席する親族は自分一人であること、火葬場の都合で葬儀を朝十時にしてもらえまいか、と頼んだ。

「明日は他に予定がありませんから、ちょうどよかったですな。了解しました。やはり人の道ですから、通夜もしませんと。今夜六時でいいですか」

住職に人の道と言われると、哲平は簡略に済ませようとした自分が恥ずかしくなった。

「肝心な明日のことをもう一度確認しますが、十時ですね。私一人が行きますから」

そう言うと、住職は電話を切った。

葬儀屋はお寺に対するお礼や葬儀の費用についても、丁寧に教えてくれた。母の時のことを思い出しながら、いくらかかるか不安だったが、葬儀屋と火葬場への支払いはクレジットカードで大丈夫と聞き、安心した。お寺への謝礼はとりあえず妻と自分の普通預金から下ろしてきた二十万円で間に合いそうなので、哲平はほっとした。葬儀の流れができたので哲平もようやく気持が落ち着き、葬儀屋から貰った名刺を改めて見た。印刷の文字は営業課長、安田忠夫とあった。風貌から察すると、自分とほぼ同年代らしいが、しっかりしているのでずいぶん年上に見える。こういう人が来てくれてよかった。一年二ヵ月前、母の葬儀の経験があるとはいえ、自分だけでは動転してどうしてよいやら判らないので、哲平は安田氏に全幅の信頼を寄せた。

その安田氏はマスクをして手袋をはめているとはいえ、硬直してかなり傷んでいる遺体を丁寧に拭いていき、新しい寝巻に着替えさせてくれた。最後に死に化粧を施すと、弟の顔がかすかに微笑んでいるように見えた。仕事とはいえ流れるような安田氏の手の動きは、哲平に畏敬の念さえ感じさせた。もう肉親は我が子と妻しかいないのだ。哲平は諸行無常を全身で実感し、頬を伝う涙を抑えることができなかった。

「棺など準備して、五時過ぎにまた参りますが、白黒の幕はどうしますか」

「密葬ですから、幕は不要かと思います」

「そうですね」安田氏は哲平に同意すると、続けた。

「それと、この辺りでは十数軒内外の隣組ですから、密葬だと言っても通夜にも葬儀にも来られることがよくあります。近所ゆえにきっぱりと拒否もできないでしょう。一応、二十組ほど会葬の挨拶状や持ち帰りのお茶ぐらい用意しておきましょうか」

「お願いします」哲平は母の時を思い出しながら、また、この人の言うことに従えば間違いないだろうと思って、お願いしたのだった。安田氏は「これで大体の流れはできましたから」と言って、一旦引揚げて行った。

通夜があるとなると、せめて玄関から遺体が安置してある仏間への廊下と、仏間だけでももう少しきれいにしようと思い、哲平はまた片付けに取りかかった。ゴミは弟の寝ていた部屋から仏間へも越境し、かなり汚い部屋となっていたのだ。

箒はどこにあるか判らないので、洗面所にあったタオルを雑巾にして、埃を拭き取っていった。何日、いや何ヵ月も放置されていたらしい汚れた衣類やペットボトル、弁当ガラなど、散乱しているすべての物を、とりあえず庭の隅に運び出した。こうして何とか仏間も不十分ながら片付き、哲平は仏壇の前に座った。父と母の遺影が、こちらを見つめて微笑んでいた。

「父さん、母さん、こんなことになって、ごめんよ」哲平は声に出して言うと、嗚咽した。父母の前で泣きたいだけ泣くと、気持が少し楽になった。そして仏壇の扉が開け放しになっていたことに気付いた。弟は二階の自分の部屋から母の部屋に居場所を移し、隣の仏間の祭壇から微笑みかける父母の遺影に、手を合わせる日々を送っていたのだろうか。兄から突き放された以上、自分を丸ごと受け入れてくれた亡き父母しか、精神的に頼る者はいなかったのだろうか。

最後のより所である生活保護の申請は、弟のプライドが許さなかったのだろう。こんな死に方をするくらいなら、つまらぬプライドなど捨てればよかったのに……。どうして生きることを最優先に考えなかったのだろうか。親に溺愛されて育ったがゆえに自立心が欠け、何かのきっかけで無気力になり、保護者を失うと、にっちもさっちもいかなくなったのだろうか。厳しく突き放したのは「おれの弟だ、しっかりしろ」と、まだ何がしかの期待をしていたからだ。あいつがそこまでスポイルされていると判っていれば、何とか手を打ったのに……。今となってはすべて遅きに過ぎて、哲平には悔しさと悔いが残っていた。

おい、おれがお前に引導を渡したからといって、命に関わることならば、どうして電話の一本でもかけてこなかったのだ。三十歳にもなって、このバカヤロー。哲平は弟に向けて荒い言葉を投げつけ、また泣いた。


我に返った。通夜が終った後のことを考えた。今夜は自分一人が遺体の傍で寝るのだと思うと、哲平の心は揺れた。やはり遺体はもはや人ではないのだ。腐乱し、朽ち果てつつある物体なのだ。これを愛しいなどとは思えない。どう考えても、恐くて、距離を置きたい存在なのだ。父の時は母や弟もいたし、母の時は弟と二人で遺体の傍らで寝た。それにその死は病が原因だった。今度ばかりは思いがけない悲惨な死に方だから、弟の怨念が部屋中に籠っているような気がして、哲平はある恐れを感じるのだった。

おれがあんな厳しい引導を渡さなければ、弟はこれまでのようにお金を貸してくれと言ってきただろう——これまで一度も返してくれたことはないけれど。そんなに追い詰められていると知れば、おれだって鬼ではないのだから、援助の手を差し伸べたにちがいない。そうすればこんな死に方はしなかっただろうし、おれもこんな辛い思いをしなくて済んだのに……。

哲平の思いは複雑だった。懺悔(ざんげ)、後悔、怒り、失望、恐れ、悔しさ、不安、それらがない交ぜにされて、やはり平静ではいられなかった。そんな自分に——血を分けた弟ではないか。これまでおれなりによくしてやったじゃないか。弟もそのことは解っているはずだ。だから何を恐れるのだ。

おれでなくても、弟のためを思う人なら、同じようなことを言ったに違いない。哲平はそう言い聞かせるのだが、不安と恐れはそれで去ってくれるわけではなかった。

「ご免ください、安田です。棺をお持ちしました」

玄関先で安田氏の声がした。もう二時間近く経っているのだ。ともかくも通夜ができる環境を作ろうと、夢中で片付けや掃除をしていた。その上、複雑な思いに取り付かれ、時が経つのを忘れていたのだ。安田氏はもう一人男を連れて来ていて、「同僚の塚本です」と紹介した。塚本氏はお辞儀をすると名刺をくれた。弟の身長に合わせた、大きな棺が仏間に運び込まれた。

「最後の夜はお布団で寝てもらって、棺には明日の朝、お入れしましょう。お花がないと殺風景だし、淋しすぎますから、左右に一対用意させていただきました。いい香りがしますからね」

そう言って安田氏は塚本氏に花を持って来させた。菊や百合や哲平の知らない花が彩りよくセットされ、沈み込んだ部屋が急に華やいだ。百合の香りが、哲平を慰めるかのように鼻先をかすめた。

（二）

通夜も葬儀も密かにを済ませたかったが、安田氏が言うように隣組の十数軒のおじさんやおばさんが喪服姿で家に上がりこんで来た。

「まだ若いのに可哀想だったねえ。線香だけでもあげさせて」

その言葉に哲平も逆らえなかった。

警察に報せてくれたのは隣家のおばさんという。何日も電気が点かず、縁側のガラス戸が少し開いていたので中を覗くと、弟が倒れていた。声を掛けても返答がないので、向こう隣のおじさんに相談し、警察に報せようということになったそうだ。家に上がりこんで来た人たちは弟の憐れな死に方を口伝えに知っていて、哲平は改めて説明する必要がなかった。

「こんな立派なお兄さんがいるのに、どうして浩二さんは兄さんを頼らなかったのかな。うちにだって、おばさん、ご飯食べさせてと言ってくれたら、それぐらいは助けてあげられたのに……」

「お母さんが亡くなって、生きる意欲が失せたのかな。お母さんは浩二さんを特別に可愛がっていたからねえ」

「そう言えば電気が点いてなくて、人気を感じない日があったけど、若い人は外泊もするだろうし、仕事で遅く帰ることもあるだろうと、あまり気にも留めなかったな。まさか、こんなことになっていようとは……。気付いてあげなくて、悪かった」

「いつだったか、もう夕方だったけど、青白い顔して縁側に座っていたのが目に残ってるな。あの時、声をかけてたら、何か道が開けたかもしれないと思うと、すまんことだったと悔いとります」

隣家のおばさん、おじさんたちが口々に哀悼の言葉を述べて、泣いてくれた。哲平はただ、ただ、頭を下げるしかなかった。みんなの善意は十分判っていながら、哲平にはどの言葉も胸に刺さって、顔が上げられなかった。

「もう半年ぐらい前になるかなあ、ここの庭に子猫が迷い込んだのか、浩二さんが餌をやっていて、隣で私が植木に水をかけていると、おばさん飼ってやってと言うのよ。うちにはすでに一匹いたけど、こんな小さいのが捨てられて、可哀想だから飼ってやるよと言うと、喜んでね。あの時の笑顔は忘れられんわ」

隣家のおばさんは脳裏に思い浮かべているのか、口元をほころばしていた。

「そうですか。弟にもそんな優しい面があったんですね。兄弟でもずっと離れて暮らしてたので、恥ずかしながら、ぼくは弟のことをあまり知らないんです」哲平はそう言うと、涙がこぼれた。

六時前には住職がやって来た。安田氏が通夜の始まりを伝えると、住職の読経が始まった。音読だから意味は解らないが、バリトン級のよく響く声に吸い込まれそうになる。口語訳の聖書に馴染んでいる哲平には、まるで外国語のように聞こえる。何かの区切りごとに安田氏が「一同礼拝」と司会をすると、みんなで頭を下げ、「お戻りください」の合図で頭を上げた。結構長いお経だった。

最後に住職の説話があった。住職は弟をあまり知らないので、弟についての具体的な話はしなかったが、『御文章』の中から〈白骨(はっこつ)の章〉を選んで、これが人生の本質であると言った。キリスト教徒である哲平も、この御文章には共感を覚え、胸に沁みた。

「弟さんの死に方は一見悲惨で憐れでありますが、御仏の目から見ると、我らはみな愚かで憐れ、そして儚い存在であり、だれかれ大差はないのです。憐れで儚い存在であるからこそ、六親(ろくしん)相和し、互いに慈しみ合って生きることが大切ではないでしょうか。ここにお集まりのみなさん方は無常の風が吹いて来て、二つの眼(まなこ)が閉じる前に、家族や近隣の人々と互いに憐れみの心、慈悲の心をもって睦み合い、生きていかれるよう、御仏は心から願っておられるのです」

住職はこんな締めくくりをした。哲平は憐れみの心、慈悲の心、つまりキリスト教で言えば愛する心が、自分にはなお足りなかったことを、悔いるのだった。

その夜、やはりなかなか眠れなかった。コトリと音がしても、不安に慄(おのの)いた。何かが天井を走りまわり、哲平はしばらく息を潜めた。汚い家だから、ねずみの巣窟になっているのだろう。そう判ると気持が幾分鎮まった。しかし庭の梢がザワザワと鳴り、ガラス戸がガタガタ揺れると、哲平はまた怯えた。風のせいだよと口走ってみるが、不安はなお消えない。哲平は起き上がって、父母の遺影の前に座り、手を合わせた。

——抜け殻とはいえ、お前の弟だよ。

父の、母のそんな声が聞こえたような気がして、気持が少し落ち着いた。そして哲平の口から「我もまた、罪人(つみびと)なのですね」と言葉がこぼれていた。

ふと幼かった頃が蘇った。哲平が小学校五年生の時のことだ。いつも母は弟を連れて買物に行くのに、その日に限って哲平に子守りを頼んだ。弟がなぜか「兄ちゃん」と言って抱きついて来たので、哲平は「あっちに行け」と邪険に振り払った。すると弟は倒れて箪笥(たんす)の角に頭をぶっつけ、火がついたように泣いた。哲平は慌てて打ったところを撫で続けた。痛みがやわらいだのか、弟は泣き止んだのでホッとした。しばらくすると母が帰って来て、「何事もなかった？」と訊いたので、「うん、何もなかった。いい子していたよ」と咄嗟(とっさ)に嘘をついた。弟は母の胸に飛び込んで行き、嬉しさですっかり痛さを忘れたのか、何も言わなかった。弟に異変が起こったらどうしよう。あの数日間は哲平にとって不安に駆られた日々だった。運良く打ち所がよかったのか、別に何事もなかった。

翌日母が「あーあ、おでこに瘤ができてる。転んだのね。気を付けないとだめよ」と弟の頭を軽く叩くと、弟は「うん」と言っただけで事なきを得た。あの時、哲平は安堵の胸を撫で下ろしたのだった。

またこんなことがあった。小学校の卒業式で貰った紅白饅頭を、母が自分と弟に二つずつくれた。哲平は自分が貰ったものを弟と同じに分けたのでは不公平だと思って、母がその場を離れた隙に一つ奪って口に入れた。すぐ戻って来た母は「浩ちゃん、もう食べたの。早いねえ」と不審な顔をした。弟は「うん、食べたの」と言っただけだった。

両親から溺愛される弟に、哲平は常々妬ましい気持を抱いていた。だから父母のいないところで、弟にたくさんの意地悪をしたような気がする。弟はそのことで父母に訴えたりしたことはなかったように思う。いじめで哲平が父母から叱られたことはなかったから。

弟は自分よりお人好しだった。勉強はできる方ではなかったが、高校を卒業するまでは特に問題はなく、バレー部で活躍していた。部活を通して仲間もたくさんいた。会社に勤めて一年で辞め、そこから弟の人生に狂いが生じて、ついに元へ戻らなかったのだ。

仕事に意味が見つけられなかったのか。それとも同僚からいじめられて、耐えがたかったのか。会社で何があったのか、哲平には知るよしもないが、弟はその後のアルバイトも長続きせず、家に引きこもりがちとなった。働き盛りの息子が収入もなく、母を悩ますようになったのだった。

気がつくと、夜が白んでいた。腕時計を見ると五時前だった。哲平はやっと不安や恐れから解放され、弟が横たわっていることを確認すると、手を合わせた。そして寝床を上げると、窓やガラス戸を開けた。淀んだ空気が抜けて行った。父母の遺影の前に座ると、不思議と気持が落ち着いた。哲平は今日の葬儀が無事に終ることを祈った。弟に継がせるつもりだったこの家をどうするか、後日、本気で考えるので、その時は智慧を授けてください、と父母に語りかけた。

二階に上がった。昨日はそこまでの余裕がなかったのだ。弟の部屋は案の定、足の踏み場もないほど、いろんなものが散らかっていた。机の上も乱雑に本や雑誌などが積み上げられていたが、一昨年哲平の援助で買ったノートパソコンだけは狭い空間の中央にオープンのまま置かれていた。弟はこのパソコンで誰かと連絡を取り、また仕事の情報を探したのだろうか。哲平は弟の自立と依頼心の排除、ということばかり考えて、自分のメールアドレスを報せなかったことを悔いた。

パソコンの電源を入れ、起動してみた。誰かとメールをしている形跡はなかった。機械にあまり強くない弟は、パソコンの機能を十分に使いこなせなかったのかもしれない。電気を止められてからは、使おうにも使えなかったに違いない。

哲平はオヤッと思った。積み上げられた本のタイトルが見過ごせなかったからだ。『飛翔(ひしょう)への扉』、サブタイトルは〈未来はきみを待っている〉で、弟はこんな本を読んでいたのか、と哲平は驚いていた。十年間も正規の仕事にも就かず、母の脛をかじっていた弟が、──哲平の目には怠け者としか映らなかった弟が、飛翔を望み、その扉を開けようとしていたなど、考えられないことだった。

自分は物事の奥が見えていなかったのだろうか。目前の怠惰と見える現象に捕えられて、どうしようもないヤツだと弟を切り捨てていたのではないか。そんな後ろ暗い思いに捕われながらページを捲（めく）っていて、哲平はまたオヤッと思った。自分の住所氏名が端正な字で書かれた、角封筒が出てきたからだ。八十円切手も貼ってあったが、中には折り畳んだ白紙の便箋が一枚入っているだけ。それでも何か書いてないかと裏も表も何度も見たが、文字は一字たりとも書かれていなかった。

弟は、電話ではいつものように兄の罵声が直接耳を打つので、手紙にしようとしたのだろうか。おそらく「助けて」と書こうとしては躊躇い、ついに何も書けないまま、最期の時を迎えたのではないか。それまで何度かお金を無心してきたので、哲平もあの引導を渡さざるを得なかったのだが、それゆえに弟はプライドにかけても、助けを求められなかったのかもしれない。

ふと、昨夜の住職の言葉が思い出された。――無常の風が吹いて来て二つの眼が閉じる前に、家族や近隣の人々と互いに憐れみの心、慈悲の心をもって睦み合って生きていくことを、御仏は心から願っている、と。

ああ、本当にそうだった。自分は教会で愛という言葉を何度も聞き、生徒に向かっても数えることのできないほど使った言葉だけど、その実態は何だったのだろうか。

哲平はパウロが書いた『コリント人への第一の手紙』、十三章を思い出していた。空で言えるほど何度も読み、感銘を受けた新約聖書の言葉だ。

〈たとい私が人々の言葉や御使（みつかい）たちの言葉を語っても、もし愛がなければ私はやかましい鐘や騒がしい鐃鉢（にょうはち）と同じである〉

〈愛は寛容であり、愛は情け深い。また妬むことをしない。愛は高ぶらない、誇らない、無作法をしない、自分の利益を求めない、いらだたない、恨みを抱かない。不義を慶ばないで真理を喜ぶ。

そしてすべてを忍び、すべてを信じ、すべてを望み、すべてを耐える〉

哲平は口の中でこのフレーズを唱えていた。聖書に読み取れる愛の心に感動して、自分は洗礼を受けたのだ。でも、と哲平は言葉をそこで置き、自分の心に問いかけていた。自分はこれまで、これらの言葉を口先でお題目のように唱えていたのだろうか、と。

そんなこと、あるはずがない。哲平は即座に声に出して否定していた。その時その時で、この箇所に心から共鳴したから、自分はこのように生きたいと思い、生徒たちにもこのように生きて欲しいと願って、愛を口にしたのだ。哲平はそう思いながらもなお、否定し切れない、ある後ろ暗さを感じるのだった。

電話が鳴った。ケータイではないので、玄関先まで急いだ。哲平は葬儀屋かお寺からだろうと思って受話器を取ったが、思いがけない人物からだった。高校時代、弟とバレー部で県大会に出場した、富田明と名乗る同級生からだった。自分は山口県の宇部で働いているが、昨夜仕事で遅く帰ると親戚の者から電話があり、事情を聞いて驚き、とりあえず電話をかけたという。

「バレー部時代、彼と仲がよかったんですよ。ここ数年はぼくも仕事が忙しくて、年賀状だけの付き合いになっていたけど、電話でいいから一言SOSを発してくれれば、仲間で何とか力になれたのに。残念でなりません」

彼は泣いていた。そして葬儀には間に合いそうもないので、失礼する旨を詫びた。哲平は嬉しかった。一人でも弟のために泣いてくれる友人がいたことを。

腕時計が六時半を差していた。哲平は朝食を抜くわけにもいかないと思い、バス停の所にあるコンビニに向かった。母が亡くなってから、弟はお金の続く限り食事時にコンビニを利用したのだろうか。朝の早いこの時間にも、客は数名来ていた。哲平はサンドイッチと牛乳、それにペットボトルのウーロン茶を買った。

家に戻ると、隣のおばさんが顔を覗かせて、「昨夜言うのを忘れとったけど、朝ごはんはうちで食べたらええがね」と誘ってくれた。哲平は買ってきたものを示して、「今朝はこれで済ませますので」と丁寧に断った。そして数軒先の公園に向かった。台所の掃除まではまだできていないので、朝食をそこで取る気にはなれなかったからだ。

楓(かえで)がほんのりと色づいていた。その幹を取り巻くようにツワブキの黄色い花が咲いていた。朝の風がひんやりとして心地よい。時々揺れる梢の中で小鳥たちが賑(にぎ)やかにさえずっていた。哲平は空に向かって深呼吸する。生きているとはこういうことなのだ。弟も時にはこの公園に来たのだろうか。

聖書の言葉が頭をよぎって行った。

——丈夫な者に医者は要らない。要るのは病人である。

弟はある意味で病人だったのだろう。それなのに自分は元気な者と同じように叱咤激励(しったげきれい)し、自立、自立と厳しく言い続けたのだろうか。そう思うと、哲平は胸が痛んだ。後悔先に立たずとは、こういうことだな。哲平は自嘲気味につぶやいた。

小鳥が一羽、地面に下りて来た。餌を探しているのだろう。パンの端くれを投げてやると、また一羽、また一羽と下りてきた。哲平は同じようにパンの端くれを投げ与えた。自分の食べる分は半分になっていた。餌をついばむ小鳥たちを見るのは心なごむが、それさえも、哲平には胸の疼きに繋がるのだった。

　哲平は妻に何も報せていなかったので、ケータイをポケットから取り出した。昨日は、妻の幼稚園は運動会だった。妻は疲れてまだ寝ているかもしれないと思ったが、七時になったからいいだろうと判断したのだ。

「そう、やっぱり思った通り、心筋梗塞ね」

　妻の声が大きすぎるので、哲平はケータイを耳から少し離した。考えた末に嘘をついたのだ。餓死とはどうしても言えなかった。見栄や虚栄心からではない。それが事実であっても、その言葉は弟にとってあまりにも酷で、妻にも衝撃を与えるに違いないので。

「私も、これから、子供たちを連れて……、そっちへ、行こうと思うんだけど」

　妻は時間表でも見ているのか、言葉がスローになった。

「折角そう言ってくれてありがたいけど、来なくていいよ」

　そう言った途端、「何、それ」と、妻のヒステリックな声が耳を刺した。

「まあ、落ち着けよ。昨夜連絡しようと思ったけど、通夜もあったし、仏間の掃除などに手間取って、気がつけば真夜中になってたんだ。きみは運動会だったから疲れて寝てるだろうと思って、電話は遠慮したのさ」

　妻がケータイを持っていればメールを送ったのだが、住宅ローンの支払いのため少しでも無駄を省くと言って、妻は自分のケータイを廃棄したのだった。

「そんな、一見思いやりのようなことを言って、結果的に私の立場を無くしてるじゃない」

妻の声には怒りがこもっていて、まずいことになったと思ったが、後の祭だった。

「まあ火葬場の都合もあって、葬儀は今日の十時からになったんだ。だからどう考えても間に合わないよ。遠いし、子供を連れてじゃ大変だから、始めからおれだけでいいと思ってたんだ。葬儀に出る、出ないは問題じゃあないよ。心で思ってくれれば、それでいいことだから」そう言いながら哲平は、胃から苦いものが這い上がってくるような、嫌な気分を味わっていた。

「あなたって、どうしてそう勝手に事を決めるのよ。せめて三時にしてくれれば、何とか間に合うはずよ。義弟の葬式にも出て来ない、ひどい嫁ってことになるでしょ。私の立場も少しは考えてよ」

甲高い声でそう言うと、妻は受話器をガチャンと置いた。哲平は自分が悪いのだと思いながらも、深い溜息をついていた。

(三)

母の時もそうだったが、近代化された火葬場はあっけないほど別れが簡単だった。霊柩車から台車に移された棺が、別れを惜しむ間もなく自動ドアの向こうに消えると、係員から大広間で一時間ほど待つよう指示された。

一時間後、再び自動ドアが開き、骨になった弟が台車ごと出て来ると、係員が一礼して、箸で骨を拾うようにと言った。弟の骨はどれも細っていて、あちこち砕け、原型を留めるものは少なかった。それでも係員が「これは喉チンコ、これは鎖骨」と丁寧に説明してくれたが、これらの骨が栄養失調による餓死を如実に物語っていた。

葬儀にはバレー部の富田明から知らせを受けたといって、近場にいるかつての部員が五名ほど駆けつけ、隣組のおじさん、おばさんと一緒に火葬場まで同行してくれた。葬儀の時も、遺骨を前にした時も、彼らは涙をこぼしてくれた。箸で骨を拾いながら堪え切れずに嗚咽した者もいた。哲平も涙を抑え難く、ハンカチで拭いながら骨を拾った。

通夜の時も葬儀の時も住職が引用した『白骨の御文章』が哲平の耳について離れなかった。〈諸行無常〉という言葉は母の時も強く感じたが、弟の場合は無残な死に方をしたがゆえに、砕けた骨にいっそう憐れと無常を覚えるのだった。

「さあ、そこの洗面台で手を洗った方からあちらの窓辺の部屋へ移動して、テーブルに着いてください。弁当が用意してありますので」

葬儀からずっと付き添っていた安田氏が、その場所を指さした。

テーブルに着くと、哲平は今度こそはきちんと挨拶しようと思って立ち上がった。通夜の時も葬儀の時も涙が溢れて、きちんとした挨拶ができなかったのだ。

「昨日、今日と、弟のためにわざわざ出向いてくださいまして、ありがとうございました。弟は高校を出て一年ばかり正規の会社員として働きましたが、何があったのか、突然会社に行かなくなり、結局辞めました。それからずっとアルバイトに出たり、休んだりの生活だったようです。私にも遠く広島での仕事と家庭があり、弟のことをそれほど気にかけてやる余裕がありませんでした。それにもう大人だから自立するよう、特に母が亡くなってからは厳しく言いました。怠惰とも見えるその生活に、兄としてもう少ししっかりしてくれとの思いが優先して、なぜ無気力になったかを一緒に考えてやることをしませんでした。そのへんをもう少し理解して、援助の手を差し伸べてやればよかったと悔いております」

そこまで言って、哲平はまた涙が出そうになり、じっと堪えて、続けた。

「あんな弟でしたから、みなさんには有形無形でご迷惑をおかけしたことでしょう。この場を借りてお詫びします」

哲平は深々と頭を下げた。

「こうしてご近所のみなさんや高校時代のバレー部のお仲間に野辺送りにまで付き合っていただき、弟もきっと喜んでいることでしょう。本当にありがとうございました。また、住人のいなくなったあの家をどうするかで、後日何度かこちらに帰って来ますが、留守中なにかとお世話になることでしょう。どうぞよろしくお願いします。ささやかではございますが、お昼を召し上がってから、送迎用の車でお帰りください」

ここまで何とか泣かずに言い終えて、哲平はホッとした。

「さあ、葬儀は滞りなく終りましたので、みなさん気分を転換して、親しい方、あるいは今日初めてご縁ができた方ともお話などしながら、お吸い物が冷めぬうちにお召しあがりください」

安田氏がその場を盛り上げようとしてか、元気な声で言った。

食事が終ると哲平は火葬場への支払いと、安田氏の会社への支払いをクレジットカードで済ませた。みんなを見送って、安田氏の車で帰宅した。彼の用意した封筒にお寺への謝礼を入れた。安田氏が寺には今日中にお礼に行くよう指示した。そして初七日の法要は喪主が遠方ゆえ本日の葬儀と一緒に済ませてあるので、後は四十九日をどうするか、住職と相談して日程を決めてほしいと言った。その際、香典をくれた人々へのお返しの〈茶の子〉なども安田氏にすべて頼んだ。

安田氏も帰って行き、一人になった哲平は一種の虚脱状態に陥っていた。広島の家を出てからこの二日間、大き過ぎるショックを受け、弟を弔うために時がめまぐるしく流れて行った。葬儀を終えた今、哲平は仏壇に並んだ父、母、弟、三人の遺影に向かって手を合わせると、そのまま座り込んでしまった。幼かった日々の想い出が走馬灯のように脳裏をかすめて行った。

風の向きで、小学校の運動会の放送が聞こえてくる。プログラムを知らせ、競技を中継する臨場感のある声が、まさに生きている、と叫んでいるかのようだ。

そう言えば、今日は体育の日だったのだ。運動神経のいい弟は運動会が活躍の場で、徒競走はいつも一等だったし、リレーはアンカーを務めて、父も母も体を乗り出して応援したものだ。その三人がみんなあの世に旅立って行き、自分だけが残ってしまった。そう思うと、哲平はまたひとしきり泣いた。

気持が落ち着いたので、哲平は妻に報告しておこうと思ってケータイをかけた。葬儀が無事に終ったこと、役所への死亡届や家の片付け、それに近所へのお礼回りがあるので、明日は忌引きをとって学校を休み、そっちには夜の八時までには帰るからと伝えた。妻はまだ機嫌が悪かったが、哲平が「おれが悪かった。ただ、弟が心筋梗塞で倒れたまま死んで何日か経っていたので、妻子にはそんな場面に立ち会わせたくなかったのだ。四十九日の法要にはぜひ出てやってくれ」と謝ったので、妻もようやく穏かな口調に変わった。

「お疲れ様でした。気をつけて帰ってね。子供たちも変わりないから」

その言葉に哲平も気持がなごんだ。家庭をもってよかったと思いながらも、哲平はどこか後味の悪さも味わっていた。やはり餓死とは言えず、妻にまできれい事を言っている自分の愚かさが見えるからだ。

そんな気持を振り払いたくて、哲平は台所の掃除にとりかかった。今夜も弁当を買って来るとして、お茶ぐらいは沸かして飲もう、と思ったのだ。ナイロンの弁当ガラが多数転がっていた。電気と水道をストップされてからは炊事もできなくなり、お金が続く限り、弟は弁当を買って食べていたのだろう。そう思うと切ない気持でいっぱいになった。冷蔵庫の中も空っぽだった。

食卓には弟名義の貯金通帳が放置されていた。開けてみると、残高がわずか十七円しかなかった。父も安月給取りで貯金はあまりできなかったようだ。死亡退職金も少なく、それは家のローンに消えた。母も嘱託の清掃員だから退職金は知れていて、十年も定職に就かない次男との生活に使い果たしたのだろう。

今日、明日を暮らすお金がないということを哲平はまだ経験したことはないが、当事者にとってはどんなにか不安に怯える日々だろう。高度経済成長を果たした日本で、数年前に労働者派遣法が緩和されてからは貧困層が増え、景気が冷え込むと派遣切りにあう若者に皺寄せが来ている、といつかテレビで特集をしていたが、自分の弟はその先にある最も悲惨な現実に遭遇したのだった。

確かに、半分は自己責任だろう。けれど聖書の言葉にもあるように、〈丈夫な者に医者は要らない。要るのは病人なのだ〉。この一見、病人らしからぬ病人を周囲が理解し、心身の治癒をなさしめるためには、個々の家では限界がある。第二の弟を出さないようにするには、どうすればいいのだろう。残高十七円の貯金通帳を見ながら、哲平はこの大きなテーマにまたも溜息をつくのだった。

「そう、そう」哲平はつぶやいた。お寺にお礼に行かなくては、と思い出したのだ。早く行かないと誠意が疑われる。哲平は謝礼の入った封筒を持って急いで住職を訪ねた。

「やあやあ、大変でしたね。お疲れでしょう」

哲平がお礼を述べる前に、住職がそう言ってねぎらってくれた。哲平はあわてて礼を言い、風呂敷に包んだ封筒を手渡した。そして四十九日の日取りと、忘れていた母の一周忌のことで相談した。

「お宅が遠くに住んでおられるから、四十九日と一周忌を一緒にしましょう」

住職はそう言って戸棚から手帖を取り出して来て、すでに予定が決まっている日を伝えた。哲平も自分の手帖を開き、結局、双方の都合のいい十一月十日、土曜の午後二時からと決まった。

哲平は一安心して家に戻った。まだ四時を回ったばかりだ。もう一息頑張ろう。そう思って哲平は台所の掃除をまた続けた。人は無気力になると、自分が食事をする所がどんなに汚くても、何とも感じなくなるのだろうか。この家はねずみだけでなく、ゴキブリ天国でもあったのだ。そのゴマ粒大の黒いフンが床や壁のあちこちに付着していた。

やはり弟は心の病人だったのだ。ならば医者が要ったのだ。そのことを十分認識して、おれがもう少し面倒を見てやるべきだったのだろう。だが、どうやって……。広島と人吉では遠すぎて電話とメールでやり取りするしかないが、おれが忙しい仕事に着いている限り、それにも限界がある。呼び寄せることも考えられるが、おれには家庭があり、妻の同意が果たして得られたかどうか。ならば病人の世話に、どんな方法があり得たのか。叱咤激励ではなく、精々優しい言葉で適当に励ますということだろうか。哲平はまたも堂々巡りの問いかけをしているのだった。

それにしても、娘と息子には自分が食べたり寝たりする場所はちゃんと掃除するという、衛生観念だけはしっかり植え付けねばならない、と哲平は痛感するのだった。

近所へは夕食後に挨拶回りしよう。精々十数軒だし、玄関先での挨拶だから、一時間少々で済むだろう。

明日の午前中は市役所に行って死亡届を出し、その他に手続きをしなければならないことがあれば、すべて済ませたい。警察署にも立ち寄って、世話をしてくれた警察官に礼を言って帰ろうと思う。午後は弟の部屋をもう少し掃除して、三時前には家を出よう。哲平は明日をそんな風に計画した。

美味しい。哲平はここ二日間で初めて、食べて美味しいと感じた。コンビニで買って来た稲荷寿司とインスタントの味噌汁だが、お茶は自分で沸かした。ぐるりと見渡して、まあまあの台所になったと思う。築二十五年の家だから内装はかなり古くなっているが、ここでかつて父、母、弟の四人で、それなりに楽しく食事をしたのだ。溺愛される幼い弟に妬ましい気持は持ったが、それでも学校であったことや、放課後のクラブ活動のことなどを話すと、父も母もフンフンと聞いてくれた。ここは哲平にとって、タイムマシンのような場所なのだ。

ローンで建てた家ではあるが、父は材木会社に勤めていたので、「一級品の木材を使っているぞ。しかもかなり安くしてもらった」と、満足げに言ったものだ。亡くなった時は建ててまだ四年目だから、今の哲平と同じ三十七歳だったはずだ。この家は父が三十代で建てた自慢の家だった。

「こんな家に住めるのは、お父さんのお蔭だよ。お父さん、ありがとう」

母は何かの拍子に、子供たちの前でそう言ったものだ。だから夕食時には感謝の印として、一缶ではあるが、父には必ずビールが振舞われた。

あれから二十年そこそこで見た目も、そこに集う人の数も、こうも変わるものだろうか。哲平は時の残酷さをひしひしと感じていた。

耳を澄ますと、庭で虫たちが鳴いていた。チョンギース、ガチャガチャ、リンリン、少なくとも三種類はいる。もう秋も半ば、この虫たちの鳴き声が聞けるのも、後一週間ばかりだろう。そう思うと、哲平は姿の見えない虫たちに愛しささえ覚えて、しばらく耳を傾けた。


哲平が近所への挨拶回りを済ませて家に戻ったのは八時半だった。一時間少々かかったことになる。通夜にも葬儀にも出てくれた人々だから、もう何も説明は要らない。一年二ヵ月で二度も葬式を出して迷惑をかけたと、ひたすら感謝の気持を重ねて述べるばかりだ。

「元気だしんさいよ」

「庭の草ぐらい、ついでに抜いてあげるから。庭木にも時々は水をかけてあげるから」

「弟さんも自分を見失って、苦しんでいたのよ。今は浄土でお父さんお母さんと再会して、平安に過ごしていなさるよ」

数々の慰めの言葉は哲平の胸に沁みた。こんな純朴な人たちの傍で暮らせないことを、哲平は少々残念に思う。

庭では虫たちがいっそう、渾身（こんしん）の力を振り絞っているかのように鳴いている。だれが指示を出すわけでもないのに、一斉にひとしきり鳴いて、ピタリと鳴き止む。取るに足らない小さな虫たちが夜もすがら、そんなリズミカルな行動を繰り返し、残り少ない日々を懸命に生きているのだと思うと、けなげで、哲平は胸が熱くなるのだった。

父、母、弟、三人の遺影に、哲平は就寝前の挨拶をした。そして哲平の信じる神に今日一日の感謝と、明日がよき日であるよう祈った。昨夜はあれほど不安で、ささいな物音にも怯え、慄いたのに、今夜は神仏や両親、弟にさえ守られているように思えるから、不思議だ。この感覚は一体何だろうか。そんな自問を繰り返しながら、哲平は深い眠りに吸い込まれて行った。

（四）

七時になったので学校に電話した。事務所にはもう働き者の事務長が出勤していることが判っていたし、少し後だと生徒の欠席などの連絡が次々と入るので、早くかけたのだ。弟が亡くなったので今日は忌引きを取る旨を伝えると、事務長が、「それはご愁傷さまでございます。親兄弟の場合は弔電や花輪を差し上げるルールになっておりますので、早速手配します。で、葬儀場はどちらで」

と改まった様子で訊いた。

「いいえ、葬儀は昨日済ませたんです。日曜、体育の日と続いたので、ご連絡が遅くなって申し訳ありません」

哲平は慌てて自分の言い方に不備があったことを詫び、続けた。

「一年二ヵ月で二度もこんなことになって、申し訳ありません。それで、香典や花輪などのご配慮は一切無用ですので、校長先生始め先生方にもお伝えください」

「それはどうか……。先生は十五年も我が校にお勤めくださっていますのに、学校が何の弔意も表さないわけには参りませんので、教頭先生と相談します」

「ほんとにご配慮は無用です」哲平はもう一度念を押した。

「それで、弟さんはまだお若いのに、何か難しいご病気だったんでしょうか」

勤勉実直な事務長にそう訊かれると無視するわけにもいかず、哲平は条件反射するかのように「心筋梗塞です」と応えていた。

「若い方にも時々そういうことがあるのですねえ。お気の毒に……、どうぞ先生も健康には気をつけてくださいね」

「いろいろありがとうございます。で、校長先生、教頭先生、学年主任の先生に休むことをよろしくお伝えください」

そう言って、哲平は見えない相手にお辞儀をしていた。

やっぱり本当のことは言えない。事実であっても〈餓死〉は弟に苛酷すぎる。それに相手だって衝撃を受けるだろう。だから配慮としての嘘をつかせてもらう。哲平はそう自分に言い聞かせた。だが、そんな嘘は自分が見破っている。この物の豊かな社会で、兄弟を餓死させるなど、人に知れたら恥ずかしいことなのだ。やはり自分は見栄っ張りであり、虚栄心の塊なのか。哲平は深い溜息をついていた。

仏壇の遺影に朝の挨拶をし、哲平は廊下のガラス戸を開けた。ひんやりした風が通り抜けて行った。深呼吸する。秋の空気は美味しい。哲平は台所へ行き、冷蔵庫を開けた。昨夜コンビニで、今朝用にハムサンドと牛乳を買っておいたのだ。それらをトレーにのせて縁側に持って行き、腰をかけて食べた。

小鳥たちが庭の梢で囀っている。鳴き声から推察すると、ホオジロか雀だろう。その昔、台風で軒の巣から落ちた子雀を、小学校にあがったばかりの弟が鳥籠で大事に育てたことがあった。雀は最も身近な鳥だが人に懐かないと生物で習ったけど、弟が室内で鳥籠から放して「チュンチュンおいで」と呼びかけると、ちゃんと彼の肩に舞い戻って来たっけ。

それなのにある日、ほんの少し窓を開けると、その隙間から子雀は外に出て、帰ってこなかった。大泣きする弟に中学生のおれは偉そうに「子雀は体力がついたので、本来の自分の世界へ飛び立ったんだよ。ここで鳥籠に入れられて飼われるより、その方が雀の幸せなのだから、諦めなさい」と言ったっけ。弟はそれでも諦めきれず、長いことチュンチュンと名を呼んで探していたけど、子雀は二度と帰って来なかったな。

哲平は追想にしばし浸っていた。あの頃は、弟がこんな結末を迎えようとは考えてもみなかった。諸行無常――自分はキリスト教徒ではあるが、この仏教の言葉がこの度ほど身に沁みたことはなかったような気がする。

またパンの端くれを投げてやった。小鳥たちがチチチと囀りながら舞い降りてきて、たちまち全部ついばんでしまった。素早いなあ、実に逞しいじゃないか。弟にそれがあったらなあ……、哲平は悔しそうにつぶやいていた。

庭に出てみた。とりあえず放り出したゴミを、このまま放置して帰るわけにはいかないだろう。業者に頼んですぐにでも処理しなければなるまい。

哲平はその前に、もう一度弟の部屋に行き、明らかにガラクタと思える物や、汚れて捏ねてある衣類などを捨てることにした。山のように積まれている数年前の週刊誌も、処分することにした。その中に大判で、表紙からしてエロチックな女性ヌードの写真集があった。二十代の性欲が御し難い時期に、弟はこんなものを代償としていたのか……。きちんとした仕事に就いていないので、結婚もできなかったのだ。そう思うと、哲平は弟が理屈抜きで可哀想でならなかった。

いざ業者にといっても哲平には心当たりがないので、葬儀屋の安田氏に相談してみようと思った。腕時計を見ると、九時十分前だった。葬儀屋の始業は九時からということなので、哲平は昨日一時しのぎに台所の裏に置いた弁当ガラなども持って来て捨てた。

朝礼などもあるだろうからと思って、哲平は九時十分に電話した。ちょうど安田氏が電話に出て、ゴミの業者の件を頼むと、「お急ぎでしょうから、うちの関連の業者にできるだけ早く行かせます。四十分後ぐらいだと思ってください。四トントラック一台でいいでしょうね」と、一つ返事で受けてくれた。哲平はその他、もう不要だと思えるような物を次々と庭へ運んだ。業者が来たのは予定通り四十分後だった。三人の中年男が手際よくトラックにガラクタを投げ入れ、あっという間にゴミの山が片付いた。哲平は感心していた。餅は餅屋だ、と。葬儀をお願いしたので、この支払いも割引があって、思ったより安かった。

十時半には業者が引揚げて行った。哲平は市役所へと急いだ。五つ目の停留所でバスを降り、十一時過ぎには市役所の玄関をくぐった。母の時と同様に戸籍課の受付に死亡届、死亡診断書を提出した。係員が厳かな顔で頭を下げた。これでひとまず喪主の義務を果たし、体から力が抜けて行くような気がした。

市役所のロビーを抜けて玄関を出た時だった。カメラを首から掛けた、中年の背の高い男が哲平を呼び止めた。

「田宮哲平さんですね。新聞社の雑誌担当の者ですが」そう言って名刺を差し出した。よく知られた、中央の新聞社だった。哲平は虚を衝かれて、言葉も出なかった。

「弟さんのことについて、取材させてください。個人的なご不幸であると同時に、社会的に考えるべき問題だと思いますので、このまま埋没させてはいけないと思うのです。うちの雑誌部門で取り上げたいのです」

そう言われると、私立中高の教員、田宮哲平はむやみに拒否することができにくくなり、言葉を選びながら応えた。

「実は昨日、葬儀を終えたばかりなのです。思いがけない弟の死に遭遇して、まだ気持も整理できておりません。とても今日、話せる段階ではありませんので、どうかご勘弁を」

「今日はだめでも、近いうちにぜひ会ってください。ぼくは熊本支社にいますが、広島まで出向きますので」

「エッ、そこまで調べがついているんですか……」

哲平はメディアの素早さに背筋が寒くなるほど驚いていた。高度経済社会で〈餓死〉したことはやはり珍しく、小さな地方都市では口コミですぐ広がったのだろうか。取材など哲平の想定外のことだったのだ。

「怖れながら、これでも私は社会派の記者ですから。勤務しておられる学校の所在地も、広島市とは書かず、中国地方のある学校としますから。勿論、あなたのお名前は決して出しません。要するに、こんなことがこれから起こらないようにするには、どうしたらいいか。弟さんのご不幸を掘り下げることで、こうした悲惨な出来事を少しでも防ぎたいのです」

こんな正論で攻めてこられると、中高で政治経済を教えている哲平は、少なくとも乱暴な形での拒否ができなくなり、言葉に詰まってしまった。

「主旨はよく解ります。ただ先程も言いましたように、昨日葬儀を終えたばかりですから」

「分かりました。後日の取材には、応じてくださるということですね」

記者は念を押した。哲平はもう逃げられないと覚悟した。

「そう言うことになりましょうか。ただし、学校や家族には絶対に迷惑をかけないということが条件です」

哲平はきっぱりと言った。その記者、森山亮太は「勿論です。あなたのプライバシーも守りますから」と即座に応え、続けた。

「いろんなことが落ち着かれた頃、おそらく十月の終り頃、一度ご連絡します。それと連絡先は、お家でも学校でもいけませんよね。ケータイはお持ちで……」

「ええ、必ずケータイの方にお願いします」

そう言って、哲平はケータイの番号を気の進まぬままにメモして渡した。敵の策略に掛かったような気持だった。

「じゃあ、今日はこれで失礼します。一日も早くお元気になられますように」

森山記者はそう言って笑顔を向け、右手を挙げて見送ってくれた。

メディアは鋭い触覚を持っていて、厚かましい。書いている記事も真偽半々だ。ただ過剰とも思える問題意識の喚起は、時として国民を泰平の眠りから覚ますのには効果的だ。哲平はこれまでそんな風に週刊誌や月刊誌を見ていたが、まさか自分に火の粉が降りかかってこようとは思いもしなかった。

仕方ないな。プライバシーは守ると約束してくれたから、もうじたばたするのはみっともないか。引き受ける覚悟はできたぞ。哲平はそうでも言わないと凹みそうになる気持を奮い立たせた。

お昼はバス停の近くの食堂で、山菜の入った狐うどんと、また稲荷寿司を注文した。どちらも懐かしい味がする。稲荷寿司は母の味でもあり、狐うどんは縁日に家族で食べた露店の味でもあった。

家庭環境が嫌だから、大学時代に一旦は捨てた古里だが、弟も死んで、肉親がみないなくなってみると、哲平の考えも少し変化していた。

哲平は改めてここが自分の古里だと思った。球磨川が造った豊かな自然が自分を育んでくれたのだ。自分の原風景はここにある。だが、現在、自分は家を広島に持ったし、こちらにもう身内は一人もいない。妻は広島人だし、恐らくこちらには帰らないだろう。父の建てたあの家も、そのうち手放さざるを得ないだろう。この古里もやがて心の中だけの風景になるのかなあ……。そんな感傷に浸っていると、傍に人の気配を感じた。

「田宮君じゃない?」

小綺麗な服装の女が声を掛けてきた。哲平は「そうですが」と応じると、女の表情がパッと明るくなった。

「やっぱり。あなたがここへ入って来た時から、そうじゃないかとチラチラ見てたの。私、高校で同じクラスだった、水島則子よ」

「ああ、思い出した。絵が巧かったよね。確か高校生で県美に入選して、新聞に大きく載ったっけ」

「そう、二十年近くたっているのに、覚えてくれてありがとう。今はその絵で食べてるの。絵画教室を開いてるのよ。年に一度は熊本のデパートで個展も開いてるわ」

水島則子は自信に満ちていた。

「おれは広島で私立中高の教師をしてます」

「噂で聞いてるわ。いい学校だそうね。でも、こっちのクラス会や同窓会には、ずっとご無沙汰してるでしょ。出て来たらいいのにって、後藤先生もみんなもお待ちかねよ」

哲平は痛いところを突かれたと思った。毎回案内状は貰うのだが、これまで一度も出たことがない。そのことに多少の後ろめたさを感じながらも、哲平は自分の生徒、自分の学校、自分の家庭を優先したのだ。それにまだ、どうしてもみんなに会いたいとまで思えなかったのだ。そればかりか、ああいうものを恋しがるようでは、第一線で働いているとは言えない。哲平は斜に構えて、傲慢にもそんな風に考えていたのだ。室生犀星（むろうさいせい）の詩ではないが、〈古里は遠きにありて想うもの〉、と哲平も常々思っていた。だが住職が引用した『白骨の御文章』がいつまでも耳に付いて、己の傲慢さや愚かさが炙（あぶ）り絵のように浮き出してくるのだった。

　哲平が黙って頷いていると、水島則子が元気な声で言った。

「ねえ、来年の五月の連休に同窓会があるのよ。その後で、高校卒業二十周年の同期会とクラス会もするので、何とか出て来れない？　後藤先生も勿論、来られるわ」

「そう、もう二十年も経つんだね。そりゃあ出んといかんねえ。何とかする。約束するよ。後藤先生には進学のことでずいぶんお世話になったのに、年賀状だけの繋がりになってしまって、お詫びしないとね」

「待ち人、来る。みんな喜ぶわよ。ところで、今日はどうしてこちらへ？」

　哲平は弟が亡くなったので昨日葬式を済ませたこと、これから家に立寄って広島に帰るのだ、と応えた。

「そう、それは悲しかったわねえ。弟さん、あなたよりかなり年下だったでしょ。そんな若い人がどうして？」

やはり、死因を訊いてきた。普通の人であれば、この問いかけは自然の成り行きなのだ。

「心筋梗塞だろうって。母が亡くなってからは独り暮らしだったから、倒れても発見が遅れてね」

やはりそんな言い方しかできない。誰にも迷惑をかける嘘ではないのだ。哲平は内心でそう言って自分に折り合いをつけようとした。

「それは可哀想だったわね。あなたも大変だったんだ。悲しみを早く乗り越えてね」

水島則子は顔を曇らせた。そして、「これから絵の仲間と会うので」と言って、哲平と握手して別れた。


家に帰ると一時半を過ぎていた。弟の部屋をもう少し掃除するつもりだったが、広島への帰りの時間もあるので、ざっと整理するに留めた。あちこち開けていた窓を閉めて歩き、最後に仏間に入った。三人の遺影の前に座って別れの挨拶をしていて、哲平はハッとした。白木の箱に入った弟の遺骨をどうするか……、哲平ははたと悩んだ。

自分はキリスト教徒だから、建売を買う際に仏間のない家を選んだ。そんな家に連れて帰るより父母の遺影の傍にこのまま在る方が弟も淋しくないのでは……、でも無人の家だ。そこに置いて帰るのは放置であり、非情ではないか。しばらく逡巡した結果、哲平はやはり父母の遺影の傍に置いて帰ることにした。

「浩二、お前もその方がいいよな。父さん、母さんが見守ってくれているから。今度来るのは四十九日の法要がある十一月十日だ。忘れていた母さんの一周忌も一緒だ。それまで父さん、母さんとこの家を守ってくれよな」

そう言って哲平は仏壇を開いたままにして、縁側のガラス戸を閉めた。そしてその上部に空気抜けのためについている小窓を、十センチばかり開けた。カーテンを閉め、もう一度遺影の前で、「父さん、母さん、ぼくの家に帰りますので、弟を頼みます。浩二、じゃあな」と言って仏間を後にした。

哲平は玄関で未練がましくもう一度ぐるりと見渡すと、ようやく外に出て鍵をかけた。そして両隣と前の家に重ねてこの度の件で礼を述べ、四十九日のため十一月十日に来ることを告げて、バス停へと向かった。

時間表を確認して家を出たので、バスは五分もしないうちにやって来た。哲平は座席には座らず、自宅の方を振り返った。が、バスはカーブを曲がったのですぐ見えなくなった。後ろ髪を引かれる思い……、これまでそんな気持になったことはなかった。

これから在来線、新幹線、そしてバスを乗り継いで家族の待つ広島へ帰るのだ。席に座ると疲れがどっと出た。道遠しだな。哲平の口からそんな言葉がこぼれ出ていた。

(五)

学校に出ると校長、教頭、事務長を始め、生徒も哀悼の言葉をかけてくれ、「早く元気になってくださいね」と励ましてくれた。どの言葉も温かく、哲平もつい涙ぐんでしまい、こんなに涙腺が弱いとは、自分でも驚いていた。

哲平は朝の全教職員のミーティングで簡単に挨拶をした。ただお世話になりました、と頭を下げるだけではいろいろ配慮してくれた同僚に失礼だと思ったのだ。母が亡くなって後、弟は一人暮らしだったので、倒れても発見が遅れ、自分は死後に対面したこと、そこまでを語った。死因は敢えて言わなかった。

ミーティングが終ると、事務長が哲平を呼び止めた。

「これは先生方から預ったものです」

そう言って「御霊前」「お花料」と書かれた封筒を哲平に渡した。

「母の時に頂きましたので、今回はお気持だけお受けして、これはお返ししようと」哲平がそこまで言うと、事務長が即座に遮った。

「そんなことをおっしゃってはいけません。これはみなさんのご厚意ですから、素直にお受けするのが筋です」

そうまで言われると、哲平も言葉を引っ込めざるを得なかった。それらを自分のロッカーに入れて鍵をかけると、哲平は自分の二年Bクラスへと急いだ。教室に入ると哲平は驚いた。黒板に大きな文字が並んでいたのだ。

田宮先生、去年のお母様のご逝去に続く弟さんのご逝去で、ほんとに淋しくなりましたね。一日も早くお元気になってください。やんちゃな乙女四十二名が、いつも先生への心からの応援団であること忘れないでくださいね。

二B一同より

「ありがとう」そう言って哲平は深々と頭を垂れた。涙が溢れて手で拭いても流れ落ちた。

「男が泣くなんて、かっこ悪いよな」

何とか作り笑いをしながらそう言うと、拍手が湧き起こった。生徒たちが励ましてくれているのだ。教師をしていてよかった、哲平はつくづくそう思った。

自分が欠勤している間に、クラスの生徒に異変がなかったことで、哲平はホッとしていた。それどころか、その日のホームルームの時間では、文化祭のことでとてもよい話し合いがもたれたという。

哲平の学校では毎年の文化祭に学校全体のテーマをもつ。生徒会が全校生の意見を集約して、そのテーマを決めるのだ。今年のテーマは《私たちの革命――愛と平和を生み出すために》。このテーマにしたがって各クラスで何をするか話し合い、取り組みが始まる。クラブは日々積み上げて来たことを発表する。これらすべてを運営していくのは生徒会だ。

自分の留守中にクラスの取り組みが具体的な形をなしてきたことを、哲平は二人のホームルーム委員から報告を受けた。

クラスとして、先ずは広島市の老人ホームの実状を調べる。そしてクリスマスカードを各人三つ作り、メッセージを書く。それをクリスマスに老人ホームに届ける。それとは別に、今週から二学期末までに、六名グループ七つが順番に土曜日ごとに慰問して、入居者の肩を叩き、散歩の介助をし、戦争や原爆の体験談を聞く。それを春休みまでに小冊子にまとめる。パソコン打ちは各グループで責任者を決め、製本はみんなが流れ作業で行う。対象の老人ホームにも連絡し、これらのボランティアを受け入れてもらったという。その報告に哲平はひたすら感心した。

「君たちはすばらしい！　高二ともなるとさすがだね。ちゃんとした方向性をもって自主的に動き、力を合わせて大切なものを創ろうとしている。おれの高校時代はただ勉強とクラブだけしていた。それに比べるとみんなは何倍もしっかりしている。大したもんだゼ」

そう言って評価すると、委員の一人が「私たちがしっかりしないと、先生困るでしょ」と笑いながら言った。

「そうだよ。ほんとに、そう。はんぱな先生だから、これからも頼むよ」そう言って哲平が頭を下げると、二人が「イェーイ」とVサインの手を挙げ、三人で大笑いとなった。

放課後は文化祭の準備でどの学年も生徒たちは余念がない。哲平もカードを作り、メッセージを書くつもりだ。土曜ごとの老人ホームへの慰問もできる限り一緒に行くつもりだ。


一週間があっという間に過ぎ、中間テストの時期を迎えた。哲平も政経の問題を作り、印刷係の職員に原稿を渡した。来週の月曜から四日間が中間テスト。この前後一週間は生徒の動きも止み、午後の学校は生徒のいない静かな空間となる。教師も学校で採点する者のみ残り、出入りの業者が時々顔を覗かせて、静かな時間にアクセントをつけるばかりだ。

哲平の政経は第三日目にあった。三時まで学校で採点して、たまには早く帰ろうと思って社会科研究室を出たところでケータイが鳴った。新聞社の森山記者からだった。その後どうしているかと問うもので、毎日仕事に追われているので気分が多少紛れて、まあまあ元気でいる。今は中間テストの採点業務で忙しい最中だ。哲平はそんな応答をした。

「で、例の取材はいつ頃になりそうですか」森山記者は前置きから本題に入った。

哲平は廊下に置いてある椅子に座り、手帖を出してスケジュールを確認した。

「十一月二日三日が文化祭ですので、その前は放課後が忙しくて、とてもお会いできませんね。十一月十日は人吉で弟の四十九日と母の一周忌の法要を行いますし、そうですねえ、五日、月曜日が文化祭の代休だから、私としては五日が一番都合がいいのですが」

「分かりました。その日にしましょう。で、申し訳ないのですが、二、三時間はいただけますか」

「そんなに長い時間ですか……」

「ええ、雑誌部の本格的な記事ですから、いろんなことをお聞きしておきたいので」

「そうですか。で、場所と時間は」

「三年前、八・六の取材で広島に行ったことがありまして、その時に使ったんですが、横川って町の川岸に《雲流亭》って料亭があります。字は雲に流れるですね。ぼくはイチゲンさんだったけど、とても感じがよくて、また来たいと思った店です。インターネットで調べたらまだやってますので、そこが静かで、眺めもよくて、いいかなと思います」

「そこで結構です」

「じゃあ、待ち合せの時間は一時にしましょう。ぼくが予約を入れておきますから。料理で、これは絶対ダメというのがなければ、こっちで適当に決めてもいいですか」

「お願いします」

「それでは確認します。十一月五日、月曜日、横川の雲流亭で一時に、ですね。では、当日、よろしくお願いします。じゃあ、その時に」森山記者はそう言って電話を切った。

哲平はメモした手帖を閉じると、フーッと息を吐いていた。何だかベルトコンベアに乗せられたような、敵の策略にかかったような気持だった。そして不安がよぎっていくのだった。プライバシーは本当に守ってくれるのだろうか、と。

すべてのテストが終り、文化祭まで後一週間を残すばかりとなった。生徒の方は六時間目が終って六時までクラブやクラスで取り組み、この時期の放課後が一年で一番活動的になる。哲平も新聞部とクラスの両方をこなした。行ったり来たりしながら、生徒の準備に付き合った。二百三十人分の採点はもはや家に持ち帰らないと済みそうもない。この時期、哲平のみならず、教員は疲労困憊の生活を余儀なくされるのだ。

新聞部は文化祭当日に学校新聞を発行して配布する。それに加えて、掲示発表のために一教室を貰っている。一学期から《少子高齢化社会の課題》というテーマで取り組み、調べた事項を最後の一週間でグラフにし、掲示用の大判用紙に書く作業に入っていた。

クラスの方は広島市の老人ホームの実状を調べてグラフにし、写真も展示した。そしてクリスマスカードも出来しだい係に提出して文化祭当日、展示することになっていた。あまりに簡単なカードは「もう少し心を込めて」と、係が差し戻していた。

こんなにしっかりしている者でも、何かのきっかけで、弟のように意欲を失うのだろうか。弟だって高校時代はバレー部で活躍し、体育祭ではクラス対抗リレーで三年間アンカーを務めたのだ。三年時には、開会行進で青組の旗手として先頭を意気揚々と歩いた。そのことを母は何度も嬉しそうに言ったものだ。そんな弟がどうしてああなったか、哲平には今も謎のままだった。

文化祭は例年並みに来客もあり、特にPTAが主催するバザーには学校とは関係ない人々まで行列を作るほどで、売り上げが五百万円というから、赴任した頃の哲平は驚いたものだ。

商品はすべて家庭の不要な新品だから、原価はタダ。売値は市価の半額ということだから、飛ぶように売れるのだ。売上金の九割は学校の教育設備充実のための寄付であり、何回かの寄付で、ドイツ製のパイプオルガンを購入した。残りの一割は孤児院などの福祉施設へ寄付された。これを校長は保護者の〈愛の実践〉と言って、感謝をこめて称えていた。

生徒の教室発表やホール発表も、人の入りは上々だった。三日の祝日は保護者や卒業生ばかりか、近隣の男子校からもたくさん来ていて、不適切な行為があってはいけないので、教員が順番でキャンパス内を見回ったが、問題行動もなく、盛会のうちに文化祭は終った。

一つの行事が無事に終るということは、それを支え実行してきた者にとって、大きな喜びであった。

哲平はクラスの全員に缶ジュースを振舞った。哲平の「ご苦労さま。みんなよく頑張ったよ」とのねぎらいを受けて、生徒たちはホームルーム委員の指示で三三手拍子をすることになり、委員の「そーれ」の合図で手を叩き、声を張り上げた。

「やるぜ、B組、これからも〈私たちの革命〉を！」

声は教室を突き抜けて廊下の向こうにまで響いたらしく、何事かと入口を覗く者が多数いた。新聞部の十二名にも哲平は同じように缶ジュースを振舞い、これからも頑張ろうと気炎をあげた。

オープンキャンパスの文化祭は、私立学校では宣伝の日でもあり、数日後、地元の新聞社が文化欄に《今時の学校文化祭》という特集を組んでくれ、生徒も教師も励みになったようだった。

哲平が横川の雲流亭を訪ねたのは、文化祭が終って二日後。このことは妻にも同僚にも誰にも言わなかった。哲平は十分前に到着したが、森山記者はすでに来ていて、川辺の部屋で待っていた。

先ずは食事をした。魚と海草がメインのようで、食べ物に好き嫌いがない哲平には一品ずつ出てくる料理はどれも美味しかった。

森山記者は父のこと、母のことを訊き、哲平が子供時代にどんな家庭に育ち、どんな躾を受けたかを訊いた。弟はどんな子供であったか、両親との関わり、哲平との関わりなど、かなり突っ込んできて、パソコンではなく、手でメモをとっていた。心理的圧迫感をやわらげるためにそうしたのだろう。

さらに田宮家と近所の関係はどんなものだったか。引きこもりがちの弟のことを近所の人は知っていたのか。弟が勤めた会社のことを、哲平はどの程度知っていたか。弟が引きこもりばかりでなく、時々アルバイトに出た時など、それをチャンスとして、兄はいい方向へ支援しようとしなかったのか。

母は成人した弟をも、ただ猫可愛がりしたのか。弟は嘱託の清掃員として母がどれくらい給料を貰っているか、知っていたのか。十年近くもまともに仕事につかない弟を、母はどう思い、どんな対応をしたのか。母に対する家庭内暴力はなかったのか。

森山記者はそんな質問を巧みな話術で訊いてきた。哲平は、できるだけ本当のことを話す覚悟で出て来たのだ。弟に対して幼い頃から妬ましく思っていたので、大人になっても深い愛情は感じなかったこと。経済的に頼られるのは、家庭をもつ身には相当しんどかったこと。母の没後は、三万円の仕送りを打ち切ったことも正直に話した。厳しく引導を渡したことも包み隠さず述べた。

弟の自立を求めたとはいえ、母が亡くなって一年二ヵ月、一切連絡を取らなかったことをどう思っているかと訊かれた時、哲平はすぐには応えられなかった。数刻してようやく応えたのだった。

「生徒にも時々不登校がいて、それは一種の病気だと解るから、気長に待つしかないと悠長になれるけど、弟の場合、歳も歳だし、安月給の母に寄生して、何を考えてるんだとの思い、そう、怒りの方が強くなっていました。母亡き後は、今度こそ独り立ちしろ、おれを頼るな、と本気で思いましたね」

哲平は一呼吸すると、また話し始めた。

「実は以前、何度か金銭的に頼ってきたので、妻に内緒で一万二万と与えたことがありました。それで少しもよくならなかった。だから、自立のためには心を鬼にして、知らん顔をしたのです。他人である生徒ならば病人だからと大らかに対応できるぼくも、肉親ゆえにそうはなれなかったのです。母の死を契機に、とにかく自立して欲しかった。今にして思えば、弟もまた病人だったのですね。ならば、保護者や介護人が必要だったのでしょう。ぼくは聖書の愛の断章には心から感動して、就職後数年して洗礼を受けたけど、自分の弟が一番弱っている時に、愛の眼差しさえ送ることができなかったのです……」

「そんなことはない。ぼくがあなたでも、同じことを言ったでしょう」

うなだれる哲平に、森山記者が慰めの言葉をかけた。

「ただ、こうしたスポイルされた人間が最近は増えてきていて、ホームレスになるとか、弟さんのように生きる意欲も喪失して、ただ死を待つということさえ起こっているのです。彼らを社会に取り戻すには、個人の力では無理だから、みんなで考えたいのです。もっとも、その前に、そんな人間を生み出さない予防、家庭教育や学校教育、社会教育が必要ですね」

哲平も同じことを考えていた。だがそれを具体化するには、どうしたらいいのだろう。

「だからこの不幸な出来事を顕在化して、みんなで考えるきっかけをつくりたいのです」と森山記者が熱弁を振るった。

すでに二時間が過ぎていた。森山記者は、「締めくくりにコーヒーでも飲みましょう」と言って卓上のベルを押し、やって来た係の者にコーヒーを二人分、注文した。

「来年の二月号、と言っても実際は一月の下旬ですが、大きな記事になると思います。明日はカウンセラーと精神科医、二日置いて弟さんが勤めていた会社も取材して、まじめな記事にしたいと思っていますから」

「そのために私も取材に応じたのですから、読み応えのある、いい記事を書いてください」

哲平も一言釘を刺しておいた。森山記者が言うような記事に果たしてなるのか、どうか。疑えばきりがない。カエサルではないが、サイは投げられたのだ。森山記者を信じるしかない、と哲平も覚悟を決めた。

森山記者とは雲流亭で別れ、哲平は川岸をしばらく歩き、橋を渡った。この辺りを歩くのは初めてだ。寺町という名のとおり、寺が続いている。それで思い出した。このところ、忙しさにかまけて教会に行ってないことを。

次の日曜日は十一日だ。つまり、弟の四十九日の翌日だ。この日も教会には行けそうもないな。やはり四時頃までは人吉の家にいて、未整理のままにしている母の衣服類、弟の部屋も、もう少し整理整頓しなければならない。こんな自分の都合ばかり優先する人間をも、おれが信じる神様は許してくれるだろう。それほど度量の広い神様なのだ。哲平はそう思うと、何だか温かい気持に包まれるのだった。

(六)

これぐらいでいいかな。哲平は部屋を見回して、そうつぶやいた。

金曜日の午後が半日研修の哲平は、人吉に妻子より先に来て昨夜は一人で泊まり、今日の午前中まで、弟の四十九日と母の一周忌の法要を迎えるために掃除に徹したのだ。妻や子も来るので、父親の実家を少しでも感じのいい所にしたくもあったのだ。あのゴミ屋敷もどきの雑然とした汚さはもうない。やっと人の住む、普通の状態に戻ったのだ。

夕食は乗り換えの博多駅でちらし寿司を買い、お茶を沸かして食べた。ペットボトルのお茶を買ってもよかったが、無人の家で少しでも生活感を感じたかったのだ。ついでに今朝用サンドイッチと牛乳も買って来て、冷蔵庫に入れておいた。牛乳は温めて飲んだ。昼はコンビニでむすびとインスタントの味噌汁を買い、またお茶を沸かして食べた。今夜は妻と子供たちを誘い、遠路遥々来てくれたことをねぎらって、中心街の寿司屋かレストランで食べるつもりだ。

昼食を済ませて少し休むと、哲平は庭に出て、無造作に咲いている菊の花を手折ってきて、仏壇の花瓶に挿した。床の間と玄関にも花瓶があったことを思い出し、また庭に出て、白、黄、杏色の菊を切ってきて、色を塩梅(あんばい)しながら活けた。そう言えばあの時、葬儀屋の安田氏が花を飾ってくれたな。花があるとやはり気持が和み、殺風景な部屋に華やかさが漂う。哲平はこんなに育った菊の花を見ながら、隣のおばさんがきっと水をかけてくれたのだろうと思った。

「田宮さーん、荷物です」玄関で男が呼びかける声がした。

「ハーイ、今行きます」

ああ、来たな、そうつぶやきながら哲平は玄関へと急いだ。世話になった隣組十五軒と警察署、監察医への手土産として、一昨日の午後、広島名産のもみじ饅頭を宅急便で送っておいたのだ。サインをして荷物を受け取ると、哲平はそれを下駄箱の上に置いた。近所へは法事が済んで、茶の子と一緒に配ることになっている。

来る時は一度に来るものだ。葬儀屋の安田氏も茶の子を持って来てくれた。保存がきく味付海苔にしたという。一月ぶりに会う安田氏は思ったとおりの気が利く人で、いっそう落ち着きを見せ、自信に満ち溢れていた。こんな人を見るのは、気持のいいものだ。自分も生徒や保護者から見て、こうありたいと哲平は思った。

部屋に戻ると、箪笥に目がいった。行李（こうり）や箪笥に仕舞ってある衣類の整理は、まだできていない。どうせ高価な衣服はないだろうから、業者に頼んですべてを一気に処分すれば簡単なのだが、哲平はその決断ができないでいた。父の物、母の物、弟の物を一つ一つ見ていき、思い出に残る一枚だけを残して、あとは捨てようと思っている。

こんな貧乏屋にも二十五年も住んでいれば、結構いろんな物が溜まっている。これから月に一回程度帰って来て整理するしかないだろうな、哲平はそうつぶやくと、また庭に出た。あと三十分もすれば、妻と子供が到着するだろう。庭木に水をやって、清々しい雰囲気の中で迎えてやろうと思ったのだ。

「四十九日、今日でしたね。昨夜電気が点いていたので帰って来られるなと思って。お寺さんに訊くと、お母さんの一周忌も一緒にされるそうで、これ、気持ばかりのお供え」

そう言って隣のおばさんが封筒を差し出した。哲平はそれを手で差し戻しながら言った。

「この一年二ヵ月で母と弟の二度にわたって葬式を出し、ご近所の皆さんにご迷惑をかけて、申し訳ないとひたすら思っているのです。だから、この度はご厚意を遠慮しようと」

「何を言ってるの。お母さんとは長い付き合いがあったし、隣なのに、弟さんの面倒を少しも看てあげられなかったんだもの。ほんとに気持だけ」

おばさんはどうしても引き下がらないので、哲平は仕方なく受け取った。そして菊の花の件で、庭の水遣りの礼を言い、「気にしないで」と言って去っていくおばさんの背に「法事の後でお伺いしますから」と言葉をかけた。

もうそろそろだな、哲平は腕時計を見てそうつぶやいた。朝二番の新幹線で広島を発ち、博多で鹿児島本線に乗り換え、さらに八代（やつしろ）で肥薩（ひさつ）線に乗り換えて、ようやく人吉に到着するのだ。そこから本来はバスに乗るのだが、子供もいるのでタクシーを使えと言ってある。

車の止まる音がした。間違いないだろうと思って外に出てみた。妻と子供がタクシーから降りている。たった一日会わなかっただけなのに、哲平を認めると娘と息子が「パパ」と叫んで駈けてきた。

「遠かったよ。ああ疲れた」娘がホッとしたような口調をした。

「さあ、さあ、入れ。好物のパインジュース買っといたから」

そう言って哲平は台所へ連れて行った。冷蔵庫から缶ジュースを取り出し、口を開けて二人に手渡し、もう一つ取り出して「きみもどうぞ」と、妻に差し出した。よほど喉が渇いていたのか、三人は喉を鳴らしながら飲んだ。一段落すると妻が室内を見回し、子供の顔を見ながら言った。

「綺麗になったじゃない。パパは掃除が上手だね。家でもやってもらおうかしら」

「ああ、いいよ、と言いたいところだけど、手伝う程度で勘弁してくれよ。採点などで忙しいんだから」

「私は忙しくないみたいな言い方ね」

妻は不服そうな顔をしたが、時計を見て「あと二十分か」と気持を転換したようだった。

仏間に行った娘が、三人の遺影をじっと見ながら言った。

「叔父ちゃんとはあんまり会ったことがないけど、こんな顔だったんだ。よく見るとパパよりハンサムだよ」

「パパより、ハンサムだよ」五歳の息子が姉を真似た。哲平はただ笑っていた。ちょうどその時、玄関で声がした。

「ご免ください」

住職が定刻にやって来た。仏間に案内するとすぐに読経が始まった。音読だから哲平にも意味は解らない。娘と息子は母の葬儀で読経は経験しているが、何せ意味が解らないので、目を瞑(つむ)ったり開けたりして退屈をしのいでいる。哲平は仕方ないこととしてそれを受け入れている。自分は読経を音楽のように聴き、父、母、弟の在りし日を偲んでいる。

長い読経が終ると、また『御文章』の中の〈白骨の章〉が読まれた。住職の声は凛(りん)として、吸い込まれそうによく響く。

――朝(あした)には紅顔ありて、夕(ゆうべ)には白骨となれる身なり。すでに無常の風きたりぬれば、すなわち二つの眼たちまちに閉じ、一つの息長く絶えぬれば……

キリスト教徒である哲平も、この文章には脱帽の心境だ。何度聴いても心打たれ、共感を覚える。

御文章が終ると、「あなかしこ、あなかしこ」と唱えられ、そして「南無阿弥陀仏」が繰り返された。

住職は母のことはよく知っており寺の行事によく協力してくれたこと、家の前の道路をいつも綺麗に掃いていたことなど、哲平が知らない母を語ってくれた。

「弟さんは気の毒な死に方をなさったけど、今は西方浄土でご両親に会い、仲良く幸せに過ごしておられるでしょう。そしてお兄さんのご家族を見守っておられますよ」

哲平は内心で冷やりとした。この期に及んでも、弟の死に方を詳しく言われたらどうしようと思ったのだ。独り暮らしの弟は心筋梗塞で倒れても誰からも発見されず、数日放置されていた、妻にはそう言ってあるので、本当のことがばれたら困ったのだ。

法要は一時間弱で終った。

妻がお茶ともみじ饅頭を住職に差し出した。

「これまた、今の時節にぴったりの名がついたもんですなあ。形もいいじゃないですか」

住職は饅頭を手にとって眺めながら、「これは帰ってからいただきましょう」と言った。

哲平はその場で謝礼が入った封筒を住職に手渡した。中身は葬儀屋の安田氏が指示した金額が入っている。哲平が「あ、そうそう、あれを」と妻に言うと、妻は急いで箱詰めのもみじ饅頭を持って来た。

「これは私たちもよく口にする広島名物のもみじ饅頭です。郷土自慢の一つでございますので、どうぞ坊守(ぼうもり)様とお召し上がりくださいませ」

気の利いたことを言うじゃないか。さすが、おれの選んだ女だ。哲平は内心で鼻を高くしていた。

住職が帰って行った後で、自分たちもお茶にした。長い時間正座をしていたせいで少々疲れていたので、甘い饅頭が美味しかった。子供は二つもぱくついた。

少しだけ休憩すると、近所への挨拶回りをした。不慣れな家に子供を置いて行けないので、連れて回った。〈茶の子〉と箱詰めのもみじ饅頭は哲平が持ち、妻は二人の子と手を繋いで歩いた。お礼の言葉は哲平が言い、二つの箱を哲平から受け取っては妻が手渡した。その際、妻はもみじ饅頭ついて住職に言ったと同じようなことを述べた。

「遠い所からよく来られたねえ。お母さんがいつも、いい嫁だと誉めておられましたよ。哲平さんは、こんないい奥さんと暮らして、幸せ者だねえ」

隣のおばさんは満面の笑みを浮かべて、そう言った。他の家でも妻は意外に誉められ、子供も礼儀正しい、可愛い、と誉め言葉をたくさん貰った。たとえリップサービスとしても、人は誉められ、相手にしてもらうと嬉しいのだ。妻も子供もにこにこしていた。

五時を過ぎると内陸のこの地はもう薄暗い。バスに乗って中心街のレストランに出かけた。子供たちはスパゲッティがいいというので、イタリア料理店を見つけて入った。妻はピッツァパイを、哲平は子供に合わせてスパゲッティにし、デザートにはアイスクリームを注文した。そして妻と自分にはグラスワインを頼んだ。料理を待っていると、端正な顔をしたシェフらしい男がやって来て、訊いた。

「お客様は、田宮哲平様ではありませんか？」

「そうですが」

「私は、高二で同じクラスだった本山明弘です。ホームルームの役員をご一緒したことがありますね。事情があって、私は高三で転校しましたけど」

「ああ、思い出しました。確かテニス部のキャプテンで、女子からすごくもてましたね」

そう言いながら哲平の脳裏にあることが去来した。他校の女子生徒を妊娠させたことが学校にばれて、転校を余儀なくされたのだと噂がたったな、と。

「ええ、まあ……。あの頃の友人たちがここによく来てくれます。そうそう、来年の五月に同期会があります。私にもいつも案内があり、出席しています。田宮さんのことがよく話題にのぼります。ぜひ出てください」

「この前、水島則子さんからも、出なさいと強く言われましたよ。必ず出ますから、その時ゆっくりお話ししましょう。しかし大したもんですね。こんな立派なお店を開いてらして」

哲平はほんとに感心していた。それにしても世間は狭いと思った。小さな都市はこうして知り合いによく出会い、旧交を温めることもできるのだ。これまで自分はそんなことをむしろ避けていた。と言うより、そんな過去を懐かしがるようでは、無力な老人と同じだ、とバカにしていた向きがある。哲平は改めて自分の傲慢さを自覚した。嫌っていた古里が、母や弟の死で沈みがちな哲平を暖かい気持にさせてくれる。哲平は父母が残してくれた家を処分するという考えを、今しばらく棚上げしたいと思うのだった。

本山シェフは四人にプチケーキをサービスしてくれた。妻も子供もこのイタリア料理店が大好きになったようだ。それればかりか、「おじいちゃんの家、お庭があって、セミやカブト虫もきっと来ると思う。夏休みにはもっと長く泊まりたい」と、娘が言ったのだ。やはり家の処分は当分考えまい、と哲平は決心した。

翌日、哲平は一人で葬儀屋の安田氏、そして警察署を訪ねた。安田氏は日曜日でも出勤していることが判っていた。もみじ饅頭を渡しながら、これで当分の間、付き合いはない思うと、名残惜しかった。警察官は休みを取っているようだった。当直の者が「彼は仕事でしたことだから、こんな配慮は無用ですよ」と言ったが、哲平は「私の感謝の気持ですから。よろしくお伝えください」と言ってもみじ饅頭を机に置いて帰った。

その日、哲平だけが残って、もう少し簞笥の中や戸棚の中を整理することにした。バス停まで妻子を見送った。去っていくバスから子供たちがしきりに手を振った。バスが角を曲がったので引揚げながら、父母もこうして子を持ち、希望をもって暮らしていたのだろうなと思えて、哲平は切なくなるのだった。

個人的にも学校にも大きな行事がなく、穏やかな日が戻っていた。ただ、文化祭のメインテーマ《私たちの革命——愛と平和を生み出すために》にしたがって、毎週土曜日に老人ホームを慰問することは続けられていた。哲平もできる限り付き添うようにしていた。

最近は祖父母と暮らす者は少ないようで、ホームの老人には珍しさも手伝ってか、生徒たちは結構親切に対応していた。戦争体験や原爆体験も意外に順調に聞きだしていた。それをすぐパソコンに打ち込んで印刷し、編集者の哲平の所へ持って来た。哲平は文章としてよほどおかしいところだけを修正し、老人たちの言葉を大切にした。

晩秋は一日一日が早く過ぎるような気がする。理屈ではそんなことはあり得ないのだが、なぜか、一週間があっという間に過ぎていく。

後二日するともう師走だ。弟が亡くなって、二ヵ月が過ぎようとしていた。

ふっと森山記者のことを思った。目指す記事は書けているのだろうか。ページ数の多い雑誌だから、編集、印刷、製本にやはり一ヵ月近くかかるのではないか。一月の下旬には店頭に並ぶというから、そろそろラストスパートにかかっているのだろう。

街路樹にはすでにクリスマスの電飾が点滅し、デパートや商店街ではエンドレステープのごとくクリスマスソングが流れている。

信じた記者がもし裏切るような記事を書いたとしたら、彼は嘘をついたことになる。自分は果たして耐えられるだろうか。

人は誰しも、自分にとって見たいものしか見ないのだ。自分だって都合のいいように嘘をついたではないか。自分にあり得ることは、他者にもあり得るのだ。でも今はそんなことは考えまい。どんな結果になろうとも、自分が教師であることに変わりないのだ。この半端な教師でも、必要としてくれる生徒たちがいる。彼女たちと過ごす時間をこそ自分は大切にしたい、と哲平は心から思うのだった。

風に吹かれて

（一）

こんなことでいいのだろうか。

関村千華（ちか）は夕暮れの空を見上げながらつぶやいた。自分の担当していた高齢の患者、田中喜一（きちい）さんがリハビリの効果もなく、昨日の朝、鉄道自殺をしたというのだ。昨日の夕刊に出ていたと、同僚が知らせてくれた。

田中さんは確かに我儘な人ではあった。病院にもプロの介護人とタクシーで往復し、経済的にはかなり恵まれていたようだ。ただ、身内はなぜか一度もついて来たことはない。

介護人によると、かつて地元の大手企業の社長だったということで、昔の栄光が忘れられないのか、他者を部下扱いするので、しばしば医師やリハビリ療法士とトラブルを起こし、そのたびに病院を替わっていたという。この藤並病院に来てようやく落ち着き、三ヵ月目に入ったばかりだった。

初めの半月は「あんたは下手だ」「痛いじゃないか、もっと優しくしたらどうだ」「そんなことで療法士か」と文句ばかり言っていたが、千華がその都度「ごめんなさい」と謝ると、そのうち「このごろは腕が上がったじゃないか。あんたもやっと一人前になったらしいのお」と一種の誉め言葉さえ貰っていたのだ。

ただ九十近い高齢のため、本人自身の脚や腰はリハビリで一時的に楽になっても、帰宅すればまた痛むという繰り返しで、ほとんど効果は出ていなかった。千華は内心で、高いタクシー代を使って来院されても、気の毒だな、とつぶやいたものだ。

田中さんの件は確かに千華の気持を重くしていたが、そのことばかりではなく、意義を感じてリハビリ療法士になったはずなのに、結局は人を救うことのできない無力を感じて、ここ数日なぜか気持が晴れやらぬのだ。

関村千華は去年の三月に医療福祉大学を卒業すると、すぐに私立の病院で理学療法士として働き始め、ちょうど一年と一ヵ月が過ぎたところだ。第一希望は勤務条件が将来的に保障される公立病院だったのだが、就職活動がうまくいかず、今の藤並病院に勤めることになったのだ。

この病院は整形外科を中心に内科、耳鼻咽喉科、眼科、産婦人科があり、五階建ての私立としては大きな総合病院だ。リハビリ・センターは二階で、理学療法士五名、作業療法士七名の計十二名のスタッフでリハビリを担当している。センター長は病院長が兼ねているが、実質上の責任者はチーフの瀬戸先生で、四十八歳だ。リハビリ・センターは平均年齢三十歳の若い療法士たちで構成され、スタッフは男女半々だ。四階、五階が入院棟で、三階が厨房と食堂になっている。

勤務時間は八時四十分から六時まで。一応午前中の診療は一時まで。土曜日は一時半までとなっている。昼休憩は一時間ある。患者が相手だから訓練室を空にするわけにいかず、休憩時間は時差をつけてとっている。それと、木曜日の午後は医師たちの研修会があるので、病院はお休みだ。友人たちからの情報だと、私立としては給料もいい方だという。

千華は初月給を貰って以来、自分の判断で家に五万円を入れている。母は父と離婚後、自分が卒業した学園で事務員としてかれこれ二十年働いているが、嘱託職員だから給料はあまりよくないらしく、「千華ちゃんのお蔭で助かるわ」と喜んでくれた。五歳上の姉、美苗（みなえ）がまだアメリカの大学院に学び、経済的に自立できていないので、仕送りの足しにしているのだろう。

姉は奨学金を貰い、家庭教師のアルバイトも少しはしているらしい。しかし生化学を専攻しているので実験に明け暮れ、文系の学生のようにはアルバイトもできず、母からの仕送りを頼りにしているのだ。千華は時々愚痴をこぼすことがある。昨日も夕食後、つい言ってしまったのだ。

「二十八歳にもなって、いいかげん経済的に自立してくれたらいいのにな」

「そんなこと言わないで。うちから立派な学者がでることが母さんの夢なんだから。お姉ちゃんは意欲的で成績も優秀だから、きっと私たちの期待に応えてくれるわ。だから応援してあげようね」

母はいつものように姉を擁護した。そんな母に千華は少々反発を感じて、言い放った。

「いいよね、姉さんは。そうやって、いつも母さんという絶対的な味方、守護神がついてるんだから。どうしてアメリカくんだりの大学院なんかに入ったのかしら。働き盛りの父親がいるわけじゃなし、家の経済状況を考えたら、そんな自分の言い分を通せるはずはないのにな。それとも、自分は別格だと思ってるのかしら」

千華の怒りのこもった口調に、母はただ悲しげな顔をするばかりなのだ。その顔を見ていると千華は余計腹立たしくなって、「母さんが甘やかしたのね」と嫌味を言って、自分の部屋に退散したのだった。

電話が鳴った。武本君からだった。彼は大学の同期生で、福山の老人介護施設で働いている。来月の十日、広島市で介護の研修会があるから、久しぶりに会わないかという誘いだった。

「研修会が終るのは四時半だから、きみの勤務が終るのを待って、夕食でも一緒にできればと思うんだけど」

武本君は遠慮がちに言った。そんなところが千華に好感を抱かせた。

「勤務は六時に終るわ。うちの病院は街のど真ん中にあるでしょ。すぐ着替えて出かければ、二十分後には会えるかな」

「そう、そりゃあ便利がいいな。で、レストランはきみに任せるので、適当なところを見つけといて。その日が近づいたら、また電話するから。じゃあ、バーイ」

武本君は近況報告をするでもなく、意外にあっさりと電話を切った。千華が受話器を置くと、母が待っていたと言わんばかりに部屋に入って来た。

「ねえ、五月の二十、二十一日、土日だけど、職場で長崎に一泊旅行する計画があるのよ。振興会からの補助があって、費用は一万三千円。行ってもいい？　明日が締め切りなの」

さっきのことがあったので、母は言いにくそうに切り出したのだろう。

「そんなこと、どうして私に相談するのよ。母さんの自由でしょ」

千華はばかばかしいと言わんばかりの口調をした。

「でも、一泊するし、遊ぶことだからなんとなく言いにくくて」

「もう私も子供じゃないから、一晩ぐらい母さんがいなくても大丈夫よ。それから、今度からこんなことで私に許可を求めたりしないでね。私だって職員旅行があれば、いちいち母さんに許可を取らないわ。行きたければ行くし、行きたくなければ行かないわ」

「わかった。やっぱり参加するわ。食事を三度ほど自分で作ってね」

「はい、はい。好きな物を作って食べるから、安心して」

千華の応えにほっとしたのか、母は「じゃあ、おやすみ」と言って出て行った。

武本君はリハビリテーション学科の同期生だが、高校を出てすぐ石油会社に就職し、二年ほど働いてお金を貯め、一念発起して大学に入ったという。だから歳は二つ上だ。彼は高齢化社会を見通して、作業療法士を専攻した。そして希望通りに老人介護施設で働いている。彼はリハビリ科の学生の中でも本気で勉強していたし、学園祭などでもみんなを取りまとめるリーダー的存在だった。先生たちの評判もよく、同級生からも頼りにされていた。このところ晴れやらぬ気持でいたから、一年ぶりに彼に会えると思うと、千華はやはり明るい気持になるのだった。


「おはようございます」

八時四十分、リハビリ・センターのチーフ、瀬戸先生の挨拶で、白衣に着替えた療法士たちの朝のミーティングが始まる。前日の問題点、改善すべき点、今日の予定などが確認されると、九時から仕事開始だ。

一階の事務室前のロビーでは、すでに十名ばかりの患者が開院チャイムの鳴るのを待っている。大抵は高齢の常連だ。足が痛い、腰が痛いという患者で、日課として通院しているので、療法士たちとも顔馴染みになっている。

療法士には足、腕、腰、指などとそれぞれ専門があるが、一人の患者が二つ三つ痛いところを持っているので、そう専門にこだわっているわけにもいかず、なんでもこなしているのが実状だ。ただ交通事故や労災事故などの後遺症に対するリハビリは、やはり専門部門の理学療法士が対応する。

いずれにしても「座る、立つ、歩く、手を上下し、そして握る」の基本的な機能や動作能力を回復させて、自立した生活ができるよう、また社会参加ができるよう援助するのが療法士の仕事だ。

開院を告げるチャイムが鳴ると患者たちがぞろぞろやって来て、来院票を順次箱に入れていく。一番乗りは山下久代さんだ。一月ほど前から通院している七十代の女性で、O脚で膝関節が相当痛んでいて、注射とリハビリで治療中なのだ。

「関村先生、おはようございます。今日もよろしくお願いします」

そう言って山下さんは頭を下げ、訓練台に仰向けに寝た。

「では、今日もがんばりましょうね」

千華は元気よく応対しながら、こんなに年上の人から〈先生〉と呼ばれることが面映ゆかった。始めのうちはそう呼ばれても自分のことに思えず、返事をしなかったこともあり、患者から威張っていると誤解されたり、同僚から何度か注意を受けたこともある。さすがに一年もすると、職業人として〈先生〉と呼ばれることは仕方がない、と割り切ることができるようになった。

山下さんの訓練が始まった。まずは上向きのまま脚を上下する運動だ。右足からイーチ、ニーイ、サーン、と一緒に掛け声をかけながら脚を持ち上げる。千華が手を添えていても山下さんは意外に苦しそうだ。筋力が衰えているからだ。やっとの思いで二十回ほど繰り返す。少し休んで左足を同じように二十回上下させる。それが終ると一息つく。次は屈伸運動だ。これも右足から掛け声を掛けながら屈伸させる。そして左足を同じようにする。その次は外腿の筋肉を鍛えるために両足を広げる運動をやはり二十回。また休憩。今度は内腿の筋力をアップするために二十回。そして腹筋を作るために上体起こしを二十回。何でも二十回を目途にしている。こんなふうに、いくつかのエクササイズをプログラムに添って実行するのだ。健康な人なら短時間でなんでもなくできる動作が、この人たちには時間のかかる、しかも介添えがないとできない動作なのだ。

この仕事は、ある意味で幼児に対するような優しさと忍耐心がないとできない仕事かもしれない。そんな仕事を自分がなぜ選んだのか。明確な使命感を持って選んだわけではないが、高校時代に学校のボランティア活動で訪問した老人ホームでの体験が、一つの契機ではあった。そのホームには足腰の悪い老人がたくさんいて、その人たちの日常生活を援助してあげたいと千華は思ったのだ。

そんな考えが甘かったと思える日がこれまで何回かあった。山下さんは少しでもよくなりたい一心で、やる気が十分伝わってくるが、あなた任せというか、誰のためのリハビリか分からない、文句ばかり言う高齢患者もいるのだ。自殺した田中さんも始めのうちはそんな一人だった。そんな患者は「痛いじゃないか」「あんたは下手じゃのォ」「それでも療法士か」「他の先生に代わってくれ」などと不躾に言う。今現在、千華にも苦手の患者がいる。

一週間前のことだ。八十二歳の大沼忠夫さんが、訊きもしないのに「わしは安芸銀行の取締役だったのよ」と何の脈絡もなく言ったのだ。千華は「そうですか」と一言応じて、「あと三回ですよ、がんばりましょうね」と励ますつもりで言った途端、大沼さんが「こんなにきついのがわからんのか。鈍感にもほどがある」と声を荒らげたのだ。

　こっちは少しでもよくしてあげようと、一生懸命介助していたのに……。もう少し言い方があるでしょう、とムッとしたけど、千華はひたすら謝り、「では、きょうはここまでにしましょうね」と笑顔を向けたのだ。いや、営業用の作り笑いをしたのだ。

　手荒な介助をしたわけではない。むしろまどろっこしいほどスローに取り組んでいるのに。どの訓練も二、三十回程度をこなさないと効き目は現れない。大沼さんには十分耐える力があると見込んでの訓練だったのだ。千華には、大沼さんはこらえじょうがないとしか思えなかった。対等な立場ならそれを言えるのだが、相手は足腰が痛い高齢者だから、こちらを抑えるしかないのだ。

　それに、オリエンテーションで上司から言われていた。

　――患者はお客様なのだ。だから大学の授業でも〈患者様〉と習ったはず。数ある病院の中から、うちを選んで来てくれたのだよ。一見やる気がないと思えても、リハビリ・センターに来るだけでもやる気があるとみなさないとね。それに年寄りは視野が狭くなりがちで、自分のことしか考えられなくなっているんだ。だから何を言われてもそのせいだと思って、寛容な態度で接して欲しい。ゆめゆめ、本気で怒ったり、喧嘩をしたりしないように、と。

　何事も忍耐、忍耐。どんな仕事でも、多少は自分を殺さないとできっこないんだから。こんな時、千華は内心でそうつぶやいて自分を慰め励ますのだが、こんなことが重なると、つい大事な人生をこのまま過ごしていいのだろうかと、落ち込むことがあった。

　大沼さんのことは後でチーフの瀬戸先生にどうしたのかと訊かれて、事情を話すと、「おそらく、関村先生がそうですかと一言だけ言ったのが、立腹を招いたのだろうね。老人は幼児返りしてることがあるから、ああいう時は、それは大したものですね、すごいな、などと修飾語を増やせば、事は上手く運ぶことが多いね。大人の知恵だと思うな」とアドバイスしてくれた。

大人の知恵か。でも、何だかすっきりしない。こうしていつも自分を抑えるのが療法士、いや、大人、それもちゃんとした大人なのかなあ……。改めて言われると素直に受け入れ難いのだ。なかなか納得できないことを無理に納得させるのは苦労がいることだ、と千華はつくづく思ったものだ。


「さあ、今日のリハビリは終りましたよ。続けることが効果を生みますので、がんばりましょうね」

千華が笑顔を向けると、山下さんは「よいしょ」と言って訓練台から起き上がった。手を貸さなくても起き上がれるので、この人の場合は明るい先が見通せる。

「ここに来るようになって、大分らくになりました。手押し車で近所のスーパーにも歩いて行くことが、苦にならなくなりました。先生のお蔭です。主人は六十代で腰痛がひどかったんですよ。生きていればここに連れて来てあげるのに」

山下さんは淋しそうに微笑んだ。

「まあ、お亡くなりに……。いつです？」

「もう、十七年も前です」

「ご病気で？」

「いえ、ちょっと……」と山下さんは口ごもった。こういう時、千華はそれ以上訊かないことにしている。三歳の時に両親が離婚したため父親がいないので、いろんな人に「お父さんはどうしたの」と訊かれ、答えることができなくていやな思いをした。だから人が言いにくそうにしたら、千華はそれ以上問わないことにしているのだ。

山下さんは千華に最敬礼をして帰って行った。気がつけば二十分が経過していた。

つぎの患者、安田さんも腰痛と変形性膝関節症だ。安田さんは半年前に古稀を迎えたというから高齢者の中では若い方で、まだ体力はあるのだが、かつて重労働をしたのか、腰が弱く、脚もO脚なのだ。腰の牽引の方はもう済ませたらしく、「やっぱり牽引するといいねえ。体がすっと伸びて、楽になったよ」と言って機嫌がよかった。膝関節の軟骨が大分欠損していて、山下さんと同じようなプログラムで訓練していった。彼はあっさりした性格で、訓練が終ると部屋全体に聞こえるような大きな声で「ありがとうございました」と言って帰って行った。

二人のリハビリを済ませ、ホッとする間もなく、高校生の新井君が待っていた。彼は只今入院中だ。だからパジャマの上にジャンパーを羽織って、五階からエレベーターでリハビリ・センターに降りて来たのだ。春休み中の三月に自転車で図書館に行く途中で乗用車に跳ねられ、左足と左腕を骨折したという。幸いにもヘルメットを被っていて、頭を打たなかったので大事に至らず、しかも単純骨折で済んだ。若いから骨はよくつき、ギプスが取れ抜糸も済んだので、リハビリが始まった。まだ松葉杖をついているが、顔色はいい。

「どう？　腕、少しは動くようになった？」

訓練台に上向きに寝た新井君に千華は訊いた。

「ちょっとは」

「痛いけど動かさないと、固まっちゃうからね。さあ、脚から始めよう」

そう言って千華はパジャマの裾をめくり上げ、足を持って屈伸を繰り返した。新井君は遠慮がちに「痛いっ」と小さなうめき声をあげたが、耐えた。手も寝たままの姿勢で、休み休みではあるが五十回ほど曲げたり、伸ばしたりした。始めは痛くても、回数を重ねるうちに慣れてきて、うめき声は消えた。

「終ったよ。若いからリハビリも効き目があるわ」と千華が笑顔を向けると、新井君もほっとしたような表情をして、言った。

「中間テストが近づいてきたので、早く退院したいのだけど」

「それはあなたしだいよ。真面目にリハビリすれば、それだけ回復も早いし、退院しても家できちんと指示通りのリハビリをするだろうと信じてもらえば、早くなるかな。しかしここしばらくはだめよ。痛さをがまんできるのは、他人が介助してくれる時だけ。自分でやると、痛ければすぐやめちゃうからね」

「やっぱり、来週の退院は無理か……」

「多分、まあ、そうがっかりしないで、これも長い人生ではいい経験なんだから」

「人のことだと思って」新井君は恨めしそうな顔をして、入院部屋へと戻って行った。

次々やって来る患者を千華もこうしてこなして、やっと昼を迎えるのだった。

(二)

「久しぶりに船に乗ったけど、こうして見ると、瀬戸内海も捨てたもんじゃないな。あの辺りは井口台だ。山を団地にしてるから、夜景がきっときれいだよ。随分高い所まで光があるからね」

 そう言ったのは整形外科の藤並先生だ。彼が遊覧船・銀河号で新人歓迎会をしようと提案したのだった。藤並先生は病院長の次男で副院長、将来のこの病院を背負って立つ人だ。料理はフランス料理というから、無骨な男どもは「フォークとナイフでは肩が凝る。寿司屋の方がいい」と不人気だったが、「たまには肩が凝ってもいいじゃない。基本のマナーも教えてくれるそうだから」と藤並先生は押し切った。正直のところ千華もフォークやナイフを上手く使いこなせる自信がないので、できれば寿司屋の方が気楽だが、船上でフランス料理を食べることに好奇心が動いたのだ。リハビリ・センターの女性陣はみな銀河号に乗ることに賛成で、男たちを説得する側に回った。

 こうして新人の内科医、松沢裕三と作業療法士、内藤道雄の歓迎会が、四月の最終金曜日の夕刻から始まろうとしていた。医師、レントゲン技師、療法士、事務職員、炊事職員を合わせると、総勢四十六人がマイクロバスを貸切って、宇品港に向かったのだ。

 乗船するとすぐ中年の上品な女性が現れ、テーブルマナーをガイダンスしてくれた。フォークとナイフの持ち方に始まって、フォークは料理の順番に並べてあるので、外側から取っていくことや、フィニッシュ時のそれらの置き方など、具体的に教えてくれた。

「基本のマナーを身に付けないと、本人もおどおどして料理がおいしくないでしょ。またマナーを無視して自己流でいくと、会食する仲間に失礼になってしまうことがあります」

　そこまで言うと講師はぐるりと見渡して、続けた。

「例えばクチャクチャ音をたてて食べたり、人の目に触れる所に口から出したものを置いたり、フォークやナイフを気儘に使って落としたりしたら、周りの人たちは落ち着いて気持よく食べられませんでしょ。だから基本のマナーは心得ねばなりません。それから何よりも大切なことは会話を楽しく弾ませて、いい時間を過ごせたなと実感がもてることです。今宵はぜひそんな時間をもってくださいね」

　講師はそう言って締めくくった。

「なんだ、それだけのことか。簡単至極じゃないか」無骨者たちは虚勢を張って陰でそう言った。

　講習会が終るとみんなは一旦ホールから出て、テーブルがリセットされるのを待った。こんな船に乗ったことのない者ばかりのようで、デッキから暮れてゆく対岸の風景を珍しそうに眺めていた。その光景を見て、今宵の幹事役である藤並先生はいかにもご満悦の様子だ。

　潮風が頬を優しく撫でていく。船と言えば宮島へ渡る連絡船にしか乗ったことがない千華は、何もかもが新鮮だ。牡蠣筏（かきいかだ）も初めて間近に見た。舷側に当たる波の音と跳ね返る飛沫が、千華を次第に日常から切り離していく。

　準備が完了したとボーイが報せてきたので、千華も名残惜しみながらホールへ戻った。六人掛けのテーブルが七つセットされ、座席はくじで決められた。千華の席は右に病院長、左に新人医師、松沢裕三が座った。院長の隣とはいささか煙たいが、くじだから仕方ないと観念した。松沢医師の方は、名前と内科担当であることは四月初めの全職員ミーティングで紹介されたので知っていたが、顔が合っても会釈程度で話したことはなかった。

千華は軽く会釈して座った。先に座っていた松沢医師も会釈を返して、訊いてきた。

「きみも新任ですか？」

「いいえ、去年は新任でしたけど」

「じゃあ、ここでは一年先輩ですか。おれ、いや、ぼくは内科の松沢です。よろしく」

松沢医師は立って改めて頭を下げた。千華は〈ぼく〉と言い直すことが可笑(おか)しくて、笑いながら立って自己紹介をした。

幹事役の藤並先生がマイクを持って前に立ち、「レディーズ　アンド　ジェントルマン、アテンション　プリーズ」と大きな声で言った。ホールの中は一挙に静かになった。新任の二人が前に呼ばれ、挨拶をした。それによると、二人とも一月弱の経験は順調に運んだようで、隣で病院長が「これでしばらくは居着くだろうな」とつぶやくのが聞こえた。

「さあ、それでは食事に移りましょう。その前にちょっとだけ確認します。先ほどの講師も触れられましたが、フランス料理は一皿ずつ出てきて、その都度フィニッシュにしないとつぎの料理が出ませんので、お喋りに夢中になって食べるのをお忘れなく」

藤並副院長がそう言うと、みんなげらげら笑った。

「食べる方に夢中になって、お喋りを忘れることはあってもねえ……、逆はないよ」

リハビリ・センターのチーフ、瀬戸先生が大きな声で言った。みんなも「そうだ」「そうよ」と納得していた。テーブル付きのボーイが赤ワインを順次注いでいった。

「さあ、乾杯は院長先生にお願いします」

藤並副院長は父親でも、みんなの前では院長先生と呼んでいる。

「よっしゃ」と言って院長先生が立ち上がった。まだ六十代前半の元気な院長だ。

「松沢先生、内藤先生、わが病院にようこそ来てくださいました。私たちは大歓迎しています。お二人がこの病院でますますご活躍されますようお祈りするとともに、みなさんとご家族の健康を願って、乾杯！」

力強いその声に、みんな大拍手した。そして最初の料理が運ばれてきた。〈ポワローネギとフォアグラ　ビザックのテリーヌ　モザイク仕立て〉という長い名前で、千華にはとても覚えられそうもなかった。

「こりゃあ大変だ。おれはこんなに長い名前、覚えられないな。テリーヌでいいよね」

隣で松沢医師がつぶやいた。

「いい、いい。ぼくなんか、何度もフランス料理を食べているけど、長い名前が多くてね。理屈っぽいフランス人らしいよ。医療関係ならいくら長くてもちゃんと覚えるけど、ぼくもこれは覚えられなくてね。でも、いいんじゃないの」

院長先生はざっくばらんな人だ。専門の医療以外のことではアバウトでいい、という考えなのだろう。千華は院長先生のそういうところが好きだった。

次に出てきたオニオンスープもたくさんの修飾語がついていたが、端的に言って本当にいい味だった。鮮魚のムースとオマール海老も美味しかった。メインディッシュは牛ヒレ肉のテキで、これが柔らかくて、みんなの評判もよかった。サラダ、チーズの盛り合わせ、デザートのババロアと、次々に出てくる料理を千華は全部平らげた。食欲がこんなに旺盛であることがちょっぴり恥ずかしかったが、滅多に食べることのない高級料理だから、胃袋が食べなきゃあ損だと囁くのだ。

テーブルマナーを習った後で食べたので、みんな伸び伸び食べることができたらしい。

「折角マナーを習ったんだから、リハビリ班もここ当分はフランス料理でいきますか」

チーフの瀬戸先生が周りを見回して言った。

「それでもいいよ」と声があがった。

「デザートも終ったようだから、余興に移りたいと思います。カラオケもありますが、先ずは新人の松沢先生がいの一番に申し出られましたので、お手並みを拝見しましょう。カラオケの人は各テーブルにある歌のナンバーブックを見て、私の方まで番号を書いて出してください」

藤並先生は、今宵は幹事役に徹している。白衣の時の威厳ある顔とはえらい違いだ。松沢医師はカーテンの向こうで何やら準備をしているらしく、藤並先生がちょっと覗いて、「オッケーですね。ではみなさん拍手」と言うや、笑い出したのだ。登場した松沢医師を見て、みんなも吹きだしてしまった。

何と、彼は変装しているのだ。禿げ頭に垂れ鼻、白縁メガネ。そして服は紫のタキシード。バックグラウンドミュージックまで鳴っている。それに合わせてハンカチから花が咲いたり、硬く結んだ紐を一瞬のうちに解いたり、リングを結び付けたり外したり、素人目にはアッと驚く技なのだ。

きっと種も仕掛けもあって、人の目を誤魔化しているのだろうが、千華にはそれが判らない。この手品は受けに受けて、松沢医師の人気は急上昇した。

カラオケはいろんな人が歌ったが、炊事職員の井本さんが歌った美空ひばりの《悲しい酒》はプロ並みで、みんな聞き惚れていた。

事務長さんがマイクを持つと拍手と口笛が鳴った。彼は職員の働く環境をよく整え、月一度の医師と療法士の会合の時も茶菓の準備をするなど、よく気が利くのでみんなに好かれていた。彼のおはこの《酒は泪か溜息か》は素人離れしていて、先輩たちが「心で歌ってるよな」と感心していた。

とりを務めた院長先生はマイクにバイブレーションを効かせて《夜霧よ今夜もありがとう》を歌い、風貌と違ってなかなかムードがあり、拍手喝采をあびた。こんな歌が好きだとは、院長先生は案外ロマンチストかもしれない、と千華は思った。それに比べて自分は演歌一つ歌えない無芸大食女にすぎず、ムードなどありはしない。こんな席で、みんなを盛り上げることができないのは、やっぱり淋しいとつくづく思った。

「あと十分程度で宇品港に帰着します。この辺で、夜景を見ましょう。海側を見たって闇夜に烏、漁火（いさりび）ぐらいしか見えませんよ。山の手を見てください」

そう言って、藤並先生は率先してデッキへ移動した。

「へーえ、おれが住んでる団地が意外にいいじゃないか。高い所にマンションが立ち並んでるせいで、明かりがちらちらと揺れてるようで、いい雰囲気だ。見直したねえ、おらが町を。今度家族をこの船に乗せてやろう」

耳鼻咽喉科の江藤先生が夜景にいたく感動していた。みんなも同じようだ。あちこちから「ステキねえ」「綺麗ねえ」と言う声が聞こえてきた。

船はゆっくりと進み、波が舷側に当たって軽やかな音をたてていた。

ふと気がつくと隣で院長先生がハンカチで目を押さえていた。まさか、泣いているのではないだろう。潮風が目に染みて涙腺が開いたのかもしれないと千華は思ったが、ハンカチは数刻しても目に当てられたままだった。折角の夜景が見えないじゃないですか、とついお節介な気持が湧き起こり、千華は思わず訊いていた。

「何かごみが入りました？」

「いや、夜景を見ていると、ふっと長男のことを思い出してね」

「お亡くなりになったんですか？」

「いや、ちょっと……」院長先生は口ごもった。訊いてはいけないことを訊いたのだろうか、と千華は慌てた。こんな時は黙っている方がいいのだと思いながらも、黙っていることが息苦しくなって、また言葉が飛び出していた。

「ほんとに綺麗な夜景ですね。あの明かりの中に江藤先生のご家族がいらっしゃるのだと思うと、急に胸が熱くなりました」

「あなたは優しい女の子だね」院長先生はハンカチを目から外してポツリと言った。

銀河号はようやく出発した港に戻って来た。

またマイクロバスに乗って中心街の八丁堀まで帰り、そこで一旦解散となった。

二次会に誘われたが、千華は行かなかった。夜景の余韻と院長先生の涙を見たことで、急にセンチメンタルな気持に取りつかれ、独りになりたかったのだ。

家に帰り着いたのは九時半だった。母がパインジュースを作ってくれた。一緒に飲みながら、千華は院長先生が涙を拭いていた姿を思い出していた。

「ねえ、お父さんとはどうして別れたの？」

突然自分の口から思いがけない問いが出て、千華自身驚いていた。今夜の自分はちょっとおかしい。これまでは、こんなことを母に訊くのは禁句だったのだから。

「えっ……」母は不意打ちに遭って、しばらく言葉が出なかった。

「ごめん。訊いて悪かった？」

「そう。あの人のことは、忘れたいだけ。だからもう訊かないで欲しいの」

母はお父さんではなく、あの人と言った。

「私にとっては父親なんだけどな……」

「そうであっても、だめよ。あなたたちのためでもあるんだから」

「どうして私たちのためなのよ。説明不足だわ」

「どうしてもよ。誠実ないい人だったら、別れてなんかいないわ。これ以上言わせないで」

母はこれだけは譲れないとばかりにきっぱりと言うと立ち上がり、「お風呂に入るね」と逃げるように浴室へ向かった。

母はそんなに〈あの人〉のことが嫌で嫌でたまらないのか。そう言えば、うちには母の結婚式の写真も、父親と子供たちが写っている写真も、一枚もないのだ。常識からすると、きっとあったに違いないのに、母はそれらを抹殺したのだろう。別れた夫を母はそれほどに嫌い、憎んでいるのか。千華はあの優しい母が、そんな残酷なことをするはずがないと否定しながら、片方で「誠実でいい人だったら、別れてなんかいない」と言う母の一方的な言葉だけを信じていいものだろうか、と疑念が生じた。

千華は自分の部屋に戻って、ベッドに仰向けに寝ると、何かに取り憑かれたように天井を見つめていた。生じた疑念を振り払うことができず、胸の内で悶々としていた。

別れたとはいえ、一時は愛し合って子供を二人も作った間柄じゃないの。彼のすべてを消そうとする憎しみのエネルギーは、一体何なのよ。私の血の半分は、その男から貰っているというのに……。母さんにも、例えば性格上の問題があったのではないか、と。

アルコールのせいで少しうとうとしかかった時だ。電話が鳴ったが、母はまだ風呂に入っているのか、出る気配がないので、千華は仕方なしに受話器を取った。

「まあ、姉さん」千華はびっくりして、一オクターブ高い声をあげていた。姉から電話が掛かってくることはめったにないので、何事かと思い、眠気もいっぺんに吹き飛んだ。

「そっちはまだ早いんでしょ。何時よ」

「朝の六時前よ」

「どうしたの、こんなに早く。メールでもよかったのに」

「最近、早く目が覚めて困ってるの。もう眠り直すこともできないので、電話したの。それに、声を聞きたかったしね。みんな元気？」

「元気だけど、ほんとにどうしたの？」

「母さんは？」

「さっきお風呂に入ったけど、まだみたい。呼んで来ようか」

「いいよ。千華は四、五日、休み取れないの？」

「土曜の午後から日曜を挟んで、取れないことはないけど。どうして？」

「一度、アメリカに来ない？」

「そんな、突然、無理よ。あ、母さん、出たみたいだけど、代わろうか」

「いいわ。詳しいことは後日メールするから。この電話のこと、母さんには黙っててね。じゃあ、切るわ」

姉は慌てて切ったという感じだった。母に言いづらいことでもあるのだろうか。きっと急な出費があって、送金して欲しいとでも言うのだろう。千華は貯金通帳を出して、いくら貯まっているかを確認した。月々三万円の定期貯金に、年二回のボーナス時に十万円加算して、四十三万円ほど貯まっていた。折角ここまで貯めたのに、また姉の学資に消えていくのかと思うといささか腹が立ってきて、甘えるのも好い加減にしてよ、と千華は声に出して言っていた。

「千華ちゃん、母さん出たから、入りなさい」

何も知らない母の呑気（のんき）そうな声が、怒りをさらに増幅させた。爆発寸前の怒りを鎮めるためにも、千華は風呂へと急いだ。

（三）

新人歓迎会から四日目のことだ。その日は弁当を持って来なかったので、千華は近所のレストランで遅めの昼食を取っていた。すると向かいの席に「やあ」と言って、松沢医師が座ったのだ。

「こないだは、二次会にどうして来なかったんです？　藤並先生の行きつけのバーで二時間ばかり静かに飲んで、ママがシャンソンなど歌ってくれましてね。あのママはプロ並みだな。結構いい雰囲気だったんですよ」

「それはよかったですね。私も行けばよかったかな。でもね、あの日は夜景の余韻を心に封じ込めておきたかったんです。と言えばキザかしら」

「ああ、ちょっとキザですね」松沢医師はそう言って笑った。

「もっとも、おれ、元へ、ぼくも相当にキザではあるんだけど」

「じゃあ、ダブルキザ」言いながら千華はおかしくなって、クスッと笑ってしまった。

「まあ同類項ですね。きみは面白い人だなあ」

松沢医師は思っていることを素直に口に出す人らしい。その顔を見ながら千華は手品のことを思い出し、また笑ってしまった。

「何です、その笑いは」

「よく言いますね。先生の方こそ面白い人じゃないですか。パーティーではいつもあんなふうに変装までして、手品をなさるんですか」

「ああ、大抵ね」

「また、どうして……」

「医者って、朝から晩までここが痛い、あそこが痛いっていう人とばかり対面しているわけでしょ。その意味では愉快で楽しいお話なんて一つもないよね。だから作為的にでも笑いを作り出して、知らず知らずのうちに溜まっているストレスを発散しているのかなあ……。観客、と言ったって最大限こないだの人数だけど、みんなの笑い声がとてもいいんだよね」

「お医者さんって、ストレスが溜まるんでしょうね」

「ええ、溜まりますよ、相当に。ここが痛い、あそこが痛いというのを、それも要領の悪い話をじっと辛抱強く聞き、対処法を考える。それでも巧くいかない時は、何だかんだと恨まれる。そしてヤブ医者だとレッテルを貼られる。おれ、いや、ぼくはまだそこまでの経験はないけど、ノイローゼになった先輩がいましてね」

「そうですか……。ならば、だれでも自分を解放する手段を持たねばなりませんね」

千華はこれまで医者とこんな話をしたことがなかったので、改めてそうなのかと考え込んでしまった。

「私たちリハビリ担当者も、やはり足や腰が痛いという患者さんばかりと付き合ってますでしょ。やり方に時には不平不満を露骨に出されたり、明らかに我儘さえ言われることがあるんです。そんな時も相手は弱い立場の人だから感情的にならないように、笑顔で対面するように努力してるので、ストレスはかなり溜まりますね。だからお話を聞いて医者の立場がよく解るし、共感を覚えます」

「そう。理解してくれる人がいることは、嬉しいですね。でも、手品をやっている間は頭が別の方向に行ってて、気がつけば爽快感がありますね」

「じゃあ、これから何かとパーティーがある時は、また手品が見られますね。楽しみにしています。それと、先生はこないだから、〈おれ〉と言って、〈ぼく〉と言い直してらっしゃるけど、あれはどうしてです？」

「あれねえ、おれ、失礼、ぼくは男子ばかりの中高を出ていて、大学もほとんど野郎でしょ。ずっと〈おれ〉で通してたんだけど、でも若いレディーの前で使ったら、乱暴粗暴な印象を与えかねないし、無礼かなと思って」

「あら、そんな理由で。それなら全然気にしなくていいですよ。〈おれ〉の方が男らしくて、私は好きです」

「そう、じゃあ今度から〈おれ〉でいきましょう。ああ、これで伸び伸びできるな」

二人して声を出して笑ってしまった。

「実はこないだ、夜景を見ながら院長先生が涙を流してらしたんです。私、隣にいて見過ごせなくて、どうなさったのかと問うと、ちょっと長男のことを思い出してねとおっしゃいましてね。理由は判りませんが胸がジーンとなって、それも二次会に行かなかった理由の一つなんです」

「そう。長男さんが親の期待に応えきれず、ぐれてしまって、行方知れずになってるようですね。

副院長の友達が大学病院の上司でしたから、漏れ聞こえてきました」

「まあ、そんなご事情とは知りませんでした」

「あんなにお人柄のいい院長ですのにね。親としては、また違うのでしょう。あれっ、もうこんな時間、そろそろ戻らなくちゃあ」

松沢医師が腕時計に目をやったまま、腰を浮かせた。千華も同じように立ち上がり、レジで勘定を済ませた。

松沢医師と並んで病院へと足を運びながら、千華は、この先生は見た目よりも気さくで、話していて楽しい人だと思った。

リハビリ・センターに戻ると、三年先輩の有田柚子先生から「はい、これ、新井君から」と言って手紙が渡された。

「新井君、さっき退院したのよ。突然なことで、あなたに黙って退院することになり、申し訳ないと言ってたわ」

新井君は春休みに自転車に乗っていて乗用車に跳ねられた高校生だ。左腕と左足を骨折していてギプスが取れ、毎日真面目にリハビリに来ていた。本当はもう少し入院していた方がよかったのだが、中間テストが近づいて来たので、多分、気持が焦って退院したのだろう。

手紙を開けると、予想は当たっていた。学校の帰りにリハビリに寄るので、よろしくと書いてあった。まだ松葉杖をついているので、階段の上り下りが大変だろう。明日から三連休だけど大丈夫かしら。学校の帰りにちゃんと来てくれたらいいけど……。

だれの時でもそうだが、入院して、幾日かをリハビリ・センターへやって来て、会話を交わし、性格も判るほど親しくなった頃、退院して行くのは何とも淋しい。本当は喜ぶべきことなのに、千華はある空しさを感じて、一日ぐらいは気持が沈むのだ。

そんなことを思っていると、新しい患者の来院票がチーフの瀬戸先生から渡された。目前のその女性、梅本晴子さんは風貌が若々しく、四十代の半ばかと思ったところ、生年月日を見て驚いた。昭和二十年四月十日となっていたのだ。えっ、六十一歳……。うちの母より十歳も年上だが、どう見てもそうは見えない。院長先生が診察していて、コメントでは両手指のとくに薬指と中指の第二関節の軟骨が加齢により硬くなり、熱と痛みを伴っているので、パラフィンとマッサージをしてほしいとあった。

千華は梅本さんに自分が担当する旨を告げ、これからの処置について簡単に説明した。

「熱い液状のパラフィンが入っているこの容器に両手指の付け根まで浸けます。五を数えたら出して、また同じように浸けます。それを十回ほど繰り返したら、指を引き上げてください。見る間に蠟(ろう)が乾いて白い手袋をはめているような状態になります。その指をあまり動かさないようにして、でないと蠟が破れますので、そこに掛けてあるナイロン袋ですっぽり覆います。ここまでは自分でできます」

梅本さんはやや緊張しているのか、「はい」「はい」と声に出して、いちいち頷いている。

「そうしたら隣の第二訓練室の椅子に座って机の上に手を置き、だれかに備え付けのバスタオルを手に掛けてもらいます。この段階では両手が使えませんので、自分じゃ無理ですからね。タオルは熱が逃げないためで、そのまま十分ほどじっとしていてください。これは案外、苦痛のようですよ。壁の時計で時間を確認してくださいね。さあ、次はナイロン袋を元の位置に戻し、手袋状に固まっているパラフィンを取り除いて、例の容器に戻します。温度は約五十度ですから、すぐ溶けます」

「え、繰り返し使うんですか？」梅本さんには意外に思えたらしい。

「そうなんです」と応えて、千華はもう一度これまでの流れを確認し、つぎへ移った。

「そうしたら、私を呼んでください。ただ、十分待ってらっしゃる間に他の方のリハビリをしていることもあるので、その場合は控え室でもう少し待ってください。私が指のマッサージをしますので。じゃあ、始めましょう」

梅本さんはバッグを備え付けの籠に入れると洋服の袖をたくし上げ、パラフィンの容器に両方の手を入れた。

「五十度はさすがに熱いですね」

そう言って、千華の指示通りに指を容器に入れたり出したりした。

「今日は私がしばらくついていますね。さあ、十回目が済みましたよ。これを被せましょう」

千華は傍の袋掛けからナイロン袋を取り出して梅本さんの両手に被せ、第二訓練室に連れて行った。学校の勉強机に似た机が十二個並んでいて、その一つに梅本さんを座らせ、机に置いた両手にタオルを掛けた。

第二訓練室はどちらかと言うと、手のリハビリ患者がよく使っていた。工場の機械類で指を怪我した人、指の使いすぎで腱鞘炎（けんしょうえん）に罹っている人、腕を骨折した人が出入りしていた。大抵は若い男性がいろんな器具を使って、訓練に励んでいた。

「早速ですが、もう一人の患者さんのリハビリを隣の大訓練室でしておりますので、多分少し待っていただくようでしょう」

そう言って千華は部屋を出て行った。待っていたのは山下さんだ。彼女の方から笑顔で挨拶してくれる。予定通りプログラムに添って脚の上下運動、内腿、外腿の運動、足首の運動、上半身を持ち上げる運動をこなしていく。山下さんのやる気がはっきりと感じられる。だから千華も心が弾む。

「いい状態ですね。今の調子だと、あと一月もすれば随分よくなって、ご自宅でできるかもしれませんね」

「いいえ、私はこれで意志が弱くて、強制力が働かないとだめなんです」

「ほぼ毎日ここへいらっしゃるだけでも、意志はお強いとお見受けしますが」

「そんなに言っていただくと、嬉しいですね」

「さあ、終りましたよ」

時計を見ると二十数分経っていた。梅本さんに十分待たせたことになる。山下さんの丁寧な挨拶もそこそこに、千華は梅本さんのもとへ急いだ。

「お待たせしました」そう言うと梅本さんの左手からマッサージを始めた。パラフィンの熱は骨まで届くので、指はまだ十分温かかった。確かに左右とも薬指と中指がやや腫れている。

「痛いですか？」

「ええ、少し。でも、パラフィンで暖めたので楽になりました」

「よかったですねえ」

「今日は、いいことがありましたの。聞いてくださいな。私、実は絵描きでして、文化センターで絵画教室を開いてるんです。だから手が不自由になるとどうしよう、と不安でした。そこへ友達がリューマチじゃないかと脅すもんで、恐怖に駆られて先週この病院に駆けつけたんです。ここには指が専門の院長先生がおられる、と教室の生徒さんから情報を得まして。で、今日、血液検査の結果が出て、リューマチじゃないことが判明して、もう嬉しくて。平素は老化現象の一つだなんて言われると気分を壊すんですが、リューマチと引き換えだから何のその。人間って面白いですね」

「ほんとによかったですね」

「院長先生は週三回ぐらい通えば、二ヵ月もすればかなりよくなるだろうって言われたんです。よろしくお願いします」そう言って梅本さんは深々と頭を下げた。こうしたよいニュースは、こちらまで嬉しくなる。でも、滅多にないことだ。

隣の机では同じ理学療法士の有田柚子先生が、労災事故で右手の指が麻痺している四十代の男性の訓練をしている。鉛筆一本が持てないのだ。悔しそうに歯を食いしばっているその人に「必ずよくなるからね。今が我慢のしどころよ」と励ましている。おそらくまだ学齢期の子供がいるだろうにと思うと、千華は一日も早い回復を祈らずにはおれない。

自分の担当の患者が途絶えたので、千華は自主訓練コーナーを覗いた。このコーナーは機能回復がある程度進み、自力でリハビリ機器を操れる患者のために、自転車漕ぎなどが設置されている。三人の女性が自転車漕ぎを利用していた。いつもは大抵、若い年代の患者が利用していた。千華は彼女たちに励ましの声を掛け、しばらく見守っていた。

「関村先生、ちょっと」背後で声がするので振り向くと、さっき帰って行ったはずの山下さんが手招きした。

「どうされました？」

「膝が大分よくなった証拠を、お見せしようと思ってね。私、その先の四辻にあるケーキ屋まで歩いて行って来ましたのよ」

「えっ、あそこ、ここから五百メートルはありますよ。往復で一キロも？」

「そうなんです。膝が痛い、痛いで買い物に行くのさえ億劫（おっくう）だった私が、リハビリの帰りにショッピングしようという気になったんですから、驚かれたでしょ。先生のお蔭です。これ、嬉しさのお裾分け。休憩時間に召し上がってくださいな。じゃあ、失礼します」

「あ……、ありがとうございます。でも、お気遣いは無用ですよ」

千華は山下さんの後ろ姿にそう言うのがせいいっぱいだった。ケーキの箱を携えて控え室に行き、開けて見るとケーキが十二人分入っていた。千華は一つだけ自分用に取り、メモ用紙に《山下さんから届けられました。どうぞ》と書いた。

ティーバッグの紅茶に熱湯を注ぎ、ケーキを一口一口味わいながら食べた。砂糖が抑えてあり、大きさも程よく、食べやすかった。

ホッと一息していると、電話が鳴った。新井君からだった。

「先生、手紙読んでくれた？」

「ええ、読みましたよ。ありがとう」

「そう。連休明けの土曜日は必ず行くから」

「自分のことだもんね。それから毎日お風呂に入って、腕と脚の屈伸をちゃんとやるのよ。お休みの三日間、何もしなかったら筋肉が硬くなって、回復が遅れるからね」

受話器を置いて訓練室に戻りながら千華は繰り言を言っていた。――土曜日は数学の宿題が出たとか何とか言って、また寄れないと電話してくるんじゃないかしら。やっぱり退院が早すぎたのよ、と。

（四）

五月の連休はどこにも行かず、家でのんびりと過ごした。日頃母に任せきりの庭の草抜きや、花壇の植え替えなどに半日を割いた。彩りを考えて植えた花壇を見ていると、達成感があった。

読書もした。二日半は読みに読んだ。これまでの読書は医療・リハビリ関係に偏っていたので、小説を読んでみようと思った。本屋で文庫本のコーナーに立って、同じ読むなら難しいものに挑戦しようと思い、目に付いたドストエフスキーの『罪と罰』上下を買った。大学の先輩がいつか、難しいけど一読に値する、と言ったのを思い出したからだ。

百年以上も昔が時代背景だからピンと来ないところもあったが、自分をナポレオン的人間の側に置き、金貸しの老女を殺すことを正当化する貧乏学生、ラスコリニコフの傲慢さには嫌悪を感じた。千華は自分も苦学生だったので、それ故にラスコリニコフのパーソナリティーには共感できない。

それに比べて、幼い義理の弟妹を養うために売春婦となってはいるが、信仰をもち、心は穢れていない少女ソーニャには哀しさ、切なさを感じた。

結局、ラスコリニコフはナポレオンのような偉大な殺人者にはなれず、単なる殺人者に成り下がってしまい、彼はそのことで苦悶するが、反省もなく、ついに逮捕されて極寒のシベリア送りとなる。その地へも付き従ってくれたソーニャの愛が彼を支え、変えてくれるだろうと予感させて物語は終る。

確かに難しい内容だった。人名もたくさん出てきて、時にこんがらがりそうにもなった。しかし、ナポレオン的正義のためには殺人をも正当化しようとするクールな彼も、献身的ソーニャの愛の力に打たれ、変わっていく。そのことに千華は感動して、これまで小説をあまり読まなかったことを反省した。

連休が明けると、また通常の生活が戻って来た。土曜日の今日を休むと五日間リハビリをしないことになるので、それに診療時間が一時半までだから、いつもの午前中より来院者が多い。今朝の一番乗りは、梅本さんだ。

「おはようございます」と明るい声が飛び込んできた。一瞬、部屋の中に華やかな空気が流れたような気がした。梅本さんはこの前のように、パラフィンの容器に手を出し入れしていた。

次々とリハビリの患者たちがやって来た。作業療法士も理学療法士も自分が担当する患者のもとに歩み、仕事を開始した。まもなく大沼さんがやって来た。千華は「おはようございます」と挨拶し、大沼さんを空いている訓練台に誘導した。

「三日休むと、やっぱり体がなまるな」大沼さんは無表情で言った。機嫌が悪いのかな。ご用心、ご用心だ。千華は内心でそうつぶやきながら「かもしれませんね」と一応相手を受け入れて、瀬戸チーフの言葉を思い出しながら次の言葉を探していた。

「でも、これからやれば大丈夫ですよ」

「そうだな。先ずは脚からだな」

無表情の割には積極的な態度だ。スムーズにリハビリに入っていけたので、千華はホッとした。大沼さんは、今日は「イーチ、ニーイ、サーン」と千華と一緒に掛け声をかけている。脚の上下が済むと内腿、外腿の筋力アップへとプログラムを順調にこなしていく。

「今日は調子がいいですね。きっと連休中にお家でも努力されたんでしょう」

「うん。連休に息子が久しぶりに孫を連れて帰って来てな。ここほどのことはできんが、それでも訓練を手伝ってくれたんだ」そう言って大沼さんは初めて笑った。

「いい息子さんを持って、お幸せですね」

「まあな」

「今日は調子がいいから、もう終りですよ」

千華はちらりと壁の時計を見た。いつもより三分ばかり早く終了しそうだ。

「ちょっと聞いてみるが、わしより少々歳上で田中いうのがここへ来よったじゃろ。少し前に自殺したそうだな」

「はい……」

千華は不意打ちに遭って、何も言えなかった。田中さんは自分の担当した高齢患者だったのだ。

「昨日、息子が親戚から聞いてきて、初めて知ったんだがね。昔うちの銀行と大きな取引をしていて、ここでも時に顔が合うと挨拶はしよったが、可哀想になあ。立派な屋敷に一人で住んどったようだ。通いのお手伝いは来よったらしいがのォ」

「お子さんはいなかったんですか」

「息子と娘がおるそうだが、他県ということもあって、だれも面倒を看なかったらしい。体が思うように動かなくなると、よけい心細くなったんだろう。酷いことよな」

「ご家族のことは話されなかったので、知りませんでした」

「あまりいい話でないので、言いたくなかったんだろう。歳をとると、身内、友人、知り合いが次々とあの世へ逝ってしまい、子供もはるか昔に巣立って行き、自分の家族の方を優先するから、親は実に淋しいもんだよ。この気持は若い者には解らんだろうが……、わしには田中の気持がよう解るな。じゃが、死なんでもえかろうに」

いつもと違ってしんみりと話す大沼さんに、千華はどう対応したらよいか分からなかったが、何か言わないと居たたまれなくなった。

「おっしゃること、胸に刻みつけます」

「うん、そうしてほしいな」

大沼さんが他者のことでこんなに喋ったのは初めてだったし、千華も大沼さんと初めて心が通えたように思えた。

リハビリでいくら筋肉を作り、医療的に多少よくなっても、高齢者をやり場のない孤独な状態に放置していたのでは、田中さんのような自死を防げないのではないか。そう思いながらも具体的な手立てのない現状で、千華は己の限界にフーッと溜息をつくのだった。

いつもよりは早く終ると思ったが、話をしたのでいつもより少しオーバーした。千華は第二訓練室へと急いだ。梅本さんが待っているのだ。

「お待たせしました」そう言って笑顔で応対すると、梅本さんは「ちょっとばかりね」と言って笑った。中指と薬指を中心にマッサージしながら、痛みはどうかと訊くと、少し取れたと言うので、千華は予想外に早くよくなるのではと思った。

リハビリが終ると梅本さんはバッグから一枚のはがき大の案内状を取り出して、「実は、再来週の月曜日、十五日から一週間、私と教室のみなさんで、県立美術館の地下ホールで作品展をしますの。もし、お時間がありましたら、覗いてみてくださいまし」と言って差し出した。

「わあっ、ファンタジックな絵ですね。ここから美術館は歩いて十分少々だから、木曜日の午後ぜひ見せていただきます」

「ご無理をなさいませんように」そう言って、梅本さんは軽やかな足取りで帰って行った。その後で四人ほど済ませてちょっと控え室で休憩していると、新任の内藤先生が入ってきて「結構疲れますね」と言って溜息をついた。

「明日が休みだと思うと嬉しいです」

「三日間もお休みだったのに？」

「ええ、毎日緊張してるんでしょうかね。とにかく家に帰ったらぐっと疲れが出て、寝てばかりいます」

「私も去年そうだった。そのうち慣れるわ」

「この仕事、ぼくには向いてないのかもね」

「そんなことないと思うな。療法士の資格を取ったほどだから、やる気は十分あるのよ。ただ、初めの頃は患者さんのちょっとした言葉に傷ついたり、先輩の指導に納得がいかなかったり、結構体力がいる仕事だから、疲れるしね。ほら、よく言うじゃない、五月病って。今が我慢のしどころよ。がんばろうね」

「はい」元気のない返事だった。

休憩をすませて訓練室に戻ると、山下さんが来ていた。すでに訓練台に腰を掛けていた。その笑顔を見ると、こちらも元気が出てくる。

「さあ始めましょう」と言って、脚の上下運動から始めた。太腿の筋肉がかなりついてきて、上下する速度も速くなった。こんな患者に出会うと、この仕事を選んでよかったと思える。きっと彼女は、家でもできる範囲で反復練習をしているのだろう。今の調子だと、自主訓練の自転車漕ぎもできるかもしれない。そのことを伝えると、山下さんは「私にできますかしら」とはにかみながらも「先生が折角言ってくださるのだから、やってみましょう」と応じたので、千華は自主訓練コーナーに連れて行った。

「本当は十分程度する方がいいのですが、最初から無理をしたらいけませんので、五分だけしましょう。もっとも、これはだめと思われたら、すぐやめてください。さあ」

自主訓練だから原則として療法士はついていないが、初めてなので機械の扱い方の説明もあり、千華は付き添った。まわりの患者たちにも目配りしながら山下さんを見守った。五分はすぐ経った。

「終りましたよ」

「できましたよ、先生。嬉しい！　今度からこれもやってみましょうか」

「できる範囲で、やってみられるといいですよ。熱心さ余って時間を長くして、かえって筋肉を痛めてはいけませんので、最大限十分ですね」

山下さんは「そうですね」と頷いた。万一転んだらいけないので、千華は山下さんが自転車から降りるのを手伝った。

「先生、ありがとうございました。膝がだんだんよくなってくるので、嬉しいです。で、先生にどうしてもお礼がしたく、一度だけで結構ですから、私とお昼ごはんを付き合っていただけませんか？」

終りの言葉は耳元で囁くように言った。おそらく、他の人に聞かれたくなかったのだろう。千華も小声で言った。

「お礼だなんて、私は仕事でしているだけですので、お心遣いは無用です」

「ええ、分かっています。けど、困り果てていた膝がこんなによくなったので、嬉しくてならないのです。そのお裾分けですので、ね、お願いします」

山下さんは哀願するように言って、頭を下げた。その時、千華の脳裏になぜか、自殺した田中さんのことがよぎったのだ。もしかしたら、山下さんも独り暮らしなのではないだろうか……、と。

「じゃあ、今回だけはお言葉に甘えましょう。私の都合を言わせて貰いますと、二十日の土曜日ならいいのですが」

千華は一瞬、母が職員旅行に行く日を思い出したのだ。その日なら、弁当を作って来なくてもいいから。

「よかった。ありがとうございます。その日までにもっとよくなるために、リハビリを頑張ります。イタリア料理はいかがですか？」

「それで結構です。すべてお任せします」

「ああよかった。私、年寄りのくせにイタリア料理が大好きなんです」

大喜びして帰って行く山下さんの後ろ姿を見送りながら、千華はふっと郊外に住んでいる母方の祖母のことを思った。まだ祖父と二人で元気に暮らしているが、やがて体力が弱ったら一緒に住むようになるだろう、と。

山下さんの後、安田さんを看た。太腿の筋肉は徐々にできてきて、歩くのは少し楽になったようだ。腰痛の方は牽引と体操を繰り返しているが、その時はよくなっても、時間が経つと元の木阿弥(もくあみ)らしい。荷物運搬会社に勤めて重たい荷物を運ぶ仕事を何十年もしてきたので、椎間板が磨り減っているのだ。藤並先生は手術を勧めているらしいが、安田さんはまだ決心がつかないようだ。

「チタンの人工骨を入れて二十年近く保(も)つと先生は言われるけど、その時が来たらまた手術をせにゃあならんと思うと、やっぱり気持が定まらんよねえ」

「そうですねえ、そのお気持、よく分かります。ただ、安田さんにとって、この十数年も大事な時間だとは思いますけど」

「先生も、手術した方がええと思うてんね」

「そうとは言ってませんよ。やはり、ご本人の考えを一番に尊重しなくては」

「先生は逃げ口上が上手になったのお」

そう言って安田さんは大笑いした。言われてみるとそうかもしれないと思えて、千華も一緒に笑って誤魔化した。こんな時、笑うことのできる患者がいてくれるのは、一つの救いだと千華には思えた。

安田さんが帰って行った後、高齢者三人のリハビリを済ませ、壁の時計を見ると時間が意外に経っていた。もう十二時を過ぎているのだ。あと数十分で勤務は終る。新井君は学校からの帰りに、滑り込みセーフで来るのだろうか。いや、来ないかもしれない、と疑念が湧くのを千華は振り払った。

第二訓練室では主として労災事故や交通事故で腕や指が麻痺している患者が、それぞれ理学療法士について訓練している。物を持つなど普通の人には何でもない動作を、苦労しながら一から訓練しているのだ。千華はその人を見るたびに胸が痛んだ。有田柚子先生が寄り添っている中年の男性で、一生懸命練習しているのに、あまり効果が出ていないのだ。彼の悔しそうな顔を見ると、千華はふっと涙が出そうになる。改めて自分の指を見て、多くの人々のリハビリに役立っていることを誇りに思うとともに、指が動くことは素晴らしいことであり、これ一つみても自分にどれほどの恵みが与えられているのだろうと、感謝の気持が溢れてきた。そして、この指と腕を大切にしないといけない、と痛感するのだった。

あと二十分でお仕舞いだという時、新井君が松葉杖をついてやって来た。もう患者は数えるほどしか残っていない。療法士たちも手が空いたものが多く、事務処理などしていた。みんなの目が一斉に新井君に向けられた。よく来たねという温かい目だ。左脚は退院時とあまり変わりないようだ。

「そう。今日は進路の説明会があったんだけど、長引いてしまい、いらいらしたよ」

「そう。でも来るって約束は果たせたじゃない。まあ、自分のことだからね」

そんな会話をしながら、早速訓練台に仰向けに寝させ、腕から始めた。

「いた、た、た、痛いっ。荒いんだから」

「始めは痛いの。じきに慣れるから」

若いから大丈夫だと思って、千華も少々手荒なやり方をして、苦笑した。

「ほら、筋肉が柔らかくなってきて、よく動くようになったでしょ」

「まあね。家でも風呂からあがって、お袋が訓練してくれたよ。先生よりもっと荒いから、二日でもうええと断ったけど」

「それで今日は筋肉が固まってたんだ。痛くても、ちゃんとリハビリしないと、本当に固まっちゃうから。そしたら大変だよ。さあ脚に移るわよ」

「分かったよ」

若いので、やはり訓練するとすぐ効果が現れる。帰る時は同じ松葉杖でも、どこかしゃきっとしている。新井君の背に向かって千華は声を張った。

「月曜日もおいでよ。中間テストまでにはずいぶんよくなるからね」

（五）

やっと通常に戻った週が始まった。

月曜日はやはりリハビリに来る人が多い。日によっても違うが、千華は午前中に十人、午後は十二人で、計二十二人を担当したことになる。結構ハードな仕事だ。

山下さんも大沼さんも安田さんも、午前中やって来た。新井君は下校の途中で寄るから、五時前にやって来た。

「先生、本当は土曜日に渡せばよかったんだけど、花屋に行く時間がなかったんだ。これ」

そう言って、赤いカーネーションを三本差し出した。

「えっ、これって母の日の……」

「うん。お袋にもやったよ」

「そう、ありがとう」とは言ったものの、何で私に母の日のプレゼントなのよ。私ってそんなに老けて見えるのかしら、と千華は内心でショックを受けていた。

翌日、昼食の弁当を食べていても、そのことが頭を離れず、千華は服装が地味なのかしら、髪型や化粧の仕方が年寄りくさいのかしらと、あれこれ考えてみた。どうしても気持が晴れやらぬので、休憩時間は四十分しか残っていないけど、近くの喫茶店まで脚を運び、レモンスカッシュを注文した。ストローで飲みながら、頭の中はやはり自分は年寄りくさいのかなと、堂々巡りしていた。

「よく会いますね」

見上げると松沢先生が前の席に座り、笑っていた。

「浮かぬ顔をしてらっしゃるけど、患者から嫌味でも言われましたか」

「そうじゃありませんけど、私、年寄りくさいでしょうか？」

「えー、突然そう言われても、おれも困るなあ……。でも、どうして？」

「ごめんなさい。唐突でしたね」千華はあわてて事情を説明した。松沢先生はカラカラと笑った。

「それはねえ、感謝の気持を表すのに、母の日を手段に使っただけだと思うな。あの年頃の野郎は、親切なお姉さんに憧れて、自分の気持を何らかの形で伝えたいけど、きっかけがつかめない。そのきっかけとなったのが、母の日であり、カーネーションは一種のラブレターじゃないかな。おれにも似たような経験があるから」

「そうですか。一種のラブレターね」

「そんなところですよ。ところで、急な話だけど、二十日、土曜の夜、予定がありますか？」

「お昼は人から食事に誘われているのでだめですが、夜はあいています。でも、何か……」

「地元の交響楽団が《クラシックの夕べ》ってのを国際会議場の大ホールでやるんです。で、友人がチケットを二枚送ってきましてね。行かれるのなら差し上げますよ」

「じゃあ、ください。先生は行かれます？」

「ええ、おれ、クラシックは好きですから」

「えっ……」少し驚いた後に、千華はクスッと笑っていた。

「また、あの手品のことを思い出したんでしょう。ああいうこともするけど、おれだってそればかりじゃあないんですよ」そう言って松沢先生は照れたように笑った。

「その日は六時半開演でしょう。夕食はどうされます？」

「おれがおごりますよ」

「えっ、そんなに甘えていいのかしら」

「いいですよ。甘えてください。あの会場の地下にレストランがありますので、そこにしよう。五時半にホールの前で待っていてください。大ご馳走とまではいかないけど、中ご馳走ぐらいならいつでもおごりますよ」

「まあ、中ご馳走だなんて、初めて聞きましたわ。やっぱり、松沢先生って面白い方ですね。今日はもう注文なさいましたの」

ウェイトレスが傍に立っていたので、千華は訊いたのだ。

「ああ、忘れていた。きみの真似をして、レモンスカッシュにしよう」

「新任のリハビリの内藤先生は、五月病に罹ってるんじゃないかと思います。近いうちに話を聞いてあげてください」

「五月病ねえ、チャンスを捕えて話してみましょう」

時計を見ると仕事再開まで十五分前だった。千華は「お先に」と言って職場に戻った。

午後も来院者が結構多い。自分の担当の患者が同時に三人も来ると、長いこと待たせるようになる。それで患者に事情を説明して、他の手空きの先生にお願いすることもある。千華も、自分の担当でない患者のリハビリをしたことが何度かある。三時前後はとくに来院者が多く、今日は安田さんをチーフの瀬戸先生にお願いした。

「わしは若い女の先生の方がええんじゃが」

安田さんは冗談めかして誰はばからず、大きな声で言った。

「たまには男もええでしょうが」と、瀬戸先生も笑いながら対応している。

「うんにゃ、やっぱり若い女の先生の方がええ」と安田さんが言うと、周りで大笑いとなった。とても和やかないい雰囲気が醸し出されて、千華は大人のいい面を感じた。

午後、千華がこなした患者数は十四人。いささかくたびれる人数だ。控え室に行って、自分用に冷蔵庫に入れておいたビタミン剤を飲む。この仕事はかなり体力が要る。四十歳を過ぎるとできるだろうか、とふと思った。


勤めの帰りにデパートに寄った。しばらく洋服を買っていなかったので、ワンピースかニットのアンサンブルでも見てみようと思ったのだ。

デパートはすでに夏用の衣服が主流を占めていて、改めて春は去りつつあることを気づかされた。春物一掃バーゲンのコーナーの前で千華は足を止めた。綺麗な色のカーディガンが半額になっていたのだ。まだ肌寒い日もあるだろうから、買っておこうと思い、手に取ってみた。

ふっと母が月末に職員旅行に行くことを思い出し、千華は母にブルーの、自分にはピンクのカーディガンを買った。母は離婚後、自力で二人の娘を育て、上級の学校に行かせてくれたので、洋服を買うゆとりなどなく、古い服をいろいろ工夫して着ていたのだ。だから千華は就職してから、時々母に服のプレゼントをした。

　自分用に花柄で七分袖のツーピースも買った。試着したら店員が「ほんとによくお似合いですよ」と言ってくれたし、自分でも鏡を見てそう思ったので、思い切って買ったのだ。支払いはカードだから来月払いだが、千華としてはこんなに散財することは滅多にないことだ。やっぱり近いうちに武本君や松沢先生とデートするので、男性を意識しているのだ。私も結構バカだなあと、千華は苦笑した。


　母がブルーのカーディガンを早速着てみて、鏡の前で満足そうに微笑んでいる。千華はすでにデパートで試着したので着てみなくてもいいのに、やっぱり着ている。そして「よく似合うよ」と母に言われて、悦に入っている。早く着て街を歩きたい。理系でおしゃれにあまり気を使わなかった自分が、こんなに女の子らしい一面を持っていたかと、千華はいささか気恥ずかしい。

　電話が鳴った。武本君だった。水曜日の六時半にどこで待っていようか、という電話だった。千華は職場のみんなと行ったことがある寿司屋の名《魚津》と場所を伝え、「私の名前で予約を入れておくから。いろんなお話は明後日しましょう」と言って受話器を置いた。

「お姉ちゃんも、千華ちゃんも、結婚を考える年頃になったんだね……」

　武本君から母はそんなことを連想したのか、溜息まじりに言った。

「とくに姉さんはいい歳だもんね。でも、溜息なんかついちゃって、母さんは娘の結婚を望んでないみたい」

「とんでもない。望んでますとも。ただね、いい人と結婚してほしいのよ。家柄や親の職業など、本人以外の事には一切気を取られない人が、母さんは好きだな。家族のことをとやかく言う人は相手にしないこと。そんな人は熨斗(のし)つけてお返しするのよ」

母は自分が結婚に失敗しているせいか、いつもに似合わない厳しい口調をした。

「まるで私が、そういう人と付き合ってるみたいな言い方ね。その事実はありませんので、ご安心を。けど、母さんてこの件に関しては、意外に厳しいのね。姉さんがもし外国人と結婚したいと言ったら、どうする?」

母はしばらく黙っていたが、おもむろに応えた。

「賛成するわ」

「えーっ、本気?」

「そう、その方が幸せかもしれないから」

「どうして……」

母はそれには答えず、「千華ちゃんも、心から尊敬できて、好きだと思える人なら、相手が外国人でもいいからね」と言った。

母は、相手の人間性を第一に考えているようだ。千華もその点で異存はなかった。

武本君と会う日と、松沢先生と音楽会に行く日を母に伝えると、母はカレンダーに赤丸をつけた。

夕食の準備を一人分だけすればよいという印なのだが、母はすぐに気づいたらしく「音楽会の日は、私も職員旅行で、いないのだった」と言った。

「ついでに言っとくね。松沢先生と音楽会に行く日のお昼は、患者さんがご馳走してくれるの。山下さんていうおばあさんだけど、ほんとにいい人よ」

「えっ、それは……」と母の口から小さな声が漏れた。

「知ってる人？」

「ううん、知ってるわけないじゃない。おじいさんかと思っていたら、おばあさんだから驚いただけ」

母はやや怒ったような口調をした。そして続けた。

「そんな、患者さんなんかにご馳走してもらわない方がいいんじゃない」

「私も辞退したんだけど、膝関節が大分好くなったことをとても喜んでいて、そのお裾分けで、どうしてもお昼をご馳走したいって言うのよ。だから断り切れなくて、今回限りだと言ってあるの」

「そう、ほんとに今回限りにしなさいよ。年寄りはそうやって近づいて来て、探偵みたいにいろんなことを根掘り葉掘り聞き出そうとするんだから、気をつけなさいよ」

「母さん、どうしたのよ、急に意地悪になっちゃって。山下さんはそんな変なおばあさんじゃないから、安心して」

「ほんとに、気をつけなさいよ」母はなおも猜疑（さいぎ）に満ちた顔をしていた。

やっぱりお風呂はいいなと浴槽に浸かって手足を伸ばし、千華は思わずつぶやいていた。

そう、どんな時もよいなと思えるものに、お風呂がある。高校の世界史で、古代ローマ人は支配地にたくさんのミニローマを建設し、必ず円形闘技場と公共浴場を造ったと習ったが、千華にもそんな風呂好きなローマ人の気持が解るような気がする。浴槽に身を沈めると血流がよくなり、苛立ちや怒り、悲しみさえ湯気とともに和らいで、気持が楽になっているのだ。千華は今夜も浴槽の中で至福のひと時を過ごすことができた。

風呂から上がると小説を読んだ。『ジギル博士とハイド氏』。家の書架にあった文庫本を二日前に偶然手にしたのだ。もう十七年も前に出版された四十五刷改版の薄い本で、おそらく母が買ったのだろう。紙が黄ばみ始めているが、主人公が医者で、病院勤めの自分の生活環境に近いので、興味を持ったのだ。

読み終って千華は本当に驚いた。この前の『罪と罰』も読み応えがあり、傲慢な青年ラスコリニコフの考え方が胸に刺さったトゲのように心をちくちく刺したが、『ジギル博士とハイド氏』は薄い割に大きな衝撃を受けた。

ジギル博士は優れた学者、医者として社会で尊敬され、地位も名誉もある立派な紳士である。その彼が青年時代から人知れず放縦な生活を重ねてきて、ついに自分の考案した薬で分身ハイド氏を作り出す。ロボット的ハイド氏は、しかしながら博士の思惑を遥かに超えて、欲望のままに悪行を繰り返していく。もはやブレーキのきかないハイド氏によって、ついにジギル博士の生活は破滅するのだ。

この作品は一八八六年に発表されたというから、百二十年前だ。日本ではまだ明治時代の初めの頃で、そんな昔にこんな二重人格というか、人の内面に潜む悪徳への欲望、残虐性など、悪魔的な面を抉りだした人がいたことが、千華にはすごいことに思えた。人はだれでも内に悪魔性を宿しているが、平素はそれを眠らせているに過ぎないのだ、と作者は言いたいのだろう。

品行方性で徳の高い人も何かの拍子に内なるハイド氏が胎動して、とんでもない事件を起こしたりするのだろうか。自分もそうだろうか……。しかしどう考えても、今の自分がそんな大それた悪行を成す人間にはなれそうもない、と千華は思うのだった。小説だから実験的に極端なことを書いたのだろう。でも母がこの本を購読したのであれば、どうしてこんな小説を読んだのか、またどんな感想をもったのか、訊いてみたい気がした。

寝る前にパソコンをオンにした。姉からメールが来ているかもしれないと思ったのだ。千華は平素は、あまりメールはしない。だからアドレスも、よほど親しい人にしか知らせていない。肉声が聞ける電話とか、直筆の手紙や葉書の方が好きなのだ。声や字は、その人の人となりを伝えてくれるような気がするからだ。そのことを友人や同僚に話すと、今時古風な人ねと笑われたけど。

姉からメールは来ていなかった。ということは、急を要することではないのだろう。

明後日は武本君と会う。特別養護老人施設で一年間働いて、彼はどんなに変わっただろうか。クラスメートに久しぶりに会うと思えば、やはり心が弾むものだ。

高校生の新井君は月曜日にも火曜日にもやって来た。中間テストのことが気になっているようだが、ちゃんとリハビリをしておかないと筋肉が固まってしまうのを、本人が何よりも自覚したのだろう。順調に回復しているので、六月の半ばには通院終了となりそうだ。自分に好意を寄せてくれる男の子が来なくなるのは、千華もちょっぴり淋しい。

山下さんも安田さんもそれなりによくなっている。大沼さんは現状維持。少しもよくならんと彼は愚痴を言うけれど、リハビリをしていなければもっと悪化していただろう。画家の梅本さんは、腫れも引いてかなり安定した状態にある。

こんなふうに、小さな一喜一憂があるのみ。人生はかくのごとき日々の連続なのかと思うと、千華はふっと虚しさに襲われる。


仕事終了のチャイムが鳴ると、チーフの瀬戸先生がみんなを集めて、これから院長室へ行くよう指示した。こんなことは今までなかったので、何事だろう、とみんな不安顔で三階へ上がって行った。医師も職員もすでに集まっていて、広い院長室が狭く感じられた。

「お集まりいただいたのは、実は良いことではないので申し上げにくいのですが……」と藤並院長が神妙な顔で話し始めた。

聞いていてみんなの口から「えー」と、囁きとも溜息ともつかぬ驚きの声が漏れた。あのカラオケの上手い、人ざわりのいい事務長が、病院のお金を二千万円も使い込んだなんて、千華には信じられないことだった。

「事務長には本日をもって退職してもらいました。不正経理を二年も見抜けなかった私にも責任があります。それで院長、副院長は半年間、一割減給とします。新聞や週刊誌が嗅ぎつけてある事ないこと書き立てると、病院は大混乱しますので、どんな問い掛けにもみなさんは一切ノーコメントでお願いします。噂が噂を呼び、尾鰭がついて世間の悪意とドッキングすると病院の存亡にもつながりかねませんので、家族や親しい人にも、他言は無用としてください。この通りお願いします」

そう言って藤並院長は深々と頭を下げた。そして「もう一言」と言って続けた。

「それで、次の事務長を早急に手配したいと思いますが、ある程度年齢も高くないと職場のバランスが取れませんので、一、二週間待ってください。その間、事務室は三名の若い方と、副院長に事務長代理を務めてもらいますが、先生方には何かとご協力をお願いすることでしょう。こんな状態でもあまり落ち込まず、こんな時だからこそ、逆に元気を出してがんばりましょう」

院長先生の力強い呼びかけに、みんな気持を持ち直したのか、どこからともなく「がんばりましょう」と声が上がった。

しかし初めてこんな経験をする千華は、自分に親切にしてくれたあの事務長が、そんな大それたことをする人にはどうしても思えず、ショックで言葉も出なかった。

その日は帰宅してからも事務長の件で心が晴れず、母ともあまり口も利かなかった。風呂に入っていても、ベッドについていても、事務長の件が頭を占めて、なかなか眠れなかった。あまりにも身近なところで、内なるハイド氏の跳梁に破滅した人間の脆さを見せ付けられて、千華は人間というものが解らなくなり、そして人間は怖いと痛感するのだった。

（六）

昨日は武本君と会った。あれほど電話でていねいに伝えたつもりなのに、武本君は《魚津》ではなく《魚勝》の方に行き、玄関先でしばらく待ったという。千華が来ないので道行く人に、この辺に魚がつく大きな料理屋はないかと訊くと、すぐ判ったというが、結局千華は二十分も待たされたのだ。それぐらいで済んだからよかったものの、そのまますれ違いで終ることだってあるのだ。武本君が意外にそそっかしいことが判った。

武本君は椅子に座るや言った。

「老人施設でも最近は寝たきりを防ぐために、簡単な筋肉トレーニングの機種を設置しているところが増えてるねえ。自治体も介護保険をむやみやたらと使われると財政的に大変だから、こちらの方に力を入れてるよ」

研修会ではそのことが大いに話題になったのだろう。

接客係の女性が「何になさいます？」とメニューを開いて催促したので、あらかじめ考えておいた上にぎりと赤だし、それに店長お勧めの和風かにサラダ、デザートは抹茶風アイスクリームにした。ビールも大瓶一本を頼んだ。注文で一旦中断した話を千華は戻した。

「さっきの話だけど、それはまだ元気な高齢者が対象でしょう。あなたの施設には足腰がやられてる人が多いと思うけど、その人たちにはどんなふうにトレーニングしてるの？」

「午前と午後の二回、それぞれ約二十分程度、小学唱歌を歌ったりして、遊びながら手足を動かす程度かな。病院の訓練台でトレーニングするようにはいかないよ」

「どうして？」

「人数が多いもの。きみがやっているように、一人一人ていねいにリハビリするのは無理、と言うより不可能だね。施設は病院と違って、療法士も少ないしね。うちもぼく一人だよ。それに、訓練するには本人のよくなりたいという意志がないとね。その意志が感じられない老人が結構いるんだ。歳を取って体力がなくなると、意志も低下するらしいね」

「そうかもね。本人の意志がないとねえ」

千華はそのことは痛いほど解る。山下さんのような老人は訓練によってそれなりによくなり、日常生活も改善されるが、自分の担当の患者にもやる気が感じられない人もいて、そんな人はいつの間にか来なくなるのだ。

「このあいだも、軽い体操をやってみましょうと優しく声を掛けたんだけど、テコでも動かないのがいてね。よかれと思って誘ってみるんだけど、だめだねえ。こっちが熱心になりすぎて相手が応えてくれないと、つい手が出るようになる。最近、そんな事件がちょくちょく新聞に出てるでしょ。そうなったらお仕舞いだ、と毎日自分に言い聞かせてるよ。頑固一徹も年寄りの特徴だからしょうがない、と諦めの境地に達することが肝心だね」

「そうかなあ……、まあ施設と病院では環境が違うから、何とも言えないけど」

接客係の女性がビールを持って来たので、「こちらから」と千華は武本君を指した。注ぎ方が巧いのか、グラスにビールの泡が盛り上がって、零れることなく止まった。

「じゃあ、乾杯しよう」

そう言って、武本君はグラスを持ち上げた。そしてぐいぐい飲み干し「うまい」と感激の声をあげた。千華はボトルに残っているビールを武本君のグラスに注いだ。武本君はもう一本追加しようと言ったが、千華は「これから福山に帰るんだから、これぐらいにしときなさいよ」と制止した。

気張って注文した上にぎりはウニもイクラものっていて、タイもマグロも切り身が厚く、こりこりして歯応えがあった。ネタの魚が新鮮だと評判の店だけあって、にぎり寿司は本当に美味しかった。赤だしも和風かにサラダも、口に入れると満足感を実感できた。

「こんな料理、めったに食ったことないから、今日は胃袋がびっくりしてるぞ」

武本君は恵比須顔をしていた。千華も出されるものすべてを平らげ、「寿司屋の回し者になりそうなぐらい、美味しいわね」と笑った。

しばらくお互いがキャッチした同級生や先生の近況に花を咲かせていたが、いつしか仕事の話題に戻っていた。

「施設に勤めているとね、リハビリもさることながら、入園者の家庭や家族関係も見えてきて、何だか気が晴れないことが多いな。子供は三人も四人もおりながら、結局はだれ一人、年老いた親の面倒をみずに、嫌がる親を施設に放り込んで、めったに面会にも来ない家族も多いからね。子供が面倒をみてくれないのを見通して、自分から進んで入って来る者もかなりいて、その連中は何に対しても割に前向きだけどね」

「病院ではあまり家庭のことは見えないけど、やっぱり気が晴れないこともあるわ」

千華は自殺した田中さんのことを話した。「もっと家庭内のことが見えたり、家族関係が判ったりしたら、孤独な状態を何とかできたのではないかと、悔やまれるのよ」と千華が言うと、武本君は、「その人はたしかに気の毒だったと思うよ。けど最終的には家庭の問題で、療法士にはどうにもならないことなんだ。いろんな事情はあるだろうが、育ててもらったんだから、年老いた親の面倒は子供が看るのが原則だね。一緒に住む。施設に入れる。住み込みの介護人を雇う。など、いろんな形はあるだろうけど」と、割り切った言い方をした。

「田中さんも大きな家にひとりぼっちでいるより、施設に入った方が孤独地獄からは救われたと思うのよ」

「そうだけど、選択権は本人と各家庭にあるんだから、ま、仕方なかったとしか言いようがないな」

「そうかなあ……」

「きみは大学時代から理想主義者だったからなあ。ぼくは厳しい状況の中で、現実主義になってしまったんだろうね」

千華が同意してくれないのを感じてか、武本君はそう言った。

デザートの抹茶風アイスクリームは抹茶の苦みで甘さが中和され、爽やかな味がした。料理については千華も武本君も大満足で、武本君は「ここ、また来たいな」と言った。

レジでそれぞれ支払いを済ませ、寿司屋を出たのは八時半だった。いつもはバスか市電を使うが、昨日は自分も広島駅から西広島までＪＲで帰ればいいと思って、武本君をタクシーで広島駅まで送ったのだ。ところが車の中で突然、武本君が千華の手を握り、引き寄せようとしたのだ。不意打ちを食らった千華は驚いて「だめよ」と言って、咄嗟に身を離した。武本君は「冗談だよ。映画の一場面だったら、きっとこうなるだろうなと思ったまでだ」と澄まして言った。予期せぬ出来事に千華はショックを受けていた。

「冗談でも度が過ぎると、友情が壊れることだってあるのよ」そう言うのがせいいっぱいだった。

駅の表口に到着するとタクシー代は千華が払い、その場で別れた。折角自分に会いたいと言って出張の帰りに寄ってくれたのだから、新幹線のホームまで見送るつもりだったが、ショックを受けていたので気が変わったのだ。

「さっきの件、映画好きが嵩じてしまい、ごめん。じゃあまた」

そう言って武本君は新幹線の改札口へ行くために、エスカレーターに乗った。途中で振り返って手を振った。千華はショックからすぐには立ち直れず、頭が混乱して、一刻もその場を離れたい気持で一番線のホームに出た。電車がすぐ来たので、千華は救われたような気がして、最後の乗客が降りるのを待ち切れずに車両に乗り込んだ。

帰宅しても気持が収まらず、母が「どうだった?」と訊いても、適当に言葉を並べた。気持を転換するためにすぐ風呂に入った。少しは効果があり、気持も落ち着いたので、母とテレビを見た。ローマの街角が映っていた。

「お姉ちゃんと千華ちゃんと母さんの三人で、いつかローマやパリの街をこんなふうに歩けたらどんなにいいかねえ。夢のまた夢ね」母が溜息まじりに言った。

「姉さんは別としても、母さんと二人なら、私のボーナスで一年後には何とかなるわ」

「そう、たとえ実現しなくても、そんなふうに言ってもらえて嬉しいな」

「実現させるわよ、きっと。母さんは離婚後、苦労して私たちを育ててくれたんだもの。少しはいいことがないと。ビール、飲もうか？」

千華の突然の誘いに、母は「えっ」と小声を発したほどだ。

「珍しいわね。千華ちゃんがビールだなんて。けど、武本君と飲んできたんじゃないの？」

「飲み足りないの」

こんなことはこれまでなかったので、母は一瞬不審な顔をしたが、冷蔵庫の中から缶ビールを持って来た。

「半分ずつでいいでしょ」と言って、母はグラスに注いでくれた。

「お互いの健康に乾杯」と、母が音頭をとってグラスを持ち上げた。千華はアルコールのことはよく知らないが、ホップの苦味が意外に美味しい、と初めて思った。母があれこれ訊かなかったことが、ありがたかった。

その夜はビールのお蔭で間もなく睡魔に襲われ、すべてが朦朧（もうろう）とした頭の中に消えていき、深い眠りについたようだった。

翌日は木曜だったので午後が休みで、千華はまっすぐ帰宅して、また寝た。夕方母が帰って来るまで寝ていたので、よほどアルコールが祟（たた）ったのだろう。

あっという間に土曜日が来ていた。仕事を終えて帰ろうとしていると、チーフの瀬戸先生が「はい、航空便」と言って封書を渡してくれた。

病院の方に航空便など来たことがないので、不審に思って裏返してみると、姉からだった。何も職場に手紙なんかくれなくてもいいのにと思いながらスタンプを見ると、六日もかかっていた。千華はメールは好きではないが、この前電話でメールを送ると言ったので、こっちはいつ来るかと待ってたんだよ、電話がかかった日から計算して、この手紙はずいぶん遅いじゃないの、と口の中で苦情を言いながら、開封した。

千華は三行読んだだけで、「そんな、バカな……、信じられない」と口走っていた。居残っていた同僚たちが一瞬、何事かと千華を見た。「すいません、大きな声を出して」と謝ってから千華は控え室に移り、また手紙を開いた。自分の鼓動の高鳴りを聞きながら、千華は目を走らせた。

千華ちゃん、ごめん。お母さんにも申し訳ない気持でいっぱい。単刀直入に言うと、私は二つ年下の、リチャード・ジョーンズという生化学者の卵と暮らしています。彼はスペイン系アメリカ人で、実家はここから車で二時間以上かかるストックトンの郊外にあります。半年前、一度連れて行ってもらったことがありますが、両親は堅実な農民です。

私たちはまだ結婚はしていませんが（当分、式も挙げません）、子供を宿して三ヵ月目に入っています。きっとびっくりしたでしょうね。私自身もこういう運命が待ち受けているなんて、思いもしなかったのですから。

研究の方は今も続けていますが、臨月に入る頃から、出産、子育てなど、やはり一定期間は中断せざるを得ないでしょう。そして休んでいる間に研究が遅れることは免れません。悔しい！本当に悔しい！　けど愛する人の子を産み、母となるためには、仕方ありません。私が優れた研究者になることを夢見ている、お母さんのがっかりする顔が目に浮かぶので、この事実をどう伝えようかと、私なりに悩みました。お腹はふくらみ始めるし、伝えなければならないし、逡巡しているうちに今日になりました。

本来ならリチャードを伴って広島に一時帰国し、家族と会うのが一番順当な筋道だとは思いますが、経済的な理由と身重な私の健康を考えると、それが叶いません。勝手なことをした上にお勝手を言って申し訳ありませんが、千華ちゃんに一度こちらに来てもらえるなら、どんなに嬉しいことでしょう。

この手紙の内容を、いつまでもお母さんに黙っておくこともできないでしょう。千華ちゃんが一番いいタイミングを選んで、事情を伝えてください。大きな悩みを抱えさせて、本当にごめんなさい。連絡を待っています。

美苗

二〇〇六年五月七日

関村千華　様

千華はもう一度始めから読み直した。本当に勝手な姉だ。そばに居たならひっぱたいてやりたい。

ちゃんと結婚しているならまだしも、今のままでは未婚の母となるではないか。母にどのように伝えればいいというのだ。こんな問題を一時的に嘘や誤魔化しで説明するわけにはいかない。あれほど姉に期待し、自分たちの生活を切り詰めて仕送りをしてきた母だから、がっかりするどころではなく、失意に沈んで寝込んでしまうのではないか。

そんなことを堂々巡りしていると、千華は頭が痛くなった。病院を出てもすぐ家に帰る気になれず、気がつけば近くの平和公園を彷徨っていた。土曜日のせいか人が溢れていた。観光バスも十台以上並んでいて、旅行会社の小さな旗を持ったガイドがあちらこちらで説明していた。

桜は葉桜になっていた。楠も若々しい葉をつけていた。新緑が目に染みる。公園じゅうが淡い緑に覆われて、その下を歩くとマイナスイオンが降り注いでくるせいか、頭痛が少し和らぎ、顔の皮膚も心なしかしっとりしているような気がする。時々初夏の風が梢をさわさわと鳴らして、吹き渡っていく。その風に吹かれていると、心が幾分和んでくる。

木陰で恋人同士が語らっている。芝生では小さな子を連れた母親たちが、おしゃべりに興じている。中学生ぐらいの女の子が円陣を組んで、ボールを高く上げている。敷物の上で老人たちが囲碁を打っている。その名のように、平和な風景だ。高校時代に学んだ原爆の悲惨さなど、資料館に入らなければ誰も想像できないだろう。この公園の下で六十一年前に起こった出来事など、広島育ちの千華でさえ、普段は忘れているのだ。

それにしても、何と平和な午後のひと時だ。それなのに、なぜ、自分はこんな嫌な問題を抱え、母にいつ、どのようにして、事実を伝えたらいいか、悩まなければならないのか。千華はわが身の運の悪さをかこちながら、公園の川べりを歩いた。歩道の縁に植えられたつつじの甘い香りが鼻をかすめる。千華は時々立ち止まって空を見上げる。自分の憂鬱な心とは関係なく、五月の空は青く爽やかだ。

ふと千華の脳裏に閃くものがあった。アメリカに行くとなるとパスポートが要るだろう、と。自分は一度も海外に出たことがないので、どのような手続きをしたらいいのだろうか。木曜日の午後は休みだから、県庁に行って申し込み用紙などを貰い、必要な書類を調えなくては、と思った。母に伝えるのは、職員旅行が終ってからでいい。旅行など滅多にしない母が折角楽しみにしているのに、あんな話をしたら可哀想だ。そう思うと、千華の心もようやく平静さを取り戻すのだった。

（七）

「先生、私って本当に運がいいでしょう。今日から作品展に合わせるように、ほら、ほぼ腫れが引いて、熱っぽさもなくなりましたわ。さっき院長先生に診てもらったら、用心のため今月いっぱいリハビリしたら、もう来なくていいっておっしゃいますの」

パラフィンをする前に、梅本さんは嬉しそうに両手を千華に見せた。この人が来ると部屋じゅうがパッと華やぐ。年齢的にはいわゆる初老と呼ばれる人なのに、見た目にも若々しいのだ。千華は、この若さの秘訣は何だろうといつも思う。こんなふうに美しく歳をとれたらいいな。千華の目には好感度ナンバーワンの患者さんだ。

パラフィンと指のマッサージを済ませると、梅本さんは改めて頭を下げて言った。

「作品展、今日から始まりましたの。生徒たちが順番で受付をしていますが、私も大抵おりますので、よろしかったら覗いてくださいね」

「この前申し上げたように、木曜の午後、見せていただきます」

「じゃあ、お待ちしていますね」梅本さんはそう言って帰って行った。

山下さんも先ほどやって来て、プログラムをこなし、さらに自主訓練をしたようだ。

勤務時間も後一時間ばかりになって患者がちょっと途絶えた時、新井君がやって来た。中間テストは一週間後に始まるという。

予定のリハビリをこなして帰り支度をしていた新井君に千華は言った。

「四月は入院して授業に出てないんだから、ちょっと苦しいわね。たとえ今回うまくいかなくても、チャンスはいくらでもあるわ」

「うん、じゃあ、さよなら」新井君はVサインを出して、第一訓練室から出て行った。

人間を相手の仕事はある意味で面白い。嬉しいこともあれば、嫌なこともある。こちらの善意が通じないこともあれば、落ち込んでいる時に何気ない一言で励まされることもある。田中さんのような悲しい出来事もある。目前の一人一人がそれぞれ何かを抱えて生きているのだと思うと、千華の胸は切なさでいっぱいになる。窓の外の人通りを見ながら、千華は日々切ない思いをすることが、生きている証なのかもしれない、と思った。

木曜日の午後、県庁に行った。受付は親切にパスポート申請課の場所を教えてくれた。申請する者が列を成していて、三十分近く待たされた。

千華は申請に必要なものの一覧に、戸籍謄本があることを知った。そのためには本籍地の廿日市市役所に行かねばならない。電車かバスで片道約一時間。今日は無理だ。

それに今日は梅本さんの作品展を見に行くと約束したので、来週の月曜の午後、三時から早退して行くことにしよう。次の木曜の午後、必要な書類を調えて県庁に行けば、六月の初めにはパスポートを入手できるだろう。ならば六月の中旬、木金土月の四日間年休を取り、姉のところに行ってやろう。先ずは梅本さんの絵を見て旅行会社に行き、安い航空券があるかどうか訊いて見よう。そんなふうに頭を整理すると、千華は気持が落ち着いた。

県庁から県立美術館までは歩いて十分の距離だ。その道は歩いたことがなかったので、千華には見知らぬ街に来ているようで、新鮮だった。有名な私立女子校の電車通り側の敷地に大きな電光掲示板が立ち、学校案内の文字が流れてはまた初めに戻っていた。

美術館があまりに立派なので、千華は驚いた。理系の自分は絵にさほど関心がないので、来たことがなかったのだ。美術館でいろんな展覧会があることは知っていたが、足を伸ばすほどの興味と熱意がなかったのだ。

「まあ、先生よく来てくださいました」

梅本さんが前に進み出て迎えてくれた。総勢八十人の絵が二部屋に多少窮屈そうに並んでいた。花と風景の絵が多く、ところどころに人物画が置かれ、会場に変化をつけていた。

幼子と猫が描かれた絵の前で「わあ、可愛い」と千華は思わず言っていた。

「これを描かれた方はね、八十三歳の女性ですの。今日は来てらっしゃらないけど、若々しい方よ。服装もとってもカラフルで」

「梅本さんの上手を行く方がいらっしゃるんですか」

千華がそう言うと、「私の教室は、実年齢はかなり高いけど、若さいっぱいの方が多いのよ」と言って、隣の紫陽花の絵を描いた人も七十代半ばだと説明した。

「花屋にはたくさんの花があることぐらい知ってましたけど、こんなにいろんな花がファンタジックに描けるなんて、素晴らしいですね。梅本さんのバラの絵は香りまで漂ってくるようで、幸せな気分になりますわ。こんな絵が描けたらどんなにいいでしょう」

千華は感じたままを正直に話した。

「そんなふうに言って貰って、絵たちが喜んでますわ。先生は感受性の豊かな方ね。きっとすてきな絵が描ける方だと思いますよ」

「エッ、私、中学時代に授業で描いたことしかありませんの。とてもこんな……」

「だれもみなそう思うのですよ。やってみて初めて、自分の隠れた才能を発見するんです」

「へえ……。仕事がもう少し慣れたら、やってみようかしら」

「ぜひに。お待ちしていますよ」

梅本さんに自作の絵はがきを数枚貰って、千華はますます自分も描いてみたいと思うようになった。

美術館を出たのは四時過ぎだった。姉のことでここ数日心が重かったので、絵を見たことは本当にいい気分転換になった。

帰りに旅行会社に寄ってみた。店頭にはいろんなパンフレットが置いてあったが、その中の一枚を持ってカウンターに行き、四泊五日でサンフランシスコを往復する安い航空券があるかと訊くと、七万円代であるというので、パスポートが発行されしだいお願いすると言って、店を出た。


土曜日の午後はこの間買った花柄のツーピースを着て、山下さんと待ち合わせのイタリア料理店に行った。山下さんは先に来て待っていた。千華を見るや「まあ、ステキな洋服ですこと。白衣もお似合いですが、若い方はやはりこんな洋服がもっとお似合いですね」と誉めてくれた。

店内にはバックグラウンドとしてカンツォーネが流れていて、いい雰囲気だった。

シェフのお任せ料理は、アサリのパスタにビーンのスープ、ムール貝の塩茹で、デザートはいちごのアイスクリーム。少し遅めの昼食だったこと、そして食べ物に好き嫌いがないので、千華はどれもみな美味しく食べた。

「先生のようなお嬢さんをもたれた親御さんは、お幸せですね」

山下さんは目を細めて千華の顔を見た。

「さあ、どうでしょうか。家では結構わがまま娘なんですよ」と答えながら、山下さんは一人暮しですか、と唇まで出た問いかけを千華は飲み込んだ。田中さんのことが頭をよぎり、胸が痛かったが、訊いて、どうしてあげられるものでもない、と思ったのだ。自分は理学療法士として親切に尽くすことしかできないのだと、改めて思った。

「先生にはご兄弟はいらっしゃいますの？」

「はい、五つ違いの姉がいますが、アメリカのカリフォルニア大学バークレー校の大学院で生化学を研究しています」

千華は、それ以上のことは言えなかった。

「それはようございますね。お二人とも優秀で、親御さんはさぞご自慢でしょう」

「そんな……、姉は確かに成績がよかったそうですが、私は普通です」

「いいえ、いいお仕事に就いてらっしゃるんだから、優秀だったに違いないですよ」

そう思い込んでいる山下さんを変えようとしても無理だから、千華はただ笑っていた。

「今日はこんなに若くてお綺麗な方とデートできて、最高に幸せです。感謝でいっぱいです」

山下さんは深々と頭を下げた。こんなにされると、千華の方が恐縮した。

料理店を山下さんと一緒に出た。

「お蔭で膝関節が大分よくなりましたので、そこで買い物でもして帰ります」

そう言って山下さんはデパートの中に入って行った。母がいろいろ言ったことは杞憂に過ぎなかった。山下さんは思った通りのいい人だった。職員旅行から帰って来たら、母さんは少し考えすぎ、根性が曲がっているよと言ってやろう。そう思うと、千華は内心でくすりと笑った。

時計を見るとまだ三時を十分過ぎたばかりだ。松沢先生との約束の時間まで、後二時間少々ある。家に帰ってもすぐターンしなければならないので、それはばかばかしい。ふと思いついたのが、美容院へ行くことだ。その界隈には美容院がたくさんある。小綺麗な一つに入って、五時までにカットとブロウをしてもらえるかと訊くと、できるということだったのでお願いした。

シャンプーをしてもらう時から眠かった。カットの時は本寝をして時々舟を漕いだらしい。「お客さんは睡眠不足ですか」と美容師に問われ、千華は少々恥ずかしかったが、結果的にはよかったと思う。音楽会で寝ては、それこそみっともないことこの上ないからだ。

ショートカットだが見た目にはウエットな仕上げになっていて、千華は気に入った。鏡の中の自分が満足そうに微笑んでいる。


タクシーで国際会議場へ行き、五時二十分にホール前に行くと、松沢先生が待っていた。淡い紺色の背広をしゃきっと着こなし、ネクタイもよく合って、意外に格好いい。

「お互いに早かったね」そう言って、松沢先生はさらに言った。

「今日は髪型も洋服もひどくステキじゃないですか。女はこうして変身するんだねえ」

「あら、先生だっていつもと違って格好よくってよ」

そう言って、千華は普段と違う言葉遣いをしている自分に気づいて、ハッとした。

「さあ、行きましょう」松沢先生はおれについて来いと言わんばかりに、先立って歩き始めた。レストランには客がかなり入っていた。

「これ、みんな今夜の聴衆だよ。一、二分で会場に行けるのがここの取り得。大した料理はないけど、中ご馳走としては美味しい方だ。カレー、チャーハン、そば、スパゲッティ、パスタ、そんなところから一皿、それから、野菜サラダとコーンスープぐらい取ろうか」

松沢先生の言葉遣いも砕けたものになっていた。

「これって、ほんとに中ご馳走ですね。先生って、ちゃんと約束を守る人なんだ」

そう言って二人して笑ってしまった。結局、チャーハンとコーンスープ、野菜サラダ、そしてコーヒーを注文した。

プログラムによると第一部はモーツァルトのピアノ協奏曲第二十一番、第二部はベートーヴェンのヴァイオリンソナタ第五番「春」と、ショパンの幻想即興曲とプレリュード第十五番「雨だれ」となっていた。千華は全部知らない曲だった。

「うちは離婚による母子家庭のせいか、音楽なんて鑑賞する余裕がなかったんだわ。それと理系で芸術にあまり関心を持たなかったので、クラシックに関しては恥ずかしながら、無知同然ですの」

知ったかぶりをしてもしょうがないので、千華は正直に言った。

「だれだって、初めは無知同然だよ。聴くチャンスがあって、そこから耳を傾けるようになるんじゃないかな」

二日前、同様のことを梅本さんからも聞いたなと思った。千華は、こういう言い方はいいなと思い、松沢先生の印象が急にアップするのを感じた。知らない曲を聴いても、これで気持が楽になれそうだった。

アンコールもいれると二時間ばかりのコンサートで、八時半には終った。千華はどの曲にも酔い痴れて、急に今夜クラシックに目が開かれたような気がした。松沢先生が言うように、これまで自分には聴くチャンスがなかっただけだと思った。

ホールを出たところで、耳鼻咽喉科の江藤先生一家とばったり出会った。奥さんと中学生、高校生の娘さんの四人で来ていたのだ。中高生は中間テストがまぢかなはずなのに、余裕しゃくしゃくだ。とてもいい親子の雰囲気で、千華は羨ましいと思った。江藤先生は松沢先生と千華が一緒にいることを一瞬驚いたふうだったが、「若い人はいいねえ。それじゃあ」と右手をあげて、タクシー乗り場へと移動した。

松沢先生はタクシーで家まで送ると言ってくれたけど、「今日はそこまで甘えたらいけないわ」と、千華は断った。

「おれはハンサムでもないし、金持ちでもないけど、付き合ってくれる?」

別れ際に松沢先生はそう言った。千華は一瞬躊躇ったが「ええ、私、きっとクラシック好きになると思うわ」と答えた。帰りのバスの中で、とんちんかんな答えをしたような気がして、千華は苦笑した。

初めて明かりのついていない家に帰った。やはり淋しい。母は職員旅行で長崎に行っている。千華は自分で電灯をつけ、着替えをしてすぐ風呂に入った。久しぶりに心がふわっと浮くような気持になって風呂から上がると、母から電話がかかってきた。

母は自分の旅のことよりも、娘が患者と食事をしたことが気になるのか、「お昼はどうだったの?」と聞いてきた。

「山下さんにイタリア料理をご馳走になったわ。いい人よ。母さんが言うように探偵みたいに根掘り葉掘り聞いたりしなかったわ。母さんは考え過ぎよ。そして根性も少々曲がってるわ、ハハハ」

千華が声に出して笑うと、「そう。じゃあ、裏切られなくてよかったじゃない。コンサートの方はどうだったの」と話を変えた。

「クラシックに革命的に目が開けたわ。今度は私が母さんを誘うね」

「ありがたいこと言ってくれるのね。で、一緒に行った何とか先生は、どうだったのよ」

「ああ、松沢先生ね。この先生もいい人よ。こんなにいい人にばかり囲まれていて、いいのかしら」

「千華ちゃんの目が曇ってると、みんないい人に見えるんじゃないの。人間は心に邪悪なものを宿してるんだから、気をつけなさいよ」

「私は、性善説を信じてますから」そう言って千華はあれっと思った。性善説など、高校時代の世界史で習ってすっかり忘れていた言葉だったからだ。

「母さんは、性悪説だからね。だからちゃんと戸締りして寝なさいよ。じゃあ、おやすみ」

性善説でも、戸締りぐらいしますわよ。母さんはジギル博士の分身のハイド氏によほど影響を受けているのだな。千華はいつかあの本のことで母さんと、とことん話してみたいと思うのだった。


三時前に山下さんのリハビリが済むと、千華は早退して廿日市へ向かった。バスだと渋滞にあう恐れがあるので、市電と郊外電車を使った。廿日市の電停からは少し距離があり、市役所へ着いたのは四時過ぎだった。

戸籍謄本を貰うのに三十分近く待たされた。月曜日はこんな時間でも、やはり人が多いのだろうか。手数料を払い、待合所の椅子に座って広げて見て、千華は驚いた。母が山下浩一と離婚したことが記してあるのだ。千華は初めて自分で戸籍謄本を取って、そこに父の名があることを知ったのだった。自分が三歳の時に母は離婚したので、物心ついてからはずっと関村姓で、その名が自然に身についていて、かつて違う姓を名乗っていたなんて考えられなかったのだ。父の顔を覚えてもいないし、その名も記憶になかった。

まだ小学生だった姉がある日の食事時に父の話をすると、母はとても嫌がって「そんな話やめなさい。もう絶対にしないって約束して」と厳しい顔で言ったので、以来姉妹の間で父や離婚の話はしてはいけないものとなり、つまりタブーになったのだ。

戸籍謄本を見ながら、千華には疑念が湧いてくるのだった。父は山下さんと偶然にも、同じ名前なのだろうか。そうに違いないと自分に言い聞かせるはしから、その名を告げた時の母の口から漏れた驚きを、思い出したのだ。あの時の狼狽(ろうばい)した母の様子が、千華の脳裏にはっきりと蘇ってくる。

タブーは今も打ち破られたわけではない。母に、父と山下さんは親子ではないかとストレートに問うと、あれほど用心深く隠していたのにどうして、と悲しむに違いない。姉のこと、父のことをいつ、どんな形で母に伝え、問えばいいのだろう……。

千華は、パスポートなど取ろうと思わなければよかった、と後悔じみた気持に陥っていた。もともと姉さんが結婚もせずに妊娠して、私に助けを求めるからいけないのよ。アメリカの大学院なんかに行かないで、適当な時期に自立しないから、こんなことになったんだよ、と千華は胸のうちで姉を詰(なじ)り続けていた。

気がつくと、チャイムが鳴っていた。仕事終了の合図だろうか。さっきまで大勢いた人々がいつのまにか消えて、自分一人になっていた。千華はあわてて立ち上がり、すぐそばのバス停に向かった。もう渋滞に遭ってもいい。電停まで歩く気力もなく、バスで帰ろうと思ったのだ。

母は職員旅行がよほど楽しかったのか、昨夜帰宅してからとても機嫌がいい。それをチャンスと捕えて今言うべきかどうか、千華は逡巡した。結局、木曜日にパスポートを申請してから言うことにした。

その木曜日の夜、千華は姉のことを先ず話し、次に父のことを問うつもりだったが、結局、父のことは訊けなかった。姉のことで母が予想通り錯乱し、二日ほど仕事を休んで寝込んだのだ。そんな時さらに追い討ちをかけるなど千華にはできなかった。母がパスポート取得の仕組みを知らないから、戸籍謄本のことに気づかなくてよかった。山下姓のことはしばらく棚上げにするしかなかった。

パスポートを実際に手にしたのは、六月二日の昼休憩のことだ。これまでのものに比べて、個人情報がチップスとして埋められているので、やや厚いという。姉のSOSに応えて千華がアメリカに行くことは母もやっと了承したので、県庁からの帰りにこの前の旅行会社に立ち寄り、航空券を予約した。

自分のことで慌ただしく暮らしていると、一週間はあっという間に過ぎていき、アメリカに発つ日を五日後に控えていた。その間、仕事はいつも通りこなしていた。

山下さんに対しては、父方の祖母かもしれないとどうしても意識して、平静を装うのに苦労した。

会うたびに祖母のような気がしてきて、アメリカから帰ったらチャンスを捕えて訊いてみようと思う。安田さんは順調だ。梅本さんはよくなったのでもう来ない。新井君もかなり回復し、自宅でリハビリできるようになった。大沼さんがこのところ姿を見せないと思ったら、五日前に心筋梗塞で亡くなったという。去年この病院に勤めて以来、千華が担当する患者で亡くなったのは、田中さんと大沼さんの二人だ。人は誰でもいつか死ぬ。そのことは解っていても、やはり人の死はどんな死に方であれ、胸を衝き、切なくて、哀しい。

その日、千華は仕事の帰りに家電スーパーのレコード売り場に寄って、このあいだコンサートで聴いたモーツァルトのピアノ協奏曲二十一番を買った。ついでにＣＤデッキもカードで買って、タクシーで持ち帰った。店は運んでくれると言ったが、どうしてもすぐ聴きたかったのだ。

突然デッキを持ち帰り、すぐモーツァルトをかけたので、母もびっくりしたようだ。母は姉のことを知ったあの日以来、元気がなく、いつも憂鬱な顔をして、生きているのがやっとという感じだった。それでも千華のアメリカ行きが近づいてきたので、少し元気を取り戻し、あれこれと準備を手伝ってくれるようになっていた。

すぐデッキに電源を入れ、母と一緒にモーツァルトを聴いた。ただ黙って、耳を傾けた。三十分足らずの曲が心に染み込んで、気持が洗われるような気がした。大沼さんへのレクイエムでもあるような気もした。

「私は相当に、邪悪な心になっていたのね。今度コンサートがあったら、母さんを連れて行ってよ」

母があの日以来、初めて笑顔を向け、意欲的なことを言った。

結局その夜、千華が自分の部屋に入ったのは九時前だった。机の上に手紙がのっていた。武本君からだ。すぐ開封して読みながら千華は「どうしてなの」と驚きの声を発していた。

武本君は「理想をもって今の仕事に就いたけど、やはり自分には合わないことが判り、六月末をもって退職し、七月から介護製品の販売会社に転職することになりました」というのだ。目的意識をもって大学に入り、折角作業療法士の資格を取ったのに、あんたバカだね、と千華は思わず言っていた。厳しい現実があったのだとは思うが、それにしても残念でならなかった。千華はもう一度モーツァルトをかけて気持を落ち着かせた。


職場にはアメリカの姉が妊娠して、体調がすぐれないので様子を見てくると言って、四日間の年休を願い出た。荒れる中学校を定年の五年前に辞めた教員が、新しい事務長として来ていたので、年休願いは彼を経由して院長に届けられたはずだ。

次の日、院長がわざわざ内線電話をかけてきて、「あなたはやっぱり優しい女の子だな。兄弟が困っている時は、助けてあげなさい。休みが四、五日延びてもかまわないから」と言ってくれた。千華はいい職場に勤めていることを実感して、涙が零れそうになった。自分の患者たちを仲間に託して、千華が関西空港を飛び立ったのはその三日後だった。

（八）

六月十五日、木曜日の午後四時五十分に千華は生まれて初めて飛行機に乗った。座席は運良く窓側だ。機体はほぼ予定通り、三十分後に離陸した。離陸前は不安でいっぱいだったが、水平飛行に移ってからは、不安は霧散していた。むしろ一万二千メートルの上空でこんなに快適に過ごしているなんて、これまでの生活では想像することさえできなかった。至れり尽くせりの機内で、千華の胸にはいろんな思いが去来していた。

父母のこと、山下さんのこと、姉のこと、そして松沢先生のことなど、次々に浮かんだ。悲惨な死に方をした田中さんや、最近心筋梗塞で亡くなった大沼さんのことも。田中さんだって、かつては銀行の上役で、何人もの部下を統率していた時代があったのだ。大沼さんもこのところは猫背でO脚だったが、背が高く美形だから、現役時代は大いに女にもてたことだろう。

自分だって間もなく二十四歳になる。人は知らぬ間に歳をとっていき、気がついて驚くのだろう。その時々に人を愛し、恋をし、家庭を築き、子を育てていくのだ。愛したのに何かのきっかけで憎み合うようになり、家庭を崩壊させ、別れてもなお憎み続けることだってあるのだ。ささいなことで有頂天になり、威張ったり、卑屈になったり、虚栄心が満足することで偉くなったと錯覚したり……。そして死をもって何もかも消えていくのだ。

そんなことを千華はいつになく考えながら、窓から外を見ていた。ただ海と空が広がっているばかり。時々島影が見え、タンカーのような船がゆっくりと航行していく。もっと小さな漁船らしい船も見える。それらの上を白い雲が流れていく。

ああ、と千華は溜息をついていた。この上空から下界を見ると、人間の営みは何と小さいのだろう。確実に自分の前に死が立ちはだかっているにもかかわらず、めげることなく理想を掲げ、よりよい生き方を求めている人々もいるのだ。そう思うと千華は胸が熱くなり、体じゅうに力が湧きあがってくるのだった。


サンフランシスコ空港に着陸したのは、六月十五日、午前九時五十分。あれほど長いフライトだったのに、一日逆戻りしていて、これまでの千華の時計では考えられないことだ。時差は十六時間というから、日本では十六日、お昼の一時前だ。リハビリ・センターでは、順番に昼休憩を取っている頃だろう。

ターンテーブルからトランクを受け取って外へ出ると、お腹のやや膨らんだ姉がすぐ目に入ってきた。目立つ所へ立っていてくれたのだろう。姉のそばには背の高い、青い目の男性が寄り添っていた。それが姉のパートナー、リチャードだった。「初めまして」と挨拶を済ませると彼は駐車場へと誘導し、そのまま自分たちの住むアパートへ連れて行った。時計を見るとすでに十一時過ぎだった。

リチャードは西洋人にしては愛想がないが、姉を労わる姿に誠意はありそうだと千華は感じた。

朝食はと訊くので、機内で食べたと言うと、リチャードはプチケーキとコーヒーを出してくれた。そして大学に行くからと言って出て行った。姉が「彼は今、手が離せない実験をしているのよ」と弁護した。

二人きりになると、姉は母の様子を訊いた。千華はまず、姉から電話があった一週間後に母にようやく事情を伝えたこと、その時の母の錯乱状態を正直に話した。

「そう、そんなに錯乱して、二日間も寝込んじゃったの。期待してただけに、失望も大きかったんだね。可哀想な母さん。でも、リチャードを愛したので、子供もすぐできて、仕方なかったのよ。母さん、ごめんね」

姉は母の期待を裏切ったことを悪いと思いながらも、男への愛に負けたのだ。

「言いづらいとは思うけど、近いうちに電話でいいから、お詫びしたら。母さんも、もう覚悟はできてると思うから」

「うん、そうするわ」

「ねえ、姉さんも研究を続けることはできないの？」

「しばらくは無理だろうな。実験が大事な部門だからね。リチャードの親は果樹園農家で、忙しくてとても乳幼児の面倒はみれないわ。それに第一遠いし。ベビーシッターという方法もあるけど、二人とも奨学金で生活してるから、そんな余裕はないし」

「そう、難しいわね。母さんは優秀な姉さんを何としても一流の学者にしたかったのよ。そのためにノーベル賞受賞教授が多い、バークレー校に入ることに賛成したんだもの」

「だから私も残念なの。教授たちにいい研究をしていると、ある程度認められているんだもの。人生は思うようにいかないわね。父さんの気持が解るような気がするわ」

「えっ、今何て言ったの」千華は自分の耳を疑った。

「父さんの気持が解るような気がするって言ったの」

姉から予期せぬ言葉を聞いて、千華は動転した。二人にとってずっと父という単語はタブーだったのに、そのことを姉がいとも簡単に口から発したのだから。

「それ、どう言うこと」

「タブーではあったけど、千華は本当に父さんのこと、何にも知らないの？」

姉は不審そうな目をして、千華の顔を覗き込んだ。

「離婚して、母さんは未だに父さんを毛嫌いしてるってことでしょ」

「それだけじゃないわよ」と姉は言うと、引き出しの奥から何か古びた書類のようなものを取り出してきて、「どんなことがあっても、冷静に受け止められるわね」と念を押した。千華は不安に駆られたが、事実を知ることから逃げてはいけないと思った。

その書類は、ある有名な新聞のコピーだった。日付は一九八六年十月八日だ。事件はその一月前に起こり、やっと容疑者が逮捕され、大々的に報道されたのだった。

《大学研究所の山下浩一助手、所長を刺殺》

その見出しに千華は息を飲んだ。父の名入りの顔写真と、葬儀場で最前列に立っている喪服姿の父の全身像が掲載され、事件の大きさを示していた。

家には父の写真は一切ないので、千華は父の顔を初めて見たのだ。優しそうなその顔で、父は所長を刺殺して、その葬儀に一番乗りをしたのだろうか。自分たちの父がまさか、そんな酷いことをするなんて……。必死で感情を抑えてコピーを読んでいた千華は、涙が出て、文字が読めなくなっていた。ぐっとこらえていた感情がついに弾けて、千華は嗚咽(おえつ)した。

姉も千華の肩を抱いて、一緒に泣いていた。どれぐらいそうやって泣いていただろうか。姉がタオルを持ってきて「顔、拭いたら」と渡してくれた。

「私は当時、八歳でしょ。身の回りが急に騒々しくなって、学校に行くと、お前の父さん人殺しと言われて、悲しかったわ。千華は三つで、何も知らず、羨ましかったな」

姉は当時を思い出したのか、また泣いた。

「そうだったの……。何も知らないで、ごめんなさい。このコピーはどうしたの？」

「神戸大学の学生だったある日、その新聞社の大阪本社を訪ねて、古い縮刷版を見せてもらい、拡大コピーを取ったの。自分が殺人者の娘だということを子供の頃からずっと知っていて、千華にも言えなかった。でも、真相を知りたかったのよ。うちでは父さんのことはタブーになってたから、母さんに内緒で動いたの。私がそんなことをしたなんて、母さんは露ほども知らないと思うわ」

姉は一人で秘密を抱えて、苦しかったに違いない。

「記事を読んだら判るけど、父さんも可哀想だったなあと思うの。京都では大学のウィルス研究所がちょうど設立三十周年を迎えて、研究部門を拡張するので助教授を一名増やすことになったのね。従来は助手を昇格させていたのが、その時から公開公募になって、二百名近い応募があったと書いてあるでしょ」

そう言って姉は、そのことが書いてあるあたりを指で示した。

「アメリカじゃこれは当たり前なんだけど、日本では助手を昇格させる慣習があったらしいわ。所長は父さんと同じ専攻で、できのいい生意気な後輩と平素から反りが合わなかったらしいから、父さんは所長が自分を排除するために公開公募に切り替えたんだと思い込んで、恨んだのね」

「それは事実なの？」

「父さんが言ったわけじゃないから、事実かどうかは判らないわ。当時の記者が状況を踏まえてそう書いているのよ。その時、父さんは三十七歳で、年齢的にはこれがラストチャンスだと思っていただろうから、焦ったと思うの。研究には自信がある。けれど選考委員長でもある所長からは嫌われている。その上応募者が二百名ということになれば、自分が選ばれる確率は低いとね」

「そうなんだ……、可哀想に」

「そうよ。妻子を抱えて、研究者としては一番低い助手という地位に長年甘んじてきたのは、やがて来る昇格の日を信じていたからこそよね。これは自分を排除するため以外の何物でもない。あの所長がいる限り、自分は浮かばれない、としか考えられなくなったのね。他の私立大学へ転出の推薦をするからと言われても、父さんは頑(かたく)なに拒んだそうよ」

「そんなことも書いてあるんだ。父さんの立場からすると、きっとそうだったんだよね」

「だろうと思うな。でも、京都の大学に固執しなければ、つまり生きること、生活を優先すれば、あの不幸な事件は起こらなかっただろうね。私も、子供ができたことを知って、研究できなくなるだろうから、堕(お)ろそうと思ったの。悩み、悩みして、結局私は生きること、生活を優先する方を選んだのよ」

「そうだったの……」千華はもう何も言えなくなっていた。

「母さんは、大変だったと思うわ。割にすぐだったと思うけど、広島の実家が用意してくれた借家に移って、私も転校したの。その時は関村姓だったから、もう離婚してたんだね」

そう言って姉は一息つき、「こんな辛い話、聞くのも疲れるでしょ」と言った。

「でも、事実は知らないと、逃げてるだけになるから」

「そうよね。実家を頼って広島に引き揚げたのはいいが、両親と同居していた兄一家が、妹が殺人者の妻では都合が悪かったのかな。一年後に博多に転勤を命じられ、いや、自分から希望したのかもしれないけど、そのままあちらに住み着いてしまったのよ。父さんの父親は、息子はそんなことはしないと言い続けたらしいけど、三年後に自殺したの。私が小学五年生の時、やはり新聞に記事が出たわ」

「私は幼稚園の年長組ね。知らないはずだ」

「父さんはひとり子だから、母親は生きていれば今ごろは多分、独り暮らしか、老人ホームに入っているかだろうね」

「多分、独り暮らしの方ね。リハビリの患者さんに、姓も年齢もその人だろうと思える人がいるの。私の患者さんで、膝関節がかなりよくなって、ついこの間、とても感謝して、お昼をご馳走してくれたの」

「それはきっと、向こうは千華ちゃんの事を初めから知っていて、通っているね。孫に会いたかったのよ。興信所に調べてもらえば、孫がどこに勤めてるかぐらいすぐ判るからね。母さんが知れば、怒るだろうな……。父さんが写ってる写真もおそらく全部焼いて、離婚して姓も戻して、殺人者とは何の関係もないように痕跡を消したはずなのに、こうしてすべてが娘たちに知られたとなると、母さんはどんなに嘆くだろうね。可哀想に」終りの言葉はつぶやきに近かった。

それにしても、千華のショックは大きかった。大き過ぎて、かえって冷静になれたのだろうか。それとも泣くだけ泣いたから、仕方なしではあるが、現実を受け入れたのだろうか。

「あれ、もう四時前なの」

そう言ったのは千華だった。昼の食事も忘れて話し合っていたのだ。もっともショックのせいで、食欲はなかったけど。

姉は買い物に行くと言うので、千華もついて行った。リチャードも姉もそれぞれ中古の車を持っていて、アメリカは車社会だと実感した。街は小都市らしく、高層ビルはあまりなく、落ち着いた雰囲気をもっていた。日本のような高層デパートがない代わりに、大きな平屋のスーパーマーケットがあり、何でも揃っているようだった。姉は夕食の食材を買い、食卓に飾る花も買った。食料品の値段は日本よりかなり安いようだった。

アパートに戻ると姉は早速夕食の準備にとりかかった。チャーハンとミディアムのビフテキ、カボチャスープ、サーモンの野菜サラダにするという。千華には、時差と深刻な話で疲れただろうから寝なさいと言った。リビングのソファーで居眠りでもしようと思ったが、不思議に眠くなかった。

「ねえ、肝心なことを訊いてないわ。父さんはその後どうなったの？」

「山下浩一を守る会ができて、真犯人は別にいるなど言い出したから、連絡を取りにくいようにするためか、京都から札幌拘置所に移され、裁判も長引いたらしいわ。犯人は確実に刺殺できるよう、ナイフを自分で両刃に工夫するほど残虐で、しかもかなり計画的犯行だと判断されたの。通夜にも葬儀にも一番に駆けつけたのも偽装の延長とみなされ、反省も悔恨もしてないので、被害者の家族は極刑を望んだそうよ。神戸時代に何度か警察に出向いて、実の娘だと名乗って訊いたの」

「で、結果は？」

「ナイフや殺害を予告する日記などの証拠物件もあり、地裁で無期懲役、高裁での控訴審で死刑、最高裁に行く前に、父さんは札幌拘置所の独房で、心筋梗塞で死んだそうよ」

「いつのこと？」

「私が大学一年の時だというから、逮捕されて十一年目。すいぶん裁判が長引いてたのね」

「死んでいたの……。父さんも可哀想だね。優秀な科学者が評価されない悔しさは、本当に辛かっただろうな」

「それなの。私には父さんの悔しい気持がよく解る。でも、生きることを選べばよかったのよ。父さんから見ていわゆる地方の三流私大でも、行けばよかったのよ。そこで世界的な研究はできなくても、よい教育はできたわ」

「姉さんは、そんな深刻な問題を独りで抱え込んでたのね。偉いよ。私は呑気なもんで、何にも知らなかったな。ほんとにごめん」

「知らない方がよかったかもね」

「それは違うわ。いつか、何かの拍子にばれる事だってあるでしょ。事実を知って、抵抗力をつけておいた方がいいに決まってるわ」

父の事件の概要がつかめて、千華はある意味でほっとしたのか、飛行機での寝不足も限界に達して、急に眠気がさしてきて、眠ってしまったらしい。

姉に起こされたのはもう外が暗くなった八時だった。リチャードが帰って来て一緒に食事をした。食後しばらく休憩すると、リチャードはまた大学に行った。大事な実験をしているので、目が離せないらしい。

夕食時の乾杯程度のビールでも睡魔を呼ぶらしく、シャワーを浴びてベッドに横になると、また千華はすぐ寝たらしい。


翌朝は九時過ぎに目が覚めた。飛行機の長旅と父のことで、やはり相当精神的に参っていたのだろう。たっぷり十時間は寝ている。リチャードはすでに大学に出かけた後だ。

姉は十一時に産科の予約を取っていたので、健診に行くと言って間もなく出て行った。

一人になって千華はすることもなく、窓から外を眺めていた。日本は六月十七日、土曜の午前二時過ぎだろう。寝るのが遅い母も、そろそろベッドに入る頃だ。そうだ、電話しよう。そう思うと、すぐ実行した。母は千華だと判ると、声が弾んだ。

「今、姉ちゃんは健診のため病院に行ってるわ。五ヵ月に入ったから、結構大きなお腹よ。状況が整わないので、研究の方は諦めないといけないみたい。文系なら二、三年ブランクがあっても追いつけるけど、実験、また実験の理系だから、仕方ないわ。その代わりリチャードが同じような研究で頑張ってるようだから、母さんも諦めてね。うん、それ、ベビーシッターという方法もあるけど、経済的に無理らしいわ。エッ、母さんが援助するって、本気なの……、よく考えてよ。それは私が帰国してから考えることにしようね。ここでは言わないよ。甘え癖がついたら困るじゃないの。じゃあね。もう関空に着いた時しか電話しないよ」

そう言って受話器を置くと、千華はフーッと吐息を吐いていた。援助は母だけにさせるわけにはいかないだろう。あーあ、千華さんも自立できない姉を持って、お気の毒だね。そう自虐的につぶやいて、千華は笑った。

ここから見える街路樹の柳が小刻みに揺れている。風があるのだ。それも微風だ。あのように風に吹かれるに任せて生きられたらどんなに楽だろう。こんな複雑で、人に自慢できない家庭事情を抱えて生きることは、できたら避けたい。でも、これが事実だから受けて立たないと、偽りの人生になるよね。千華、頑張れよ。男言葉で自演している自分に、千華は泣き笑いした。

それにしても、父はなぜ人殺しまでしたのか。所長を憎むまでは許せても、千華は人の命を抹殺することは断じて許せないと思う。父は自分のように有能な者が排除されて、有能でもない所長が人事権を持って選定することが許せなかったのだろうか。

つまり父の心に住むラスコリニコフが、そのような価値観を前面に出して実行に及んだのかもしれない。それとも、それまでの倫理観によって抑圧されていた一切が、人事の問題を契機として、ジギル博士のようにハイド氏をして暴走させたのだろうか。

本を読んだ時には、千華は自分の中にはとてもあんな怖い魔物が住んでいるとは思えなかったが、今こうして衝撃を受けた末に考えてみて、人間は状況的な存在でいかようにも変わり得るものだと思えて、身震いするのだった。せめて母が、ラスコリニコフを愛してシベリアまで寄り添ったソーニャであってくれたなら、と不可能なことを求めている自分を、もう一人の理性的な千華が、お前ならそうできるのか、と問い詰めていた。

揺れている街路樹の柳は優雅だ。だから昔から絵や歌に使われたのだろう。風に吹かれるに身を任せ、それが絵になって美しいのだ。

ふと、松沢先生のことを偲んだ。先生なら、今の自分の心境をどんな手品で笑わせてくれるだろうか、と。

並木の柳が一斉に揺れた。その光景は今でも様になっているけれど、芽吹いた頃はどんなにか美しくて、人々に春たけなわの優雅な風情を想像させることだろう。

姉の出産日は十二月のクリスマス前らしい。キューピーみたいに可愛い混血の赤ん坊が生まれるのだろうか。あれほど姉の妊娠を勝手なことをしてと心で詰った自分が、まるで古代イスラエルの人々がキリスト降誕を待ち望んだように、待つ気持になっているのだ。そんな自分を千華は「人間て不思議、そして面白いね」とつぶやくのだった。

あとがき

私は国内外を問わず旅が好きだ。毎年海外に出かけていたが、この三年は行きたい思いを余儀なく抑えている。理由はイスラム武装勢力のテロが横行しているからだ。空港であれ、広場であれ、スーパーマーケットであれ、人と場所を選ばず、テロは無差別に行われている。

二年前の二月、内戦のシリアで取材活動をしていたカメラマンの邦人がイスラム国（ＩＳ）に公開斬首され、まるで京都四条河原で公開処刑が行われていた戦乱の時代を思わせ、重苦しい気分になったものだ。その気分が晴れやらぬ三月、今度はチュニジアのバルドー国立博物館内でまたＩＳによるテロが起き、日本人三人を含め、二十四人が死亡、多数が重軽傷を負った。このニュースに私は震えあがった。

実はその五年前の十月末に私もこの博物館を訪れ、名にし負う《チュニジアのルーブル美術館》に大感動したのだった。特にローマ帝国時代のモザイク装飾は、数や質において本場のイタリアの美術館を凌駕（りょうが）し、地中海を内海化した世界帝国の威力と豊かさを十分に想像させてくれた。行く時期が遅かったら、私が犠牲者となっていたかもしれないのだ。

当時のチュニジアはベン・アリ独裁政権時代で、それゆえ治安が良く、ひったくりにも遭わなかったが、大統領官邸へカメラを向けることだけは厳しく禁じられていた。帰国して一ヵ月後、民主化を求める、いわゆる「ジャスミン革命」が起き、エジプト、リビア、イエメンに飛び火して、シリアの内戦を引き起こした。西側ジャーナリズムはこれら一連の動きを「アラブの春」ともてはやしたが、その後の状況はとても春とは言えず、冬に逆戻りした感さえある。

チュニジアはローマ帝国やカルタゴの遺跡、サハラ砂漠、塩湖など、観光資源に恵まれているが、革命後は観光客が激減して、若者の失業率はなお高くなり、数千人がＩＳの戦闘員になったという。スーク（市場）で見かけた人のよさそうな青年たちが恐ろしいテロリストに変身したかと思うと、複雑な思いに陥った。ＩＳは奴隷制度復活を宣言し、古代さながらに打ち負かした人々を奴隷として生殺与奪をほしいままにした。自分たちの勝手な理屈に合わない人間も文化も抹殺した。

翻ってアメリカではトランプ大統領になってから、排外主義や白人至上主義が表面化し、人種差別的な事件やトラブルがあちこちで起こっている。大統領の言動がそのような主義主張を助長させている感さえある。

人類の歴史はフランス革命により「自由・平等・博愛」の理念を獲得し、またアメリカの南北戦争により「奴隷解放」が宣言され、その後の人々の努力によって奴隷制度は乗り越えられた過去となったはずである。にもかかわらずＩＳや昨今のアメリカ、ひいては日本のヘイトスピーチなど、歴史の退行現象が目立ってきた。このような状況が拡大するならば、自由な文化活動は封殺されかねない。私は小説を書く者として、自由と人権はどんなことがあろうとも、守りたいと思っている。

こつこつと書きたいものを書いて、この度十二冊目の本を出版することができた。巻末を借りてこれまで私を支え励ましてくださった友人たち、読者の皆様、とくにお世話になった鳥影社編集部の百瀬様、北澤様、矢島様、スタッフの皆様には、心からの感謝とお礼を申し上げたい。

二〇一七年九月十八日　　葉山　弥世

初出一覧

花笑み　「広島文藝派」28号（二〇一三年九月）

エスポワール　「水流」23号（二〇一三年七月）

我もまた　「広島文藝派」26号（二〇一一年九月）

風に吹かれて　「水流」18号（二〇〇七年三月）

〈著者紹介〉
葉山　弥世（はやま　みよ）
1941年　台湾花蓮市生まれ
1964年　広島大学文学部史学科卒業
1964年より2年間、福山暁の星女子高校勤務
1967年より広島女学院中・高等学校勤務
1985年　中国新聞主催「第17回新人登壇」入賞
1986年　北日本新聞主催「第20回北日本文学賞」選奨入賞
1996年　作品「遥かなるサザンクロス」が中央公論社主宰、
　　　　平成8年度女流新人賞の候補作となる。
2000年　広島女学院中・高等学校退職
「水流」同人（広島市）
「広島文藝派」同人（広島県廿日市市）
「かいむ」同人（広島市）

著　書：『赴任地の夏』（1991年）『愛するに時あり』（1994年）
　　　　『追想のジュベル・ムーサ』（1997年）『風を捕える』（1999年）
　　　　『春の嵐』（2001年）『幾たびの春』（2003年）
　　　　『パープルカラーの夜明け』（2006年）『城塞の島にて』（2009年）
　　　　『たそがれの虹』（2011年）『夢のあした』（2013年）
　　　　『かりそめの日々』（2015年）〈以上、近代文藝社刊〉
　　　　『花笑み』（2017年、鳥影社刊）

花笑み

定価（本体1500円＋税）

乱丁・落丁はお取り替えします。

2017年11月 9日初版第1刷印刷
2017年11月25日初版第1刷発行
著　者　葉山弥世
発行者　百瀬精一
発行所　鳥影社 (choeisha.com)
〒160-0023 東京都新宿区西新宿3-5-12トーカン新宿7F
電話 03(5948)6470, FAX 03(5948)6471
〒392-0012 長野県諏訪市四賀229-1(本社・編集室)
電話 0266(53)2903, FAX 0266(58)6771
印刷・製本　モリモト印刷・高地製本

ISBN978-4-86265-638-4 C0093